絵ことば《えことば》又兵衛《またべえ》

谷津矢車

文藝春秋

目次

装画・岩佐又兵衛「洛中風俗図屏風」(部分)
東京国立博物館所蔵
Image: TNM Image Archives
装丁・大久保明子

絵ことば又兵衛

第一章　子雀

細切れの怒号が笹の葉を揺らした。

逃がすな。

奴らの首には万金がかかっておるぞ。

捕えれば一生遊んで暮らせるんだぞ。

男の声が遠ざかると葉音が騒めき、体が大きく上下した。

闇が垂れ込めていて何も見えず、腕一つ満足に動かすことができない。だが、風の流れで己がどこかに運ばれていると知る。大人のうなじが目に入った。誰かに背負われている、そう気づいた時には自分のものではない吐息が荒さを増していた。

「又兵衛《またべえ》様」

己の名を呼ぶ声がした。返事をしようとしたものの、口からは小さなうめき声しか出なかった。

「必ずやこの葉《よう》が若様をお助け申し上げます。もう少しの辛抱でございますよ」

その声が己を背負う人間の発したものだと察するのに、しばしの時を要した。張りのある高い声が、ところどころ震えていた。

「生き延びましょう。この葉、若様を必ずやお守り申し上げます」

女の声にただならぬものを感じて、目の前の布を握った。又兵衛を背負う女の半衿だった。赤を基調にした錦織。鳥や月、三日月型の葉が文様にあしらわれている。

その時、出し抜けに強い眠気が覆いかぶさってきた。

背にもたれかかり、そのままゆっくりと目を閉じた。


目を開くと、隅に蜘蛛の巣の張った、梁《はり》丸出しの天井があった。辺りを見渡すと、隙間のある板の壁際には小さな麻着物の干された衣紋《えもん》掛けがあり、その下に行李《こうり》が雑然と置かれている。被っている夜着はごわごわとした薄い麻布で、床板はところどころささくれ立っていた。三和土《たたき》の隅にある竈《かまど》では錆《さ》びかけた鉄瓶がすんすんと湯気を吹き、寝ぼける又兵衛を見下ろしている。

夢――?　又兵衛が身を起こした時、入口の戸が開き、母親のお葉が小屋に入ってきた。豊かな頬を隠すように織り目の粗い頭巾を被り、白いものの混じった長い髪を緩やかに後ろでまとめている。色落ちした麻の藍小袖、ぼろぼろの黒半衿姿で、洗濯をしてきたところだったのか、盥《たらい》を抱いていた。

「おや、又兵衛。起きましたね」

夢の中では綺麗ななりをしていたのに、目の前にいる母は生活の垢にまみれている。思わず、お葉の丸顔をまじまじと眺めてしまい、咎《とが》められた。

「わたしの顔に何かついているの」

頭巾の結び目を解いたお葉は自分の李《すもも》のような頰を指した。

首を振った又兵衛は見た夢のことを話した。小屋の中に足を踏み入れたお葉はしばし無言で又兵衛の言うことを聞いていたものの、抱えていた盥を入り口の戸の近くに立てかけると、ぎこちない笑い声を上げた。

「変な夢ねえ」

夢。そう言われてしまえばその通りだ。だが——。明瞭で、懐かしさすら覚えた。それこそ、過去の体験を目の当たりにしたのではないかと疑いたくなるほどに。

一人腕を組んでいると、竈の鉄瓶が湯気を立てているのに気づいたお葉が、又兵衛を急かした。

「ほら、又兵衛、夜着をしまいなさいな。朝餉《あさげ》にしましょう」

言われるがまま夜着を畳んで部屋の隅に押しやった間に、お葉は皿を床に並べた。

湯漬けに山菜の塩漬け。それだけだ。

「さあ、食べましょう、又兵衛」

湯漬けに口をつけた。長く置かれた飯の臭みが鼻につく。

縁がのこぎりの刃先のようになっている茶碗。先っぽが欠けてしまい、長さの揃わない木箸。黄ばみかけた雑穀混じりの飯の湯漬け。目の前で黙々と山菜の塩漬けを噛み締めながら湯漬けをすする母親。幾度となく繰り返されてきた又兵衛の現《うつつ》が、先ほどまで見ていた夢を朧《おぼろ》にしてゆく。

お碗の雑穀飯を食べ終えると、お葉は荒れた手を胸の前で合わせた。

「今日も一日、頑張りましょうか」

飯を食べ終えた又兵衛は、お葉と共に小屋を出た。母の手に引かれてしばし歩くと、又兵衛たちの住む小屋を十ほど並べてもなお余りそうなほどの大伽藍《がらん》が、砂利敷きの庭の向こうで蟬時雨《せみしぐれ》を浴びている。

「じゃあ又兵衛、ここで。今日も住持様の言うことをよく聞くのですよ」

小さく頷《うなず》くと、伽藍の方に向かうお葉を見送った。

又兵衛とお葉はこの寺で住み込みで働いている。休みなどない。物心ついた時からそうだったから、疑問を感じたことはない。

前髪を揺らした潮風に誘われて、庭の西にある低い垣の向こうに目をやると、遠くに大きな海、そしてその海岸線沿いに栄える町の姿が広がっている。海の香りを運ぶ風を浴びていた又兵衛は、本堂の北に建つ庫裏《くり》へと向かった。勝手口から上がり込んで、時折、頭の剃り跡が青々とした墨染衣の修行僧たちとすれ違いながら縁側を進むと、やがて左手に梅や松の並ぶ庭が見えてくる。庫裏の奥には、又兵衛の目指す奥書院がある。

部屋の前に座った又兵衛が挨拶をすると、中から声がした。

「入りなさい」

襖《ふすま》を開き中に入った。書院造の八畳間には、金袈裟を纏《まと》い、右手に数珠《じゅず》を持つ老僧が背を伸ばして座っていた。蓄えているひげはすっかり白くなっているが眼の力は衰えていない。又兵衛はいつも、この人を前にすると達磨《だるま》像を思い浮かべる。手足がなく、口をへの字に結び、眼光が虎のように鋭い。袖に隠れ切らない太い腕や、衿から覗く筋立った首がそう見せるのだろうか。

寺の住持だ。名前は知らない。皆「住持様」と呼んでいるから、又兵衛もそれに倣《なら》っている。

「又兵衛か」

平伏し、何をしたらよいか聞くと、住持は表情を変えることなく、指を一つずつ折って又兵衛に用事を申し付けてきた。

「薪割り一つ、もの運び一つ、箒《ほうき》の一掃きが功徳を積むことと心得よ」

毎日下されるこの訓示の意味を飲み込めず、住持に一度問うてみたことがある。『御仏のため、正直に働けばそれでよい』と要領を得ない答えを返されてからは、『正直に働く』というくだりのみを覚え、毎日心中で念仏のように唱えている。

朝の挨拶を終えた又兵衛は庫裏の裏手にある作業小屋へと向かった。乾いた丸太が壁沿いに並ぶ小屋の傍にある切り株に、年の頃六十ほどの老人が腰を下ろしていた。又兵衛に気づくと、億《おっ》劫《くう》そうに目をしばたたかせ、足元に転がる薪を指した。

又兵衛の仕事は、これらの薪運びだ。子供の手ゆえ、運べる数はたかが知れている。だが、一日かけて運べばいいと住持からは言われている。

又兵衛は適当に薪を拾い上げ、背負子《しょいこ》に括ると庫裏へ向かった。ずしりと重い荷が背負子の紐を締め付ける。

正直に働く、と念仏のように唱えながら、肩回りに走る痛みをこらえ薪を運んでいると、又兵衛に嫌味の籠った声が浴びせかけられた。

「よお、吃《ども》の下働き」

顔を上げて振り返ると、鼠色の袈裟の似合う年の頃十五ほどの修行僧が立っていた。修行僧は墨染衣が決まりだけに、袈裟姿は殊に目立つ。顔の作りが何となく狐に似ているから、心中で〝狐〟と呼んでいる。

狐はにやにやしながら足元の砂利を蹴った。

「これなら誰とも話さずともいいもんな。吃にはちょうどいい仕事だよ」

乾いた砂利が音を立てた。

言いたいことをこらえる又兵衛を眺め、狐はにたりと笑った。相手を蔑《さげす》むような、そんな笑い方をしている。

「なんだ、文句があるなら言えよ」

ようやく、急き立てられるようにして又兵衛は口を開いた。だが、腹の底から出てきたのは、

「おおおおお、俺、おおおおお俺の……」

震えて形にならない小間切れの言葉ばかりだった。

「吃っていて何を言っておるのかとんと分からぬぞ」

冷たい嘲《あざけ》りの声に又兵衛は二の句が継げず、手に持っている手拭いを握り締めるばかりだった。

「じゃあな」

酷薄な笑みを浮かべた狐は袈裟を翻《ひるがえ》し、向こうへ行ってしまった。

一人残された又兵衛は、口に出すことの叶わなかった言葉を抱えたまま、茫然《ぼうぜん》としていた。

己の吃に気づかされたのはごくごく最近、又兵衛が住持に伝言を届けたときのことだった。

ちょうどその時、住持は修行僧を講堂に集め、説法をしていた。皆の視線が又兵衛に注がれる中、仏前に座る住持の傍に近づいて言伝《ことづて》を口にした時、出し抜けに修行僧の並びから囃《はや》し立てるような声が上がった。

『仏様の前で吃るな』

ども？　そのとき、又兵衛はその言葉の意味を知らず、何も言い返すことができなかった。だが、修行僧たちから忍び笑いが漏れ、やがてそれがうねりとなった時、又兵衛は自分が恥ずかしいことをしていたのだと察した。その場では住持が修行僧を叱って話は終わったのだが、どうしても気になって、その日の夕餉の時、お葉に訊いた。

「おおおおお俺、喋り方が変なの」

箸を動かす手を止めて黙りこくってしまった母を前に、結局己の問いを引っ込め、乾いた雑穀飯を黙々と口に詰め込んだ。小石を噛むような歯触り、そして蓬《よもぎ》を噛むのにも似た苦みは今でもふとした折に蘇る。

やがて、吃の何たるかを知った。言葉を発そうとしたとき、咄嗟《とっさ》に出てこずに最初の音を繰り返してしまうことをいうらしい。

人と話すのが嫌になった。普通に話しているつもりでも笑われる。他人に「もっと落ち着いて喋れ」といわれなき叱責を貰うのも嫌で、ならば喋らなければいいのだと開き直るまでに、そう時はかからなかった。

突然無口になった又兵衛を心配したのか、住持は又兵衛を薪割りの手伝いに回した。住持付きの下働きは伝言役が多いゆえだろう。

が、寺にいる以上、人と関わらなくてはならない。そうすると、先ほどのようなことも起こる。

又兵衛は地面を爪先で蹴った。玉砂利がころりと転がり控えめな音を立てた。

元を正せば狐はこの寺に多くの寄進をしてきた武家の一族の出で、他の修行僧はおろか、住持まで腫れ物に触るように接しており、尊大な振る舞いが黙認されている。敵に回してよいことなど一つもない。

だが――。又兵衛は理不尽を覚えている。なぜ、己ばかりがこんな目に遭うのだ。吃るだけのことで、なぜここまで馬鹿にされ、蔑まれなくてはならないのだ、と。

肩が震えている。それが怒りの所産であることに、幼い又兵衛は気づいていない。

その時だった。

行く手から威勢のいい掛け合いの声が聞こえてきた。寺内はいつも静かで、喧騒には縁遠い。何かあったのだろうかと訝《いぶか》しみながら、講堂の方に向かった。

講堂前の庭では麻直垂《ひたたれ》を纏った男たちが忙しく行き交い、講堂に上がり込んで部屋から襖を外して運び、庭先に敷かれた筵《むしろ》に並べていた。講堂に何かを運び入れている者、横の男と議論している者の姿もある。大工だろうかと当たりをつけたものの、その割に彼らの肌は白く、腕も細い。

又兵衛がその様を物陰から見やっていると、不意に影が又兵衛を覆った。

「惹かれるか、童《わっぱ》」

出し抜けに掛けられた声に驚いた又兵衛は、逃げ出そうと足を踏み出した。だが、いくら地面を蹴ろうとしても空を切ってしまう。後ろ衿を取られ、背負子ごと吊り上げられていた。

「逃げるな逃げるな」

お葉から『知らぬ大人と口を利いてはいけない』と釘を刺されている。母の言葉を思い出し、又兵衛は口をつぐんだ。

警戒されていることに気づいたか、その低い声は、おどけたような声音に変じた。恐る恐る振り返ると、そこには珍しい獣を捕えた猟師のように満足げに白い歯を見せる男の顔があった。見れば、他の男たちと同じくところどころに墨の飛沫《ひまつ》の飛んだ麻直垂を纏っている。異装だが、笑い皺の刻まれたその顔は人好きのする柔らかさがあった。

「お前、ここの下働きか何かかな。わしは怪しい者じゃない。この寺出入りの絵師だ」

絵師？　又兵衛はいつしか、ばたつかせていた足を止めていた。

「絵を描くを飯の種にしておる人間だ」

以前、くすんだ襖の前に立ち『そろそろ何とかしなくてはな』とため息をついていた住持の姿を思い出した。かつてその襖には絵が描いてあったのだろうが、日の光や雨風に晒《さら》されるうちに色褪せ、今や何が描いてあるのか判然とせぬほどに黄ばんでいた。

ようやく男は地面に下ろしてくれた。

「見ていくか」

又兵衛の答えを聞く前に、男は弟子たちの屯《たむろ》する筵の近くまで又兵衛を引きずっていった。

襖を見下ろした男は顎に手をやり、痛々しげに唸《うな》った。

「なるほど、紙が傷んでいるな」

近くにいた麻直垂の若い男に、どうします、と問われるなり、男は、

「張り替えだな。さっそく用意せえ」

と命じた。それに応じた若い男は周囲に号令を発し、麻直垂の一団を動かし始めた。ある者は襖から紙をはがし、またある者は桶や紙を運び、大きな筆や硯《すずり》を並べている。その間にも、襖は真っ白な紙に貼り替えられている。

「さて、と」

踏ん切りをつけるように膝を叩いた男は、自らの手で襷《たすき》をかけて若い男から大筆を受け取った。そして、襖の上に渡されていた橋のような板の上に乗ると、その筆を真っ白な紙の上に躍らせた。住持の写経との違いに気づいた。住持の筆運びはある時には止め、またある時には手早く動かして、と緩急に独特の律動がある。だが、目の前の男のそれは違う。筆先は常に流れ続け、淀むことがない。急な川の流れに身を任せる笹舟のような軌跡を描く。

板の上に座る男は気負いを感じさせず、ぼうっとその場に座っているような顔をして、縦横無尽に筆を振るっている。

そう長い時をかけることなく、男は筆を紙から離して板から降りた。

「ざっとこんなところだ。お前たち、こんな要領でやっておけ」

そう若い男たちに命じると、男は又兵衛の頭を乱暴に撫《な》で、にかりと笑った。

「どんなもんだ」

先ほどまで男が取り組んでいた襖には、一つの風景が浮かび上がっていた。踊るような筆捌きであったのに、実際に立ち上がってきた絵はむしろ几帳面さを感じる。画題は松の並ぶ長細い島、そして凪《なぎ》の海だった。そこに描かれたものがどれほど現を写しているのか分からないが、耳を澄ませば波音や風の音、海鳥の鳴き声まで聞こえそうなほど、目の前の光景は迫真に満ちていた。

「天橋立を描いたんだ」

「ああああ、あまの、はしだて？」

男は変な顔一つせず、玉のような汗を額に浮かべたままで頷いた。

「安芸の宮島、陸奥の松島と並ぶ名物の風景の一つ。和歌にもよく歌われる場所だ。ま、わしも見たことはないがな」

「そそそれで、どうやって絵を」

「これだ」

男は又兵衛を木陰に連れてきてから、ある巻物を懐から取り出し、広げて見せた。小さな画面の中には、彩色された細長い松の島が描かれている。構図はあの襖絵とほぼ同じだ。

「粉本《ふんぽん》という。絵師が絵を描く参考にするものぞ」

よく見比べると差異がある。巻物に描かれている松はまっすぐな枝ぶりだが、襖の上に描かれた松の木の幹や枝は大きくうねっている。そのことを言うと、男はなぜか嬉しげに頷いた。

「全く一緒ではつまらぬからなあ。絵師の工夫よ」

襖絵と巻物を見比べているうちに、なぜか心浮き立つものがあった。これまで感じたことのない熱が又兵衛の身を焼く。

「描いてみるか」

思わず覗《のぞ》き込んだ男の顔からは、笑みが消えていた。

「何故お前に声をかけたと思うておる。同じ匂いを嗅いだのだ。世の中には絵を描ける人間と描けぬ人間の二種があって、絵師をやっておると嗅ぎ分けられるようになる。どうだ、絵を描きたいのだろう、お前は」

強く響く心音、体の芯が熱くなるような感覚、手先の痺《しび》れ、そのすべてが同時に迫り、息が荒くなってきた。そんな己の心中を目の前の男に見透かされているような気がしてばつが悪い。

渋々ながら又兵衛が頷くと、男はまた歯を見せるように笑い、ぶら下げていた矢立を腰帯から取って又兵衛に手渡した。

「ならば、描いてみよ」

手持ち無沙汰にしている若い男に命じて小さな木の板と紙を持ってこさせると、男は道具一式を又兵衛の前に広げた。背負子を下ろし、その場で胡坐《あぐら》を組んだ又兵衛は、矢立から筆を引き抜いて白紙に向かい合った。

胸の高鳴りもそのままに、迷いなく筆を走らせた。高まる心音を聞きながら、体中を包む熱気を筆に込めて。これまでまともに握ったことさえなかったのに、筆が紙の上で踊り続けていた。紙のざらついた感触、墨のわずかな重ささえ筆を通じて感じ取れる。己の指先に鋭敏な感覚が眠っていたことに驚きを禁じ得ずにいた。

どれほどの時が経ったろう。やがて、又兵衛の目の前に一つの風景が立ち上がった。

そこに描かれていたのは、先に巻物で見た天橋立だった。

巻物のようにも、襖絵のようにもいかない。線が一本調子で、松の木のつもりで描いたものも逆さにした箒にしか見えない。男の描いた絵にも、粉本にも到底及ばない。

それでも、これまで味わったことのない感覚が又兵衛の全身を駆け巡っていた。一条の光が曇り空を切り裂いていったかのような——、その感覚の正体を摑めずにいる又兵衛をよそに、後ろから絵を覗き込んできた男は小さく唸った。

「よいではないか」

又兵衛は首を振った。下手なことくらい、又兵衛でも分かる。

だが、男は又兵衛の頭を撫で、なおも寿《ことほ》いだ。

「筆に迷いがない。描くべきものがはっきりしておるのだろうな」

絵を見やった男は、又兵衛の前に回った。

「わしの名は土佐光吉《とさみつよし》。堺《ここ》に根を張っておる絵師ぞ」

突然名乗られて戸惑う又兵衛をよそに、光吉と名乗った男は自慢げに鼻の下を指でこすった。

「やはり、わしの鼻に狂いはなかった。お前は絵の描ける人間だ」

絵を教えてやろうか。そう光吉は言った。

周囲の喧騒が遠ざかる。又兵衛が何も言えずにいると、光吉は吹き出すように笑った。

「何、わしは一応惣領でな。ほとんどは弟子たちに指示を出して見守っておるだけで手持ち無沙汰なのだ。わしの暇潰しに付き合ってくれぬか」

「でででで、でも」又兵衛は吃りながら応じた。「わわわわしには、お役目が」

「ならば、わしから住持様に掛け合うてやろう」

最初は冗談だと思っていた。

だが次の日、いつものように又兵衛が朝の挨拶に行くと、

「これからしばらくは働かずともよいぞ。光吉殿のところに侍《はべ》るとよい」

軽い口ぶりで住持が言い渡してきた。

光吉なる絵師は本当に住持に話を通したらしい。

この日から、又兵衛は木陰で弟子たちの仕事を眺める光吉の横につき、絵を学ぶことになった。

「絵は線から成る。まずは線の引き方を覚えるとよい」

木陰に筵を敷いて文机《ふづくえ》に向かい、半紙の上に線を引く練習を申し付けられた。この稽古は既に三日目だが、不思議と飽きることはなかった。

紙を真っ黒にするほど線を引いているうちに、現が遠ざかっていく。己が又兵衛であることを忘れ、線を引くための筆になったような気分に至り、最後には肉体を失って線を眺める名もなき何かになったような心地を覚えた。

「漫然と線を引くでない。絵を形作るは線と言うたはず。一本一本を疎《おろそ》かにすることなく、想いを込めよ」

光吉の言葉を愚直に守り、次々に線を引く。

線一つ一つに表情があると気づいてからは、楽しくなってきた。一本目はお客に手もみする商人、二本目は井戸から水を汲む女、三本目は往来の真ん中で威張り散らす武士……。それぞれの線が一個の人間のようにさえ見えてきた頃には、線に感情、表情が宿るようになってきた。

次に出された課題は、庭先で遊ぶ雀の生写《いきうつし》だった。

「粉本を写すのもよい。だが、真の粉本は身の周りにこそある」

光吉の言葉に従い、又兵衛は朝餉の残りの飯粒を辺りに撒き、やってきた雀の姿を紙の上に描き出した。最初は泥饅頭《どろまんじゅう》のようなものしか描けなかった。紙を幾枚も駄目にしながら文机に向かううちに、やがて雀の輪郭を捉え、ついには羽の一つ一つ、羽毛の流れまでをも見切ることができるようになっていた。

一方で、又兵衛は、目で捉えたものを満足に紙の上に乗せることができない己が腹立たしくなってきた。巧くなったと褒められはしても、内心では目の前のごちそうに手が届かないもどかしさを覚えた。だが、絵は費やした時を裏切らない。いくら努力しても一向によくなる気配のない吃とは違って、己の創意や工夫がすぐさま筆先に現れるのを目の当たりにする度に、己がまるで燕となって空を飛び回っているかのような清々しさを覚えた。

そして何より、絵を描けば光吉が褒めてくれる。「雀か、よいな」、「よい蜘蛛だ」。言葉よりも遥かに他人と心を通じることができるのだと知った又兵衛は、絵筆と白い紙の織りなすもう一つの世界にのめり込んでいった。

光吉の傍で絵を教えてもらうようになってから半月が経った。

又兵衛はその時、大量の墨を小さな桶で運んでいた。夜中の鍛錬にと、光吉に命じられたものだった。『墨を磨るは絵師の基礎にして極意』と言われ、眠い目をこすり、借りた硯の前に一晩中向かった。

大事なものを運ぶ時にするように、桶を抱えて庭先を歩いていると、そこに狐が通りかかった。いや、待ち構えていたのだろう。

会釈をしてすれ違おうとした又兵衛に、狐がふいに自らの足を引っ掛けた。突然のことにつんのめり、砂利の上に倒れてしまった。手から桶が離れて頭から墨を被り、冷たいものが胸、股と流れ落ち、地面に黒い水たまりを作った。

声が出そうになった。だが、吃るのが嫌で口を結んだ。下を向く又兵衛の前で、狐は鼻を鳴らした。

「なんとか言えよ。吃の又兵衛」

又兵衛を見下ろす狐はなぜか苛立《いらだ》たしげに眉を顰《ひそ》ませていた。

本当なら、怒鳴りたかった。殴り掛かりたかった。だが、相手は修行僧、こちらは下働き、向こうに非があったとしても反抗はおろか口答えも許されない。唇を強く嚙み立ち上がると、水気を吸って重くなった着物の裾を叩き、空になってしまった桶を拾い上げようと手を伸ばした。

狐はその桶を蹴飛ばした。からからとけたたましい音を立てる桶は、墨の飛沫をまきちらしながら砂利の上を転がっていった。

「……なんで住持様は、下働き風情を特別扱いするんだ」

狐が足先を又兵衛に振り出そうとしたその時、話し声がこちらに近づいてきた。舌打ちをした狐は裾を翻して向こうへと行ってしまった。

一人残された又兵衛は地面に転がった桶を力なく拾い上げた。

特別扱い。又兵衛は耳を疑った。名門武家の出身で、誰にも行跡を咎められることのない狐のほうがよほど大事にされている。毎朝、井戸から冷水を汲み上げて廊下を水拭きして、薪割りの手伝いをしてみろ、そう言いたかったが、吃を笑われるのが怖くて、喉までせり出してきていた悪口を飲み込んだ。

ほどなくして、弟子を連れて光吉が現れた。先ほどから声がしていたのは光吉の一行だったのだろう。

又兵衛は光吉の顔を見上げた。光吉は弟子と共に足を止め、固まっていた。転がる桶、体中真っ黒にした又兵衛、そして白砂利の上に残る又兵衛のものではない足跡。無言でそれらを見回した後、ようやく口を開いた。

「何があった、又兵衛」

又兵衛は力なく首を振った。

「わしにも言えぬことか」

なおも首を振った。言えない。

「そうか」

光吉は又兵衛の服の洗濯を手伝ってくれた。その間、ほとんど口を開かなかった。だが、盥から目を上げた一瞬、

「お前も大変だな」

そっと口にした。

その日の夜、小屋に戻ると、お葉が出迎えてくれた。

「お帰り又兵衛。おや、そのなりはどうしたの」

結局小袖が乾いたのは夕方だったから、着物を小脇に抱えた下帯一つの姿で小屋の戸を開いた。意地悪されたとは言えなかった。余計な心配をかけると思い、下手を打って頭に墨を被ったことにした。

沈んだ夕飯の後、夜着を羽織って床についた。

歯噛みしつつ、まんじりともできぬまま横たわっていると、部屋の隅で繕い物をしていたお葉が音もなく立ち上がり、小さな行李の蓋を開く姿が目に入った。そこから長さ数寸ほどのものを取り出し、布の包みを優しげな手つきで撫でている。

布包みの中から黒檀《こくたん》の位牌が現れた。又兵衛の位置では表の文字は見えなかったし、そもそも又兵衛はまだひらがなすら読めない。

しばらくその位牌を眺めていたお葉は、それを胸に抱いた。

「ああ、もしも、そなたが生きておったなら」

哀切な響きが母の口から漏れた。

お葉が立ち上がった。慌てて又兵衛は寝返りを打つ振りをして母に背を向けた。又兵衛の枕元に腰を下ろしたお葉は、しばらくその場を動かなかった。

ややあって、お葉は又兵衛の頬に手を伸ばし、

「申し訳ございませぬ」

と語りかけてきた。返事はしなかった。なぜ謝るのか、何を謝っているのか、そしてどうしてそんなに他人行儀なのか、又兵衛には皆目見当がつかなかった。まるで仏様についた埃《ほこり》を拭うような手つきで額を撫でる母の手の熱を感じながら、又兵衛は眠りについた。


光吉に絵を教わる日々が一月ほど続いたある日のことだった。

「もうそろそろ、お別れか」

光吉は弱くなった木漏れ日を見上げながら、そう口にした。

思わず又兵衛は描いていた絵から顔を上げ、光吉を見遣った。光吉はおどけるように肩をすくめ、庭先で筆を振るう弟子に向かって顎をしゃくった。

「ほれ、あの二枚で仕事が終わるからな。さすれば、ここに来ることもなくなる」

最初の頃は庭先を八畳分ほど占領して絵を描いていたが、作業が減ったのか作業場は半分に縮小され、高弟が乗り板に座って絵を描いている。

日差しのもと、慎重に筆を走らせる弟子の姿を眺める又兵衛は、大きなしくじりを起こしてくれないだろうか、そうすればこの夢のような時も続くのに、と祈っていた。それが邪《よこしま》な願いであ

ることに気づき、慌てて首を振った。

「それにしても、お前は本当に筋がいいな。一月でここまで腕を上げるとは」

今、又兵衛はこの寺の講堂を描いている。線の強弱や掠《かす》れの業《わざ》を覚えたおかげで、絵に躍動感や陰影を盛り込むことができるようになった。

絵を描く日々に身を晒すうちに、又兵衛は己の心中の変化に気づき始めた。どんなに苦しいことがあっても、絵を描くことで和らぐ気がした。いや、日々の憂さがすべて絵に吸い込まれていくようですらあった。狐の嫌がらせが、お葉の涙が、己の吃が、線となり掠れとなって紙の上で形や彩を成してゆく。この一月、何があっても心は凪いでいた。

愉快だった日々が、終わりを告げてしまう。

気づけば肩が震えていた。

これだけ心の澄んだ日々はなかった。だからこそ、絵と共にある日々が失われようとしていることを、又兵衛は恐れた。

又兵衛を見下ろしていた光吉は、懐からあるものを差し出してきた。

「くれてやる」

径二寸ほどの巻物だった。促されて開いてみると、吹き抜け屋台の絵巻物が姿を現した。文字はまだ読めないから何が書いてあるかは分からない。烏帽子《えぼし》をかぶって狩衣《かりぎぬ》を着た男と、きらびやかな女房装束に身を包む髪の長い女が御簾《みす》の中で手を取り合っている姿や、建物の廊下を歩く女官たち、縁側を歩く貴顕の人々の姿が描かれている。

「我が流派、土佐派の粉本ぞ。初学者向けのものだ」

極彩色の巻物と光吉の顔を見比べていると、光吉は小さく笑った。

「なぜここまでしてくれる、という顔をしておるぞ」

正直に頷くと、光吉は笑みを引っ込めて又兵衛の目を覗き込んだ。流れゆく笹舟を見送るような、そんな表情を浮かべて。

「お前には才がある。この一月あまり、お前は毎日こうしてやってきて、絵を描いていた。わしの弟子とて、ここまで長く筆を持ち続けることができる者はいない。お前には才だけではなく、筆を持つ理由も備わっておる。ただ悲しいかな――、絵を学ぶためには才や切実な理由だけでは結べぬ縁がある。寺の下働きのお前では、絵を学ぶ機会はなかろう」

だから、と光吉は言った。

「お前の才が惜しい。それゆえの餞別《せんべつ》と心得よ。もしも生計《たつき》に困ったなら売り払ってもよい。だが、もしもこの粉本で以て絵を身につけ、絵を学ぶ縁を得たならば、わしのもとに来るがよい」

光吉はくしゃりと又兵衛の頭を撫でた。

「筆先を淀ませるな、又兵衛。思い切りよく筆を振るえ」

寺の障壁画の修復を終えた光吉たちの背を見送った又兵衛の手には、小さな巻物が残された。

それからというもの、日々のお勤めの合間にそれを眺めるようになった。お葉に訊いたところだと、源氏物語という古い物語の一部であるらしい。細かな内容は教えてもらえなかったが、禁《きん》裏《り》の貴公子を主人公にした物語だという。この絵の中にいるのはどのような人たちなのだろうと想像を膨らませながら砂利の上に枝で絵を写し取った。また、光吉が残していった天橋立図もことあるごとに眺め、その姿を思い起こしながら地面に描いた。光吉はいない。だが、寂しくはなかった。

又兵衛が絵と出会って半年ほど経った冬のこと、夜着から出るのが億劫になるほどに寒い朝に事件が起こった。

下働きの朝は早い。眠い目をこすり、白い息を吐きながら小屋から出たときに異変に気づいた。まだ空が白み始めていないこの時分は、いつもは静まり返っているというのに、表が騒がしい。何かあったのだろうかと声に誘われるように山門の方へ回っていくと、ちょうど寝間着の修行僧たちが総門で来訪者と押し問答をしているところだった。

白い息で手を温めながら、又兵衛は物陰から来客の様子を窺う。髷《まげ》を結い、月代《さかやき》を剃っている男たち三人。三人とも背が高くがっしりとした体つきで、対する修行僧たちより頭一つ大きい。鍛え上げられた体軀を肩衣袴《かたぎぬばかま》で包み、金金具の太刀を見せつけるように佩《は》いている。そんな三人組が肩をいからせ、みみずの這ったような古傷だらけの顔を凄ませながら修行僧たちに怒鳴りかかっている。耳を澄ませていると、時折風向きが変わって「織田《おだ》右府《うふ》様の遺いをないがしろにするは、この寺のためにならぬぞ」という怒号が聞こえた。

織田右府――。町の童ですら名前を知っている。近畿一帯から美濃尾張までを支配する権勢人だ。その遺いがどうしてこの寺に?

小首をかしげていると、突然何の前触れもなく後ろから体を引かれた。声が出そうになったが、口を塞《ふさ》がれた。上目遣いに見ると、そこには意外な人物の顔があった。

住持が首を振り、厳しい目で又兵衛を見下ろしていた。

口を塞いでいた手の力が緩まると、又兵衛は思わず声を上げた。

「じじじ、住持様」

「静かにせい」

住持に小声で一喝され、己の口を両手で押さえた。

よし、と小さく頷いた住持は、低い声を放った。

「かか様はどこにおる」

「たたた、たぶん、まままま、まだ、小屋に」

「そうかえ」

又兵衛は住持に手を引かれ、その場から離された。普段住持は奥書院に座っているか、本堂の阿弥陀様を前に読経をしているかで、力仕事をしている姿はおろか、今のように大股歩きをしていることさえ見たことがなかった。着物の裾が割れるのを意に介する様子もなく、住持は又兵衛たちの小汚い小屋の戸を勢いよく開いた。

小屋の中には、白髪の少し混じった髪に櫛《くし》を通すお葉の姿があった。いきなり住持がやってきたというのに、お葉に動揺はない。

又兵衛の手を離した住持は、謹厳な声を発した。

「織田右府の手の者がやってきましたぞ。お葉殿」

「そうですか。右府の遣いは何と」

お葉は凜《りん》とした態度を崩さない。

今日は朝目覚めてからというもの、何から何までちぐはぐな感じがする。性質《たち》の悪い夢でも見ているような心地がしたが、いくら利き手でもう片方の二の腕をひねってみても痛かった。

目の前で繰り広げられている会話についてゆけぬ又兵衛をよそに、住持はちらと表を窺った。

「奴らの目当てはお二人ですな。申し訳ありませぬ。どこかから漏れてしまったようでござる」

「まだ、右府は諦めておらぬのですか」

「仕方ありますまい。右府からすればお二人は――」

言いかけたその時、住持は咳払いをして言葉を濁した。

「これから、どうしたら」

住持は険しい顔で頷いた。

「今、手の者に命じて逃げ道を用意しております次第。すぐに――」

不意に戸が開いた。戸の向こうに立っていたのは、寺で薪割りをしている老人だった。いつも通りの粗末ななりをしているものの、猫のように周囲を窺い、眉を吊り上げている。のんびりと薪を割っている普段の穏やかな顔からは想像も出来ない表情だった。

その老人を一瞥《いちべつ》した住持は、ふむ、と唸った。

「お葉殿。うかうかしておる暇はありませぬ。いますぐお逃げなされ」

「どこへ行くことになりますか」

「京に、不遜なれど信頼に足る御仁がおります」

「そう、ですか」

「ささ、早くお逃げなされ。ことは一刻を争いますぞ」

小面《こおもて》のように無表情で小さく頷いたお葉は素早く立ち上がり、部屋の隅に置かれていた市女笠《いちめがさ》を被ると、又兵衛の手を取った。荒れたその手は細かく震え、汗ばんでいる。

住持に頭を下げたお葉に手を強く引かれたが、又兵衛には気になる物があって、抗《あらが》ってしまった。

「どうしたの、又兵衛」

常にないほど、お葉の言葉は鋭い。

「あああああああ、あの」

「後にしなさい」

お葉がこうもぴしゃりとものを言ったことはこれまでなかっただけに、又兵衛は狼狽《うろた》えた。大事な時に限って言葉が出ない。これまでも嫌気が差すことはあったが、この日ほど己の吃を呪ったことはなかった。

振り返ると、部屋の隅、又兵衛の行李の上に、光吉から貰った粉本が置いてある。あれを持ってゆきたい、ただそれだけの思いを言葉《かたち》にできなかった。

又兵衛は母に手を引かれて裏の勝手口から町へと出た。先導する老人は狭い裏路地を選び、早足でずんずん進む。住人達のねばついた視線に怯えながらも、痛くなってきた胸を叩き、あえぎつつ走る。

顔を上げて息苦しさを紛らわせていると、市女笠を被り直したお葉と目が合った。

「ごめんね、又兵衛。本当は、もっと静かに過ごさせてやりたいのに」

謝罪の言葉に又兵衛は戸惑った。

聞きたいことは沢山あったのに、問いが口から飛び出すことはなかった。自分が問いかけを発することで、何か大事なものを失ってしまうのではないか、そんな恐怖に駆られた。

何が起こっているのか分からないまま、又兵衛は激流の中に身を任せていた。


先導してきた老人は案内を終えると頭を下げ、又兵衛たちの前から風のように去っていった。数日の旅を経て、又兵衛たちは小さな一間が覗く三和土で草鞋《わらじ》を脱いだ。

のちに知ったところだと、そこは京の二条《にじよう》油小路《あぶらのこうじ》だった。

新たな住まいは真新しい木の香りがした。丁寧に板の葺《ふ》かれた屋根の下には天井板も張られ、夜着や腰高屏風、行燈《あんどん》や甕《かめ》といった生活に必要なものも一通り揃い、どれも新品同様だった。西の壁に大きく採られた窓から温かな陽光が射し込み、磨き上げられた床に四角い陽だまりを作っている。以前寝起きしていた粗末な小屋との落差に驚きながら、数日の旅に疲れた又兵衛は旅の垢を落とすのもそこそこに、真新しい夜着に包《くる》まった。

次の日、又兵衛は母とともに町に出た。

市女笠を目深に被り、辺りを窺うように歩く母に連れられ目にした町は、又兵衛には驚きの連続だった。以前いた寺の近辺も人が多かったがこの町の比ではなく、人がしげく行き交う大路には暖簾《のれん》を下げた見世が軒を連ね、人々の熱気が渦を巻いていた。町を行く人々の話し声、呼び込みの声、足音……。色も音も匂いも以前いた町よりも濃厚で、すっかり中《あ》てられてしまった。鉋《かんな》跡も清々しい白木の建物、破れていない板葺きの屋根、町並みは新興の地ならではの清新ぶりを誇っていた。

雪の降り積もった笹の紋が染め抜かれた大暖簾の前で、お葉は足を止めた。周囲の板葺き屋根の建物とは違い、桟瓦《さんがわら》で葺かれたその商家は、ほかの建物と比べて一回りも二回りも大きい。他を圧倒する店構えに見とれる又兵衛の手を引いたお葉は、その脇の小道の奥にある通用門をくぐった。

庭が又兵衛たちを出迎えた。小さいながら池もあり、壁に沿う形で赤松が枝葉を伸ばしている。その向こうの母屋縁側に、一人の男が座していた。

年の頃四十ほどの男だった。笑みを絶やさぬ丸顔は、福耳と相まって恵比寿様を思わせる。小太りな体を紺の着物と錦の羽織で包んでいるその男は、庭先を歩く又兵衛たちの姿を認めると小さく頭を下げた。なぜか、又兵衛は穏やかな表情を浮かべている目の前の男の姿に怖気《おぞけ》を覚えた。

「ああ、お葉殿ですな。ささ、上がりなされ」

覇気の滲《にじ》む低い声に促されるまま、又兵衛親子は沓脱石《くつぬぎいし》から縁側に上がり、奥の間へと通された。床の間に季節の花の生けられた畳の間だった。

又兵衛たちの後に部屋に入り、二人の前に腰を下ろした福耳男は柔和に笑いつつも、又兵衛親子を品定めするような目をしていた。

「改めまして、よくぞお越しくださいましたな」

「こちらこそ、結構な寝床をお与えくださったばかりかお志までいただき……」

お葉が会釈して言葉を返すと、福耳男は大仰に錦の袖を振った。

「何、大したことではない。あのような場所でよければ、まさしく売るほどありましてな」

錦の羽織を揺らすように高笑いした男は笹屋と名乗った。

元を正せば二条油小路で布地を商う問屋であるというが、土地貸しや転売にも手を伸ばして成功したらしい。近頃では二条通り界隈の土地屋敷を買い増しては新たな建物を建てて自分好みの町を作っている、と満足げに説明していたものの、又兵衛は分限者《かねもち》なんだなと聞き流すばかりだった。

「あなたへの施しは阿弥陀様への施しと同じ、と堺の住持様より聞きましてな。割のいいことと喜んでおるところ」

「わ、割のよい」

笹屋は膝を立て、ずいとその顔を困惑した様子のお葉に近づけた。

「寄進も決して悪くはありませぬが、それでは莫大な銭がかかる。そなたら二人に住処の世話をするだけで功徳になるのであれば、これほど安上がりなことはありませぬ。——あーいやいや、この笹屋、決して阿弥陀様を無下にしておるわけではありませぬ。そこを誤解されては困りまするが、商人には商人の方寸があり申す」

凄むその顔を前にした又兵衛は、笹屋という商人の覇気に触れた気がした。

が、笹屋は元の恵比寿顔を取り戻す。

「ま、万事この笹屋に任せ、ごゆるりとなさるがよかろう」

胸を叩く笹屋に、お葉は顔の曇りをごまかすためか、深々と首《こうべ》を垂れた。

そんなお葉の変化に気づかなかったのか、それともそうした態度を取られるのに慣れ切っているのか、笹屋は金扇を開き、その丸顔をひらひらとあおいだ。

「しばらくはほとぼりを冷ました方がよろしかろう。京《ここ》は織田右府の牙城、あ奴の鼻は相当利くゆえ、当面は外を出歩かぬほうがよい。いくらわしがこの辺りを押さえているからといっても、右府の手の者の動きをどうこうすることは叶わぬものでしてな」

笹屋の言葉に反し、家に逼塞《ひっそく》する日々はすぐに終わりを告げた。

この年、天正十年(一五八二)の六月、京に逗留していた織田信長《のぶなが》が家臣の弑逆《しいぎゃく》に遭ったという報せは、息を潜めるように小屋に引きこもっていた又兵衛親子の耳にも届いた。お葉は信じられぬと言いたげに首を横に振っていたが、家臣団の逗留していた本能寺、二条御所が焼け、信長には逃げ出す暇などなかったと説明されるや、お葉は菜っ葉が萎《しお》れるようにその場にへたり込んだ。

「これで、ようやく終わるのですか」

両手をだらりと床につけ、お葉は何度も肩をゆすっている。

又兵衛が近づくと、お葉の手が伸び、又兵衛に絡みついた。

咄嗟のことに声が出なかった。

お葉はしゃくりあげていた。

「もう、何を恐れることもないのよ」

声を震わせるお葉は、何度も繰り返しそう言っては、その豊かな頬に涙を伝わせていた。

権勢人が死んだことをなぜこうも喜ばねばならないのか、又兵衛には皆目見当もつかなかった。それまで母は何かに怯え、重荷を背負うように下を向いていた。だが、この時、子供のように泣きじゃくるお葉の顔はこれまで見たことのないくらいに晴れやかで、母は本当はこんな表情を見せる人だったのだと気づかされた。


信長が死んでしばらく経ち、世に落ち着きが戻ってきた頃、外に出てよいと許しが出た。寺にいた頃のように何かお役目が与えられるわけではない。お葉は内職を宛がってもらったらしく、いつも家で縫物をしている。邪魔をするわけにはいかない。又兵衛はお葉が針仕事を始める頃合いを見計らって表に出るのが常となった。

京に知り合いはいない。住んでいる小屋の周りにはひしめき合うようにして小屋が軒を連ねているものの、建ったばかりらしく死んだように静まり返っている。小道を抜けて大路に出て一人そぞろ歩く。

二条通り沿いには桟瓦葺きの屋根の光る笹屋の見世が大間口を開けて鎮座しており、小さな間口の見世が板葺き屋根を並べている。商売者が多いおかげか、この界隈は活気もある。

これはという場所を見つけると、又兵衛は道端にへたり込んで絵を描いた。墨を買ってもらうわけにはいかず、炉や燈心の炭を集めて水で溶かしたものを小さな壺に入れて持ち歩いた。この日も、少し前に町の隅で拾った古筆の先を壺に突き入れ、くしゃくしゃになった反故《ほご》紙を広げ、道の隅に座った。

『筆先を淀ませるな』

『思い切りよく筆を振るえ』

光吉の言葉に従い、勢いを大事にして手を動かす。そうして描いた絵は、どう工夫しても滲んでしまう。道具のせいだろうかと首をかしげ、色々自分なりに手を加えてみたものの、どうしても解決には至らなかった。

日がな一日絵を描いて夕方に家に戻る生活を送っていた、ある晩夏の日のこと。

顎にたまる汗をぐいと手で拭き、なおも輝く日輪を見上げながら、又兵衛は道端で絵を描いていた。

遠くで蜩《ひぐらし》が鳴いている。その声も日を経るごとに小さくなっている。

又兵衛は二条油小路の小道で見つけた小さな地蔵を描き写していた。

動きを淀ませずに指を走らせても、光吉の許で描いていた時のようにはいかない。あれは遠い夢のようなものだったのだろうか――。かつて得た、そしてもはや遠い縁《えにし》を思いながら指を走らせているうちに、又兵衛の描いていた絵に大きな影が差した。思わず見上げると、そこには頭巾に紗《しゃ》の羽織を纏い、汗が玉のように浮かんだ顔を扇子《せんす》であおぐ笹屋の姿があった。

「又兵衛ではないか。こんなところで何をしておる」

後ろには店の番頭や丁稚を従え、笹屋様、笹屋の旦那様、と声をかけて頭を下げてゆく町人たちの姿もある。それらの挨拶にひょいと手を挙げて応じる笹屋は、まるで武家の棟梁のような鷹《おう》揚《よう》さを全身に漲《みなぎ》らせていた。

何か言葉を返そうとした。水気を失った口を唾液で湿らせ、息を吸う。だが、咄嗟に言葉が出ない。『ここで絵を描いていた』と言いたいだけなのに、泥の詰まった漏斗《じょうご》のように何も出てこない。

無言でいるうちに、笹屋が又兵衛の描いていた絵に気づいた。

「お地蔵さんを描いておったのか。子供というに抹香臭いことをしておるな」

苦々しい顔をしながら又兵衛の絵を覗き込んだ笹屋から笑い皺が消え、細めた目が光った。理由は分からない。なぜか怖くなった。

そんな又兵衛をよそに、笹屋は後ろに控える番頭とひそひそと内証話を始めた。

やがて、合点するように頷き、顎に手をやった笹屋は又兵衛の前にかがみ込んだ。又兵衛の目と己の目の高さを合わせると、笹屋は又兵衛の手を取った。分厚くて大きく、骨太な手。父親のない又兵衛は、これが男の手なのかと己の紅葉のような手と比べ驚いた。

「又兵衛、もしかしてお前、絵が好きか」

すき、という二文字さえ、口元が震えて出なかった。慌てて又兵衛は首を縦に振った。

「そうか、好き、か」

笹屋はゆっくりと立ち上がると、何事もなかったかのように道を歩き始めた。だが、立ち上がったその時に、

「値札のついておらぬものに値をつけるが、商人《あきんど》の醍醐味よ」

そう口にしたのを、又兵衛は確かに聞いた。

次の日の朝早く、笹屋が小屋に訪ねてきた。

小屋の上がり框《かまち》に腰を下ろした笹屋は近くにいた又兵衛の頭を強く撫で、お葉にこう切り出した。

「又兵衛を絵師の工房に預けてみませぬかな」

突然のことに、お葉は目を丸くし、李の実のような頬を白くした。

だが、笹屋は構いもせずに己の持論をまくしたてた。

「お前さんが一生又兵衛の面倒を見るわけには参りますまい。極楽へ行く順番はお葉さんの方が早いのですからな。何か手に職をつけてやった方がよろしかろう」

「又兵衛はまだほんの子供で」

「子供ゆえのこと。大きくなってからでは身につくものも身につきませせぬ。拠るべき家があるならまだしも、又兵衛には、その家がない。ならば——」

お葉はなぜか逡巡《しゅんじゅん》しているようで目を泳がせてばかりだったが、笹屋は駄目押しのように身を乗り出した。

「実は、既に狩野《かのう》の工房に話を通してありましてな」

「か、狩野の？」

狩野、という言葉を受け、ついにお葉は折れた。何か言いたげにしている口をつぐみ、草が萎れるように平伏すると、すがるように、ぽつりと言った。

「又兵衛に、画才はありましょうか」

「少なくとも、この笹屋が気にかけるほどには」

笹屋は分厚い胸を叩いて見せた。

あれよあれよという間に、又兵衛は笹屋とともに上京《かみぎょう》にいた。

又兵衛の住んでいる二条油小路の近辺とは町の雰囲気が違う。庶民向けの小屋や小さな市がひしめくように並び風采が上がらないのが二条油小路なら、この一角は大きな屋敷が悠然と軒を連ね、道行く人々もきらびやかな装束に身を包む、いかにも取り澄ました気配のある町だった。門前を固める番人さえ、金象眼《ぞうがん》の入った太刀をこれ見よがしに佩いている。屋敷をぐるりと取り囲む塀の上から背の高い松が枝を伸ばし、青々とした葉を覗かせている。

新たに見る上京なる地の景色に心を躍らせるうちに、笹屋はある屋敷の前で足を止めた。

「ここぞ」

豪壮な門構えだが、門番がいない。通用門から中に入ると、そこかしこから墨の匂いや鼻の曲がりそうな獣の臭いがする。周囲のお屋敷とはまた違った気配を子供ながらに感じ取る。

笹屋は勝手知ったる庭のように、門をくぐって南へと回った。又兵衛もそれに続く。

光に溶けるように佇《たたず》む庭が二人を迎えた。松や梅の木が枝ぶりを誇り、瓢簞《ひょうたん》池には鱗《うろこ》を輝かせて泳ぐ鯉の姿がある。この屋敷の庭は大きく、日差しが差し込んでおり明るいはずなのに、なぜか冷ややかさを感じた。

その庭の端にいて松の枝を鉈《なた》で落としている若い男に、笹屋は何事かを伝えた。すると若い男は小さく頷いて奥に消え、縁側に一人の老人を連れてきた。

髪の毛を剃り上げ、顔中に深い皺が刻まれていて、少し腰の曲がった体を墨染の着物で包んでいる。袖から覗く手は骨ばって干からびているものの、太い血管が浮かび上がり、力が漲っているように見えた。どう見ても老人だが、瞳は忙しく動き、又兵衛を捉えている。

老人は、笹屋を見るや、柔和に頰を緩めた。

「おお、笹屋殿。ようお越しになられた」

「お久しぶりですな、松栄《しょうえい》殿」

二人は知り合いらしい。老人と笹屋の顔を見比べていると、松栄と呼ばれた老人は、庭に立つ又兵衛たちを客間へと案内した。

南の庭に面したその部屋は八畳の一間だった。床の間には水墨画の軸が掛けられており、青々とした畳も丁寧に掃かれている。

畳に腰を下ろした松栄は目を細め、改めて笹屋に笑いかけた。

「息災にしておられたか」

「最近は仕事に追われるばかりで、すっかりご無沙汰してしまいましたな」

「笹屋殿のおかげで、この通り、狩野家は栄えてござる。いつもお志をいただき、ありがたきことにて」

「はは、天下の狩野家に絵を描いてもらっておるのだから、色を付けるのは当然のこと。あれを描いてもらおうという下心もありましてな」

「まだ諦めておられませなんだか」

二人して顔を見合わせて笑った。どういう関係なのかは分からない。それでも、二人の強い縁を見て取ることができた。

楽し気な世間話がしばし続いたのち、松栄はふいに刺すような視線を又兵衛に向けた。

「で、笹屋さん、この子供があの」

「左様。これを狩野の工房の末席にお加え願いたく思うておりますが、できますかな」

又兵衛から視線を外すことなく、松栄は顎に手をやった。最前までの老人めいた姿から一転、身をかがめ、獲物を狙うように、又兵衛をねめつけた。蛇に睨《にら》まれた蛙の言葉通りに何も言えずにいる又兵衛を前に、松栄はゆるりと顔を笹屋に向けた。

「今、狩野工房は門人で一杯でしてな。他ならぬ笹屋さんのお願いといえど、無理矢理工房に加えるのは難しい」

「奥歯に物が挟まったような物言いですな。無理矢理でなければ工房に入る手もある、と言いたげではありませぬか」

松栄が手を叩くと、奥の唐紙が開き、粗末な着物を巻き付けただけの若い男が文机を運んできた。

　文机の上には硯と細筆、文鎮の乗った半紙が置かれていた。

「笹屋さんは見どころがあるという。されど、画才を測るは絵師の領分。実際に目の当たりにしてみないことには何とも。というわけで、今日ここにお呼びしたのです」

「試すわけですな」

　二人の間で話が進んでいる。大人の話に子供が口を挟めるわけもないが、傍観している又兵衛にも、己のやらねばならぬことが見えてきた。

　久々に見る白紙に、心がざわついた。

「絵を描いてみよ。画題は問わぬ」

　又兵衛は即座に細筆を手に取って墨に浸すと、その先を紙の上に落とし、一気に動かした。線を一つ描き入れた瞬間に、又兵衛は打ち震えた。筆も、紙も、まるで違う。筆はしっかりと墨を吸い上げ、程よく離れていく。紙は狙ったところで滲みが止まる。これまで使っていた筆や紙とはまるでものが違う。

　これならば、描きたいものが描ける。

　又兵衛は無我夢中で筆を振るった。

　半紙の天地ではたかが知れている。すぐに筆を措いた。

　松栄は目を細め、又兵衛の絵を覗き込んだ。

「歪《いびつ》ながら才はある。土佐工房の匂いがするな」

又兵衛が描き出したのは、雀の絵だった。地面をちょこちょこと飛び回り、落ちている米粒をついばむ一瞬を描いた。

「まあ、よろしい。これから、面倒を見ましょう。ただ、内弟子はもう一杯ゆえ、通いの弟子ということでよろしいか」

「もちろん。この子を一人前にしてくだされ」

笹屋は又兵衛の頭を無理やり下げさせ、自らも頭を下げた。

かくして、又兵衛は狩野工房の外弟子となった。

もともと狩野工房は足利将軍家の庇護のもと絵を描いていた画工集団であったが、現当主の狩野永徳《えいとく》が織田信長の贔屓《ひいき》を得たことで京随一、日本《ひのもと》一の絵師工房と見なされるに至ったという。兄弟子はそんな話を己の手柄のように胸を張って語った。

が、最初は絵筆さえ握らせてもらえなかった。

朝早く工房にやってきて、屋敷の隅にある小屋に入る。そこは膠《にかわ》小屋と呼ばれる総土間の小屋で、真ん中に大きな釜が鎮座し、古ぼけた文机が十ほど筵の上に並んでいる。物置のような場所に一日中留め置かれ、日が傾くまで他の弟子たちと墨作りに勤《いそ》しんだ。

狩野工房では出来あいの墨は使っていない。火のついた蠟燭《ろうそく》の上に覆いを被せると煤《すす》が付く。これを集め、煮溶かした膠と混ぜ合わせることで墨を作っている。最初の頃は、こう作るものだったのか、と驚き、楽しくもあったが、絵筆を握らず手を真っ黒にする生活を重ねるうちに、本当にこのままでよいのだろうかという心の声に苛《さいな》まれるようになった。だが、誰かに問おうとしても、同じ部屋にいる弟子たちは無駄口一つ叩かず、与えられた仕事をこなしていた。

入門から一月ほど経ったある日のこと、又兵衛は休憩の時間、一人で庭先にいた。

絵が描きたい。その一心で、木の枝を手に庭の砂地に膝をついた。

墨を練る時間が長くなればなるほど、絵筆を執りたくなる。

なのに、いつまで経っても絵が描けない。

理屈ではない。ただ、絵が描きたかった。

又兵衛はゆっくりと息を吸い、そして、一息に枝を振るった。

砂地の上に、羽をゆらゆら動かして歩く孔雀の姿が立ち現れた。

その時、出し抜けに声が掛かった。

「上手いねえ」

振り返ると、一人の少女が立っていた。

おかっぱの髪に丈の短い女中お仕着せの着物。年の頃は又兵衛と似たようなもの、あどけなさを残した真っ赤な顔を又兵衛に向けている。

目をしばたたかせていると、その少女は頬を膨らませた。

「わたしの顔、覚えてない、って顔してる」

図星だった。

だが、少女は軽く息をついただけで、特段気にしている様子はなかった。

「まあ、いつも下を向いて墨を作っているもんね。わたしはあの小屋で紅を作っているのよ」

記憶を手繰り寄せる。十五から二十ほどの若い男たちが墨を練り上げたり真ん中の巨釜にかかっている膠をかき回したりしているむさくるしい小屋の中で、薬研《やげん》を手にあくせく走り回っている少女がいた。

「わたしは徳《とく》。あなたは」

「ままま、又兵衛」

徳と名乗った少女は、又兵衛の吃を咎めることはなかった。そのおかげだろうか、又兵衛の口から疑問がついて出た。

「おおおお、お徳は、絵師なのか」

次の瞬間、目の前に星がちかちかと瞬いた。

何をされたのか分からなかった。だが、頭に走った鈍い痛みで、お徳に殴られたのだとようやく気づいた。

「あのねえ」お徳は拳骨を握ったまま不機嫌そうな声を上げた。「わたしの方がここにいるのが長いんだから、せめてさんづけで呼んでくれないかしら」

お徳さん、と呼びかけ直すと、ようやくお徳は納得したようだった。

「わたしは絵師じゃない。狩野工房の下働きよ。墨作りとか顔料作りはよく人が足りなくなるところだから、他の仕事の合間にわたしが手伝っているの」

「おおおお、お父《とと》とかお母《かか》は」

年端《としは》も行かぬ子どもが奉公している不思議を想ったゆえの問いだった。だが、お徳は拳骨を解いて、短く首を振った。

「昔、死んだ」

余計なことを聞いてしまったと子供心にも察して頭を下げると、お徳は軽く首を振った。

「別にいい。昔の話だし」

こうして又兵衛はお徳と知り合った。

工房に話し相手ができた。それだけで、身の置き場が定まったような、そんな気がした。ふと目が合った時に笑いかけてくれる者がいる、そのことがこんなに心強いのかと驚きもした。

そんなある日、小屋が色めき立った。

「皆、やっておるか」

小屋の戸を開いたのは、工房惣領格の狩野松栄だった。普段、こんな処にまでやってくることなどないだけに、小屋で墨作りや膠の煮出しに精を出していた弟子たちは困り顔を浮かべて作業の手を止め、小屋全体を指導する高弟も薬研を脇にのけて固まっていた。

苦笑いを顔に張り付けた松栄はのろのろと首を横に振った。

「手を止めるでない。今、新しい弟子を案内しておるでな」

小屋の中が俄《にわ》かにざわついた。

狩野松栄が自ら工房を案内するほどの新弟子。

弟子たちの困惑をよそに、松栄は後ろに控える影に声を掛けた。

「ここが膠やら顔料やらを作っておる小屋よ。工房に入ったばかりの若輩者をここの取り仕切りをしている高弟につかせて、顔料作りの基礎を叩き込んでおる。まあ、そなたには既にすべて教えておるから、もはやここに用はあるまいが」

一人の青年が松栄の後ろから姿を現した。

年の頃は十五ほどだろうか、弟子たちに支給される麻直垂を着ているものの、高弟にしか許されぬ藍の羽織を纏っている。一目見た瞬間、なんとなく怖気が走った。その正体を探るうち、青年の立ち姿が、まるで研ぎ澄まされた刃物のようであることに気づいた。眼光、顔立ち、そして纏う気。全てが利刀を思わせた。

だが、その鋭い気配は、言葉を発するだけで煙のように消え失せた。

「松栄先生、一つ、お願いがございます。わしも、ここから階梯を始めさせていただけないでしょうか」

青年の口から飛び出した柔らかい言葉はまるで歌のように響いた。松栄はしわがれた声を返す。

「そなたは既に藍羽織ぞ。貴顕向けの絵の制作に勤しんでもらわぬと困るのだが」

「今のうちに基礎をさらっておきたく存じます。高き階梯に登れば登るだけ下積みの甘さが露呈するとは、先生のお言葉でございます」

慇懃《いんぎん》ながら、有無を言わさぬ力がある。松栄すら反論の言葉が見つからないらしく、押され気味に口ごもらせた。

「そこまで言うなら、仕方あるまいな」

「ありがとうございます、先生」

かくして、高弟の印である藍羽織を纏った新弟子が小屋にやってきた。

その青年は、又兵衛の横に席が与えられた。いや、正確には、青年自らがその席を選んだ。

「ここでよろしゅうございますね」

又兵衛の横の文机を指した青年の言葉に、この小屋の取り仕切り役である藍羽織の高弟はただ頷くばかりだった。

小屋を総括する高弟すら扱いに困っている新弟子を、年端のいかぬ弟子たちが持て余さぬはずはなかった。それは又兵衛も同じで、時折横目で新弟子の様子を窺いつつ、お徳と目くばせをしていた。だが――。又兵衛は気づいた。件《くだん》の新弟子の透き通った瞳が又兵衛を捉えている。それも、一度や二度ではなかった。

からりと晴れた秋の日。昼前の休憩の折、又兵衛はお徳と共に庭の砂地で絵を描いていた。又兵衛が暇を見つけては庭先で絵を描くのはもはや日課となっていて、高弟たちも黙認してくれていた。最初は一人でやっていたのだが、『又兵衛さんが絵を描くのを見るのが楽しい』と、お徳は飽きもせずに又兵衛を眺めている。

そこに、例の新弟子がやってきた。

「ほう、いい絵だな。粉本は見ておらぬようだが、それなりに絵を理解している」

藍色の羽織を揺らしやってきた新弟子は、いきなり地面の絵を褒めた。今日は虎を描いた。

すると、新弟子の青年は短く噴き出した。

「二人とも、そう怖い顔をせんでくれ。同じ狩野工房の弟子同士、仲良くしようではないか」

見れば、横にいるお徳が怖い顔をして青年を睨みつけていた。もしかして、己も似たような顔をしていたのだろうか。

青年は自分の胸を指した。

「内膳《ないぜん》という。以前から松栄先生に絵を教わっていたのだが、諸般の事情で工房に世話になることになった」

誰も話しかけてくれぬから寂しくてな、と内膳と名乗る青年は笑った。

「これから、よろしくな」

そう言い置き、内膳はその場を去っていった。その背中を目で追っていると、横のお徳が又兵衛の袖をくいくいと引いた。

「あの人、すごい人かもしれない」

あの内膳なる青年は個人教授で絵を教わっていたのではないか、というのがお徳の推量だった。息子に惣領を譲り表向きは隠居の体《てい》を取っている松栄だが、未だに絵師として現役で、工房の指揮にも当たっていて多忙なはずだ。その松栄から絵の手ほどきを受けていたということは——。

「腕利きなのかも」

お徳の言うとおりだった。

意識して内膳の仕事ぶりを盗み見てみると、鮮やかな手際が際立っていた。内膳の用意した顔料は誰よりも細かく丁寧に砕かれており、膠との練り合わせにも毎回しくじりがない。又兵衛が同じことをやっても、ある絵の具では膠が多すぎてだまになり、ある絵の具では顔料の磨り潰しが足りない。

しかも、内膳は己の手際を誇るでもなく、小屋の者たちの仕事を手伝った。

「ほら、こうやるとうまくいく」

同輩が顔料潰しに音を上げた時には己の薬研を引き寄せ砕いてやり、膠の配合量に悩む者にはそれとなく耳打ちしてやっている。十日もしないうちに、内膳は小屋の人気者になっていた。最初は距離を置いていたお徳さえも、気づけば「悪い人じゃなさそう」と内膳になつく始末だった。

あんな奴のどこがいいんだ――。

反感を抱く又兵衛のもとにも内膳はやってくる。その日は己に割り振られた墨の用意を終え、顔料と膠の配合を学んでいるところだった。だが、又兵衛の練り皿を見るなり、内膳は顔を曇らせた。

「これでは膠が少ない。このまま塗ると料紙から剝がれる」

忠告を無視して紙に塗りつけた。その日は鮮やかな色映えに満足していたものの、次の日の朝、文机の前にやってくると、昨日塗った絵の具の表面にひびが入っている。紙をつまみ上げると、朽ちた枯れ葉のように絵の具が零《こぼ》れていった。

又兵衛は内膳をあからさまに避けた。理由は分からない。ただ、一緒にいると心の中がざわつき、己が惨めになる気がした。一月ほどで人の輪の真ん中が定位置となった内膳は、時折又兵衛に哀れみにも似た目を向けてくる。だが、小屋の隅で黙々と墨を作る又兵衛は、その視線を無視した。

こんなこともあった。

又兵衛は東の庭に面した縁側に腰を下ろし、日の傾き始めた庭をぼうっと眺めていた。この休憩が終われば最後の作業だと気を入れ直す又兵衛に、ふいに声が浴びせられた。

「こんなところで何をしているんだ?」

振り返ると、内膳が又兵衛を見下ろしていた。

又兵衛は棘《とげ》ついた言葉で返した。

「すすす、座ってた」

「はは、そうだろうなあ。ならば、俺も」

内膳は足を投げ出すように又兵衛の横に座った。

「今日は庭で絵を描かんのか」

「そそそ、そうだ、ききき、気が乗らない」

「そういうこともあろうな」

内膳は笑った。その笑い声は、羽毛のように軽かった。

流麗な弁舌、人当たりの良さ、誰とも打ち解けることのできる自信。そのどれもが又兵衛にはないものだった。だからこそ、この男が鼻について仕方がない。

早く去《い》ねばよいのに。汚い本音が又兵衛の中で渦を巻く。

目の前の犬走を三毛猫が歩いている。その柔らかそうな背に目を落としていると、内膳が口を開いた。

「又兵衛、いいことを思いついたのだが、乗らぬか」

顔を上げると、悪戯《いたずら》っぽく口角を上げた内膳は続けた。

「奥の院に忍び込む」

奥の院。中庭を口の字型に囲む狩野屋敷の北にある一角で、惣領狩野永徳や一の弟子を自称する山楽《さんらく》の画室や私室が並ぶ。女中や小間使いはおろか高弟すら立ち入りを禁じられており、もちろん又兵衛も足を踏み入れたことがない。

「惣領様と山楽様は公卿《くぎょう》様のお召しで、奥の院には誰もおらぬ。お二人の絵、見てみたくはないか」

又兵衛は胸の高鳴りを覚えた。

狩野永徳と顔を合わせたことはなく、山楽も廊下をのそりと歩いている姿を何度か見かけたことがあるくらいだが、二人の絵を目の当たりにする機会はある。粉本のいくつかは二人のものした絵だからだ。二人が今どんな絵を描いているのか。確かに興味があった。

高揚のあまり、頬が熱っぽい。心の臓が跳ね上がる。

内膳は、又兵衛の内心を見透かしているかのように、涼やかに笑った。

「決まりだな」

又兵衛は立ち上がると、内膳に誘われるがまま、奥の院へと向かった。

弟子や高弟の画室のある南の区画とは違って、北の区画は恐ろしいほどにひっそりとしている。足を踏み出すたび、廊下の床板の軋《きし》みが殊更に大きく聞こえる。誰にも見つからぬよう、辺りを窺いながら歩くさまを、前を行く内膳に笑われた。

しばらく声ひとつしない廊下を進むうち、奥に黒漆《くろうるし》塗りの戸が見えてきた。引手の代わりに赤い房のぶら下がるその戸は、来る者を拒むような圧迫感がある。

「さあ、行こうか」

口元の辺りを少し震わせながら、内膳は戸の房を手に取って、引いた。

奥の院の廊下は、存外に綺麗だった。毎日水拭きもされているのか塵《ちり》一つ落ちていない。弟子たちの画室のほうが汚いくらいだ。だが、しばらく歩くうち、これは綺麗ではなく、虚《うつ》ろと呼ぶべきものなのだと気づいた。広く与えられた一角、そこに二人しかいないとなれば、生活の匂いも薄まってしまうのだ、と。

霧の中にいるような気持ちでしばらく廊下を歩くと、縁側に出た。飾り気のない障子戸の続く縁側には、待ちぼうけを食らった犬のように、文机がぽつんと佇んでいる。

「おい、見ろ」

内膳の指した文机の上には硯や筆、文鎮や紙などがそのまま置かれ、先ほどまでここで誰かが絵を描いていた様が浮き彫りになっているようだった。又兵衛たちはそろりと近づき、文机の上に残る紙を覗き込んだ。

そこには、雪原の中に一羽で佇む鴫《しぎ》の姿が描かれていた。

白と黒のみの画の中、羽を必死に膨らませ、あらぬ方向を向いて目を細めている。

細い脚を冷たい水の中に浸し、ただ一羽で寒風に耐えている。

今日は温かな日であったのに、身を切るような寒さが膚に走った。

身を震わせて顔を上げると、後ろの障子が人一人通ることができるほど開いていることに気づいた。縁側からでは部屋の中の様子は影になっていてよく見えない。吸い寄せられるように、又兵衛は障子の隙間から、部屋の中を覗き込んだ。

外から延びる一条の光が部屋の様子を浮かび上がらせる。

障子の向こうには雪原が広がっていた。

目をこすって中の様子を見やる。雪に見えていたそれは、散乱する紙であった。

一枚として真白な紙はなかった。ある紙には線だけが引かれ、またある紙には小さな丸だけが描かれ、またあるものはつの字のような曲線が描かれただけで投げ捨てられている。

それらが何なのか、又兵衛には分からなかった。

だが、縁側から視線を感じて振り返った。

視線の主は、縁側の文机に置かれていた鴫の絵だった。

又兵衛の口から悲鳴にも似た声が漏れ出た。

おそらく、こういうことなのだろう、という想像が頭を過ぎった。

この部屋の主は、部屋の中で鴫を描こうとした。だが、最初の一筆がどうしても決まらず、部屋の中を反故紙で一杯にしてしまった。そこで表に文机を持って出て描いたのがこの鴫だった——。

もう一度部屋の中の雪原に目を凝らした。どの紙に描かれた線や点も、鴫の背や目、頭の一部だった。

又兵衛の脳裏に、雪原の真ん中で粛々と筆を振るう絵師の姿が思い浮かんだ。その刹那、なぜあの鴫の姿に冷ややかさを覚えたのか、その尻尾《しっぽ》を摑んだ気がした。

紙の上の鴫が問うている。

お前は、この域に立っておるのか、と。

地吹雪の舞う雪原の中、独り立つ鴫の目が又兵衛を射すくめる。

部屋の中を覗き込んでいた内膳と目が合った。内膳は青い顔をして、戸を閉めた。

無言で、二人は奥の院を後にした。

じっとりと背中に汗をかいている。

廊下を歩く又兵衛は、先ほど目の当たりにした部屋の様を思い起こしていた。

己の描いたものを否む絵師の姿が脳裏に浮かぶ。あの部屋の主はきっと、誰と語らうこともなく、ただ一人で絵を描いているのだろう。あの、雪の原のような部屋の中で。

恐ろしくはあったが、羨《うらや》ましくもあった。

又兵衛は内膳の横顔を見上げていた。

「どうした、又兵衛」

「ななな、なんでもない」

「そうか」

眉を顰めた内膳は、その大きな手で、又兵衛の頭を優しく撫でた。

温かな手の感触に包まれたその時、内膳もお徳と同じく又兵衛の吃を嗤《わら》ったことが一度もなかったことに、又兵衛は気づいた。

季節は冬になり、柿の木は葉を散らしていた。

又兵衛は、小雪舞い散る空を忌々《いまいま》しげに見上げていた。

外弟子である以上は家に帰らなければならないが、上京の狩野工房から下京《しもぎょう》の二条油小路へは時がかかる。内弟子と比べて、往復分の浪費は痛い。特に冬はそうだ。早く日が落ちるから、夏よりも絵に費やすことのできる時が短い。

気が逸《はや》るのは、この冬、又兵衛が膠小屋から出て、筆を手にできる階梯へ進んだからだ。狩野工房に入ってから数ヶ月目のことだった。

一、二年は膠小屋で下積みするのが通例ゆえ、又兵衛の扱いは狩野工房をざわつかせた。これは、半ば志願するように膠小屋にやってきた内膳の口利きによるものらしい。『又兵衛は既に膠や顔料の塩梅《あんばい》を摑んでおります』、正式に高弟の列に加わった内膳がそう松栄に進言したと風の噂に聞いた。

実際に絵を学ぶ日々は、又兵衛からすれば極楽だった。光吉の傍にいた頃のような生写よりは、巻物を写し、師匠の手本をもとに絵を描くことが多かったが、墨や紙が使えるのは嬉しい。誰よりも熱心に、心のままに絵を描き続けるうちに、初級弟子の中で頭角を現すようになっていた。

だが——。先ほどの教授を思い出し、暗澹《あんたん》たる思いに襲われていた。

初級弟子たちの並ぶ大部屋に、藍の羽織を着た高弟の冷たい言葉が響き渡った。

「又兵衛、この絵について思うところを言ってみよ」

突然問われ、又兵衛は固まってしまった。見れば、年の変わらぬ門人たちが又兵衛の顔を見遣ってくすくすと忍び笑いを漏らす。

狩野工房はただ絵を描けばよい場所ではない。絵を描いた後には必ず自らの絵の所見や思うところを話すように言われる。

自分より稽古の進んでいない弟子でも当たり前にこなすこの説明が、又兵衛には苦痛で仕方がなかった。決められたことを話すならまだしも、己の思うところを話せなどと言われては、吃りが怖くて唇が凍りついてしまう。

この絵は亀の鈍重さを出すことに注力いたしました。それがため、実物よりも亀の足を太く、短く描き、甲羅の汚れを描き出すために筆先を紙で拭いて撫でました……。言いたいことはいくらでもある。だが、いざ言葉にしようと努力しても、喉の奥でつっかえて出ない。その結果、「あああああ」と同じ音を何度も繰り返してはそれを弟子に笑われ、高弟に詰《なじ》られる。

「どうした又兵衛、まさか考えなしで描いたわけではあるまい」

揃いの麻直垂姿の弟子たちが笑い声を上げたのを、高弟が部屋を見回して静まらせた。

皆の視線が集まるだけ、高弟が又兵衛を促すだけ、息が浅くなり、血の気が引く。

意を決して、又兵衛は口を開いた。

「こここここ、この絵は……かかか、亀の」

部屋の中で笑いの渦が巻き起こった。

「もういい」

高弟が呆れたようにため息をつくと、部屋の笑い声は止んだ。

「又兵衛、いい加減その喋り方はどうにかならぬのか。絵師は依頼主に絵の内容を説明することも多い。そんな調子では、いかに優れた絵を描いたとて、気難しい貴顕のご機嫌を損ねて首が飛ぶ」

「ははは、はい」

「はい、だ」

「はははは、はい」

「馬鹿にしておるのか」

慌てて首を振った。だが、結局いつまで経っても「はい」ひとつ言えなかった。

忍び笑いの声が、今も耳に残っている。

肩に積もる雪を払って首を振り、又兵衛は帰途を急いだ。

同じく帰り道を急ぐ京雀たちの流れと共に歩いていると、途中、又兵衛の名を呼ぶ声がした。たいして珍しい名前ではない。街中で声を掛けてくる人間などいないと決めてかかっていた。だが、なおも又兵衛の名が連呼されている。万が一、自分かもしれないと考え、足を止めて声の方に向いた。

大路の隅、大店《おおだな》の庇《ひさし》の下に、一人の侍が立っていた。

笠を被って蓑《みの》を纏い、蓑の間からは武骨な黒漆塗りの太刀と紺の袴が覗いている。縁の浅い笠から覗く顔は武人を絵に描いたように精悍《せいかん》で、左目と交差する古い刀傷が走っているが、不思議と威圧感を覚えることはなかった。

その侍は、又兵衛の近くに歩を進めて雪の積もり始めた笠を取ると、ぬかるんだ地面をものともせず、その場に跪《ひざまず》いた。

「又兵衛様ですな。拙者は黒木《くろき》十郎兵衛《じゅうろうべえ》と申す」

こんな大男にうやうやしく挨拶される謂われはない。人違いではないかと疑ったが、黒木と名乗る男は確信を持った目でもって又兵衛を捉えている。

「おお、額の辺りはさすが親子、似ておられますな。――又兵衛様、少し、時を下され」

蓑から太刀がちらちらと覗き、結局首を縦に振るしかなかった。

又兵衛が連れてゆかれたのは、二条油小路にもほど近い、母からは足を踏み入れてはならぬと厳命されていた界隈だった。この町はどの町とも雰囲気が違う。大路に向かって大きく格子窓の取られた小屋が軒を連ねており、甘い化粧の香りが辺りを漂っている。格子の奥には着飾った女が籠の鳥のように大人しくしている。三味線や鳴り物の音もいずこからか聞こえる。

綺麗な女人とすれ違う。中には道行く男の手を引く女もあったものの、黒木は一顧だにもしなかった。はぐれぬよう、その後を追う。

黒木が足を止めたのは、この辺りでもひときわ目を引く二階建ての大きな建物だった。中に入ると上がり框のところに番台があり、老女が座っていたが、黒木と目くばせし合うだけだった。

黒木と共に上がり込み、人二人がすれ違って通れるほどの大きな階段に至った。

「上にお進みくだされ。拙者はここでお待ちいたしてござる」

黒木の厳粛な声に押され、又兵衛は恐る恐る二階へと向かった。怖いのは何も階段が急だからではない。高鳴る鼓動を自覚しながらも、又兵衛は手すりをつかみ、軋む踏板を一段一段踏んだ。

二階に上ったものの、人の気配はほとんどない。ただ一つ、一寸ほど開いた襖の隙間から、三味線の音が聞こえる。又兵衛はその襖を開いた。

そこは十畳ほどの、がらんとして寒々しい部屋だった。火鉢が一つ、膳が二つ並ぶばかりの部屋の中、表通りに張り出した赤い欄干にもたれかかるようにして一人の老人が座っていた。

蛸《たこ》のようなお人。それが最初の印象だった。額と後ろ頭が広く張り出している、いわゆる才槌《さいづち》頭《あたま》で頭を丸めているせいだろう。

蠟燭の明かりを受けて光る白い着物に赤い羽織。一目見ただけで上等な仕立てだと知れる。穏やかに微笑むその男の顔には深い皺が刻まれており、優雅に三味線を弾いている。が、又兵衛は気づく。この男、口元に笑みを絶やさずにいるものの、目は少しも笑っていない。

襖を開いたまま立ち尽くしていた又兵衛に老人が気づいた。

三味線を脇に置いて立ち上がった男は、おお、おお、と声を上げ、又兵衛のもとへと近づいてきた。又兵衛の前に立つと身をかがめ、両の肩を強く摑んだ。年の頃五十歳代、老境だが、恐ろしいまでに力が強い。

「又兵衛か。おお、利発そうな顔立ちじゃ。狩野工房でも目立って絵が上手いそうだな。上々ぞ。

それにしても、そなたは母によう似ておるな。口の辺りは母親の生き写しぞ」

又兵衛の顔を見遣り、老人は涙ぐんで見せた。

これまで、己の顔が母と似ていると思ったこともないし、言われたこともない。

「さあさ、又兵衛、こちらへおいで」

老人に手を引かれ、又兵衛は膳の前に座らされた。これまで見たことのないような山海の珍味が並ぶ。大皿には鯛の尾頭付きがでんと鎮座し、湯気を上げている。

目を見張っていると、老人は小さく頷いた。

「さあ、食べなさい。普段、碌《ろく》なものを食べておるまい」

反発を覚えた。又兵衛は首を振った。

「いいいいい、いつも、うまいものを食べております」

瞬間、老人の目から光が消え、落胆の色が覗いた。

初対面の人間が又兵衛の吃に気づいたときに見せる反応だった。だが、老人が揺らいだのはあくまで一瞬のことで、又兵衛はそうばつの悪い思いをしないで済んだ。

老人は優しげな声を発した。

「虚勢を張らぬでもよい。雑穀飯に漬物、よくて小魚くらいしか食べておるまい。あの女との暮らしぶりでは、豪勢なことはできまいよ。苦労を掛けた」

この老人が何者で、どうして又兵衛の飯の心配をするのか。そして、苦労を掛けたなどと口にするのか。何もかもが分からない。

疑問が渦を巻き、腹の中で暴れている。だが、思いが形にならない。特に、こんな場面では吃が強く出てしまう。何も言わぬが吉、と決め、あまり腹は減っていないものの膳に箸をつけることにした。

確かに、漬物一つ取ってもしゃくしゃくとした歯ごたえがあって美味しい。鯛を口に含んだ瞬間、ほろりと身がほぐれて、口の中に甘みと旨味、海の香りがじわりと広がった。だが、又兵衛にとって飯とは母の作ってくれたものだった。そして、目の前の膳がどんなに美味しかろうが、差し向かいに座る母の姿のない飯はどこか味気なかった。

又兵衛が箸を置くと、老人は目をしばたたかせた。

「どうした、腹が減っておらぬか。それともまずかったか。腹が減っておらぬはずはない。気に入らぬか。苦しい暮らしをしていても、さすが舌は肥えておるな。よし、今から膳を作り直させようぞ」

老人が手を叩こうとしたその時、又兵衛は勢いよく立ち上がった。その拍子に膳がひっくり返り、鯛や飯、汁物が辺りに飛び散った。

又兵衛は言い知れぬ不安を覚えた。

目の前の老人は、皿が床に転がり食べ物が投げ出された中、ただ又兵衛だけを見つめている。この店に迷惑を掛けたこと、膳を台無しにしたことを歯牙にも掛けない。

この老人は、己とかけ離れた処に立っている。

「かかかか、帰りたい」

顎に手をやり、老人は又兵衛を見据えた。それはまるで、又兵衛の背後にある何かを見透かそうとしているようだった。

ややあって、老人は驚くほどに冷たい声を発した。

「なるほど、乳母ごときに懐きよったか」

吐き捨てるように口にした老人はぬらりと立ち上がった。影に塗りたくられた老人の顔はよく見えなかったが、目だけは怪しげな光を放っている。

「取り上げればよいだけ、か。――わしは道薫《どうくん》、覚えておけ」

道薫と名乗った老人は部屋の戸に手をかけ、言い忘れたことがあったのか、のそりと振り返った。

「葉は、お前の母ではない」

そう吐き捨て、道薫は部屋から出ていった。階段を下りる足音が、どこか遠くに聞こえた。

道薫との邂逅《かいこう》はそれで終わり、帰りは黒木が家の近くまで送ってくれた。家の近くに戻った頃にはすっかり暗くなっていて、お葉に心配された。何があったのか、と聞かれても、又兵衛は本当のことを言えなかった。予感があった。この日の出来事を母に話してしまったら、大事な何かにひびが入り、二度と元には戻らない、そんな予感が。

その日は遅い夕餉となった。出てきたのは雑穀飯に漬物、そしてすっかり冷えた焼き小魚。雑穀飯は妙に臭く、漬物は塩気が強すぎ、焼き魚は炭のような味がした。だが、あの食膳などよりも、この飯の方が又兵衛の冷えた心を温めてくれた。

「どうしたの、又兵衛」

不思議そうな顔をするお葉を前に、小魚を頭からかじった又兵衛は呟《つぶや》くように言った。

「かかか、かか様の飯が一番好きだ」

「わたしも、お前に飯を盛る今が、一等好きよ。どこにも行かないでおくれ、又兵衛」

少し顔をそむけたお葉は、半分以上残っている又兵衛の飯茶碗に飯を盛り直し、又兵衛に差し出してきた。わずかに触れたお葉の手は、かさついてはいたものの、温かかった。

『葉は、お前の母ではない』

あの蛸に似た老人の言葉を振り払うまで、その日は何度も夜着の中で寝返りを打ち続けた。

それから、例の老人が姿を現すことはなかった。

しばらくは、あの人は何だったのかと小首をかしげていたものの、そのうち又兵衛は考えることを止めた。いくら考えても堂々巡りになるだろうことは容易に想像がついたし、変な老人の言葉にかかずらわっているほど暇ではない。絵の修業に没頭する日々が、又兵衛から余計なことを考える時を奪っていた。

だが、お葉との平凡でささやかな日々は、ある日唐突に終わりを告げた。


その日、又兵衛は狩野工房で初級の粉本の習熟を見る試験を受けていた。

合格する見込みのある者にしか受けさせない名ばかりのものと高弟から聞かされていたからか、文机に向かい試験に臨む弟子たちの表情はどこか晴れやかだった。春の日のような華やぎに満ちた大部屋の中で、又兵衛もまた悠然と筆を動かし、課題となっている孔雀の絵を描き始めた。

そんな試験の途中、突如庭先に面した障子が勢い良く開き、静寂が破られた。

縁側にはお徳が立っていた。顔には紅が差しておらず、目の輝きが失われている。まるで末法の世がやってきたような顔をしていた。お徳は又兵衛の顔を見るなり、その両の瞳から一粒、また一粒と涙を零し始めた。

試験を見守っていた高弟も、お徳の扱いに困っているようだった。

そんな間隙を縫って、お徳は又兵衛の横までやってきて、耳打ちをした。

又兵衛はお徳の顔を見た。

到底信じられる話ではなかった。だが、涙の跡がついたお徳の顔に嘘の色を見出すことはできなかった。

又兵衛は狩野工房を飛び出した。

上京の景色がどんどん後ろに流れてゆく。いつもは絵のことばかり考えながら歩く道のりが急速に色褪せ、己と関わり合いのないものになっていく。又兵衛の頭の中では無数の「何で」が飛び交い、ぶつかり合っていた。

二条油小路にまで至ると、小屋へ続く小道を走った。

小屋のある辺りは人でごった返していた。ここに移ってきた当時はほとんど人が住んでいなかったが、近頃は子供が追いかけっこをし、女房たちが共同井戸を前に洗濯をする長閑《のどか》な姿が見られるようになっていた。そんな光景は今日、どこにもなかった。

女たちが又兵衛の家の戸を前に屯している。中には袖で目を拭っている者や、青い顔をして隣の女と噂話をしている者もある。ある拍子に又兵衛に気づくと、皆一様に動きを止め、又兵衛に目を向けた。好奇と憐憫《れんびん》の交じり合う複雑な視線の雨を浴びながらも、又兵衛はそれらの視線を振り払い、自らの家に飛び込んだ。

小屋に入るなり、抹香の香りが鼻を衝いた。それだけではない。清浄な香りに混じって、わずかに血の匂いもする。

見れば、三和土には笹屋が立っていた。

笹屋は又兵衛の姿を認めると、おお、と虚ろに声を上げた。

「帰ったか、又兵衛」

「ああああ、あの」

「ああ、あっちだ」

笹屋は板の間の向こうに立てられている腰高屏風を指した。昼間の内は畳まれて部屋の隅にやられているはずの腰高屏風は部屋の真ん中に立ち、何かを隠していた。

又兵衛は板の間に上がり込んだ。己の家のはずなのに、見知らぬ人の家のように思えてならなかった。軋む床板を踏みながら、腰高屏風に近づく。その奥には、真新しい白木の大桶と抹香台が置かれていた。

高さ三尺ほどの桶には蓋がされていたが、釘は打たれていない。

ゆっくり蓋を取ると、目を薄く閉じたお葉の姿が現れた。

白い帷子《かたびら》姿のお葉は両足を折り、太腿の辺りに数珠の巻かれた手を置いて、桶の内側に座っていた。すっかり血の気が抜け落ち、唇まで青く変じているのに、口元には真っ赤なものがこびりついている。わずかに開いている目は瞳孔が開き切っていて、木の洞《うろ》を見るようだった。眠るように、という言葉がある。だが、それが嘘であることを又兵衛は知った。眠りとは根本から違う、よそよそしい死の手触りが今、又兵衛の眼前にある。見慣れた丸顔が、まるで他人のように見えた。

蓋を手にしたまま、茫然と母親の顔を見下ろしていると、いつの間にか板の間に上がり込んでいた笹屋が口を開いた。

「お前が帰ってくるまでに清めておいたのだ」

何があった？　どうしてこんなことに？

疑問が次から次に浮かんだ。だが、どんなに頑張っても喉が凍り付いたように動かない。言わんとするところを汲んでくれた笹屋が、何が起こったのかを話してくれた。

又兵衛が狩野工房に出かけてしばらく経った昼過ぎ、小屋町の住人の一人がお葉の姿を見ていないことに気づいた。いつもなら、お昼前に井戸に出てきて世間話の一つもするはずなのに。もしかして風邪でも引いているのかと戸を叩いても返事がない。悪いとは思いつつも中を覗いてみると――。板の間にできた血の海の上でうつ伏せに倒れるお葉の姿があった。抱き上げられたその時には既にこと切れていたという。

解せない。お葉に持病などなく、健康そのものだった。突然血を吐いて死ぬなどあるわけがない。

笹屋も沈痛な表情で下を向いていた。

「医者に診《み》せた。お葉さんの傍らに食べかけの饅頭が転がっていてな。それを犬に食わせてみたら、血を吐いて死におった。毒が盛られておったのだろう」

混乱する頭では母の死を飲み込むことで精いっぱいで、それ以上、何かを詰め込むような隙間がなかった。

「こんなものがあった」

笹屋は懐から取り出したものを又兵衛に差し出した。又兵衛が初級の粉本に及第した旨が記された免状であったが、ところどころ皺がつき、端の方には破ったような跡がある。さらに、赤黒い血で汚れ、文字も掠れかかっている。

「お葉さんが抱きしめておったものだ。見覚えはあるか」

又兵衛は首を振った。何もかもが分からない。

「右府が死んで、何も患いはなかったというのに、なぜ」

笹屋の独り言が、小さな小屋の中に満ちた。

己の思いを置き去りにしたまま、又兵衛はそれからの慌ただしい日々を過ごした。

笹屋が手伝ってくれたものの、葬式を出すのは又兵衛の役目だった。近くの寺の住持に布施を渡し、墓にお葉を納めるまでのことを一人でこなした。その間、又兵衛は心を空にして事に当たった。

だが、すべてを終え、誰もいない家に戻った時、ようやく肩に現が圧《の》し掛かり、又兵衛を苛んだ。

かか様が死んだ。

もう、かか様には会えない。

三和土の上に突っ伏し、又兵衛は泣いた。誰にも聞こえないように、ただ小声で。

一晩泣いた。夜が明けるまで、そのまま突っ伏して泣いた。

やがて、東の空が白み、遠くで鶏の声が聞こえ始めた頃、ようやく泣き疲れた又兵衛はのそりと身を起こした。

かか様は殺された。毒を盛られて。

弔問に来た近所の人たちが、一月ほど前から、又兵衛の外出した頃合いに武士のような風体の大男がしきりにお葉を訪ねてきては言い争いになって、這《ほ》う這《ほ》うの体で逃げていくのを見ている。

もしや、その男が――。

お葉の抱きしめていた又兵衛の免状は偽物だった。これを見せた高弟は小首をかしげ、これからお前の免状を書くつもりだったのだと口にした一方で、こうも言った。この書状の様式はほとんど本物と違いがない、と。

笹屋は下手人が捕まらぬのに業《ごう》を煮やし、激怒した。殺しを捨て置いては屋敷が貸せなくなるばかりか町の沽券《こけん》に関わる、わしの顔を潰すつもりか、そうわめき、手の者を市中に放ったものの、結局下手人を挙げることはできなかった。

なぜ、誰がこんなことをしたのかは分からない。だが――。又兵衛は血染めの偽免状を前に、誓った。

いつか、慈しみ育ててくれた存在を奪った人間を、必ずや見つけ出してみせると。


又兵衛は小屋を引き払うことにした。

笹屋はここにいていいと言うが、いつまでも厚意に甘えるわけにはいかないという世間並みの道理が又兵衛の前に立ちはだかった。それに、甕から水を汲み、夜着を畳み、飯を炊くといった日々の暮らしのふとした合間に死んだ母の面影が脳裏をかすめ、空白の存在を突き付けられているようだった。そんな生活に、耐えられなくなっていた。

又兵衛は狩野松栄に相談した。狩野工房の惣領は永徳だが、画業が忙しすぎて工房の運営には一切関わっていないと聞いているし、そもそも目通りしたことさえない。内向きのことは松栄に――というのは、狩野工房にいる皆の合言葉だった。

普段は謹厳が服を着て歩いているようで近寄り難い松栄も、事情を話すと親身になってくれた。その上で、内弟子は無理としても、下働きとして働くのならば内弟子同様に扱い、給金も出すと言ってくれた。

又兵衛は狩野工房の下働き兼内弟子という立場を得、二条油小路の小屋を引き払った。

だが、想像以上に仕事は多忙を極めた。

誰よりも早く身仕度して膠小屋に入り、膠の煮出しの作業に当たった。締め切られた小屋の中、世の明け切らぬ頃からしゃもじの親玉のようなへらを手に大鍋をかき回し続ける。新入りの弟子に役目を引き継いだ後は汗だくの身を改めることもなく、眠気を紛らわして絵の教授を受け、夜には工房の皆の筆や硯を洗った。途中で眠くなって、墨で汚れた手で瞼《まぶた》をこすって顔を真っ黒にしてしまったのは一度や二度ではなかったが、横で同じく筆を洗うお徳の手前、弱音を吐くわけにはいかなかった。

悪いことばかりではない。残った墨や反故紙はいくらでも手に入ったから、月明かりを頼りに絵を描くこともできたし、高弟の書き損じを見る機会も得たばかりか、本来なら又兵衛には触れることのできない粉本の写しを目にすることすらできた。又兵衛は夜、一人で黙々とそれらの絵を写した。時には愚にもつかない戯画を描いて、お徳を笑わせた。

お葉の死を忘れるために絵にのめり込むうち、とんとん拍子で狩野の階梯を駆け上り、気づけば一年ほどで上級の粉本を学ぶ立場を得ていた。

そんなある日のこと、又兵衛は松栄に呼ばれた。

松栄の私室は中庭を挟んで口の字を描く狩野工房母屋の東にある。又兵衛が断って部屋の中に入ると、ひどく綺麗に片付いた部屋の中、いつも通りのなりをして書き物をしている松栄の姿があった。又兵衛がやってきたことに気づいた松栄は筆を措き、又兵衛に向き合った。

「来たか。少しの間待て」

松栄の言葉に従っていると、やがて後ろの障子が開いた。

「遅れて申し訳ございませぬ」

部屋にやってきたのは内膳だった。

高弟にのみ許された藍の羽織を着こなす姿は、長身とも相まって堂に入っている。眩しいものを見るように見上げる又兵衛をよそに、内膳はこともなげに又兵衛の横に座った。

二人が揃ったのを見計らい、松栄はしゃんと背を伸ばして威儀を正した。

「さて、二人に頼みがある。実は此度《こたび》、北野の天満宮で茶会が開かれることと決した。参じてほしい」

かつて京を支配していた織田右府の死後、羽柴秀吉《はしばひでよし》がその天下を相続する形となった。今や、東海、四国、九州を屈服させる大勢力となり、武家であるにも拘らず関白の位を得、名実ともに京の支配者となった秀吉が、北野で茶会を行なう――。

世事に疎《うと》い又兵衛でも、事の重大さは知れた。天下人の茶会に出ろというのだ。

まだ内膳は分かる。この年、内膳は狩野の名乗りを許され一族扱いとなったから、狩野家惣領の名代になりえる。だが、又兵衛は違う。ただの門人――それも下働きをやっている軽輩だ。

又兵衛の戸惑いを見て取ったか、松栄は、安心せえ、と野太い声を上げた。

「あくまで又兵衛は内膳の介添えよ」

「逆に言えば、某《それがし》の披露目ということでございますね」

内膳の物言いはともするよ自身を誇るようでもあるが、又兵衛の耳には、逸り、緊張する又兵衛をなだめてくれているように聞こえた。

それから一月後の十月、北野の茶会が開かれた。

想像以上に茶会は盛況だった。京に棲む者なら誰もが参加してよいと触れがあったこの茶会には、錚々《そうそう》たる大名が家臣を引き連れてきている。馬印や軍旗が風に揺れ、焚火の煙が上がる様は戦場を見るようだったが、いずこかから流れる茶の香りだけがこの日の催しの中身を又兵衛に思い出させた。

野点《のだて》には少し肌寒い。松栄から借りた上等な着物の衿を摑んで風に備えていると、横を歩く内膳が薄く笑った。この日は内膳も、普段は着ることのない、藍染の絹直垂を身に纏っている。

「寒いか。茶を飲めば少しは温かくなろうが、その前にやることがある」

内膳がきっと睨んだ先には、既に人だかりができていた。緋毛氈《ひもうせん》が敷かれ、大きな朱笠の開くその場には、半畳ほどの大きさの紙がいくつもの文鎮で押さえてある。そんな紙が二枚仲良く並ぶ横には大小さまざまな筆が置かれ、大きな硯がなみなみと墨を湛えている。

「まったく、貴顕のお歴々は気まぐれだ」

誰にも聞こえぬ小声を発した内膳は、おどけるように肩をすくめて見せた。

内膳たちが狩野の名代として茶を飲めばよいというわけではないと知ったのは、つい今しがたのことだった。何でも、余興の一つとして、狩野絵師に即興で絵を描かせることになっていると説明を受けた。話は聞いておりませぬがと内膳が控えめに抗議すると、向こうの侍は主命でござると言い放った。

主命――。秀吉の命令だ。やらぬわけにはいかない。

汚してしまうやもな、と上等な直垂の袖を見つめてぼやきつつ、襷をかける内膳は又兵衛に向いた。

「又兵衛、絵は良薬ぞ。そうは思わぬか。絵を描いておれば、死に至るほどの痛みすらも和らぐ。――お前も、そうやって絵を描いているのだろう」

又兵衛は小さく頷いた。ここ一年あまり、又兵衛は母の死の痛みから逃げるために絵を描いていた。理解されぬと決めつけ、誰にも心の内を明かしていなかった。だというのに、目の前の男が自分を気にかけてくれていることに驚き、胸の奥が温かくなる。

「だからこそ、お前を今日の介添えにしてくれと松栄様にお頼み申し上げたのだ」

襷掛けをした内膳は己の両手を胸の前で強く打ち付けた。

「感謝は要らぬ。絵を描こう、又兵衛」

自然に頷く又兵衛がいた。

こちらに振り返り口角を上げるようにして笑う内膳と、気づけば距離が出来てしまっている。懐から取り出した襷を強く結ぶと、大股で駆け出した。

緋毛氈の戦場が眼前にあり、野心を持つ絵師を待ち構えている。又兵衛は胸に去来する痛みをこらえながら、内膳と共に白紙の前に立ち、一心不乱に筆を振るった。

乗り板に腰を下ろし、刷毛《はけ》、大筆、面相筆を使い分け、紙の上に滑らせてゆく。最初は横で同じように大筆を振るう内膳のことが気にかかったものの、やがて、己一人の静寂な天地に捨て置かれたような感覚に包まれていた。

紙のよれ一つ。墨の飛沫の一つ。半畳の絵の天地を己のものとした。

己を見守る貴顕や野次馬。そして、この茶会にあるすべてのものが形を失い、色のついた糸となり、極彩色の織物となって己の目に飛び込んできた。

最初は配置や趣向を思い描いていた。だが、最後の頃には、次から次に織り上がっていく錦の文様を写すつもりで筆を振るった。

やがて又兵衛は乗り板から降り、絵の脇に大筆を措いた。

見れば、既に内膳は描き終え、又兵衛の絵の脇で腕を組んで立っていた。

内膳の後ろに目をやると、そこには身をくねらせ口を開く龍の絵が横たわっていた。内膳の絵の周りでは人だかりができ、絵に見入っている。皆、何も言えずに絵を凝視する中、ある見物人が、

「生きているようや」

と声を上げると、堰《せき》を切ったように称賛の声が次々に挙がった。

絵師であるからこそ、又兵衛は内膳の絵の凄みを誰よりも理解できた。墨だけで描かれているにも拘らず、濃淡や線の重ねによって複雑な光彩を生んでいる。さらに、これまで、幾十、幾百と描いてきた自信と、身体に刻み込むようにものにした線の数々が、この龍の牙や爪に鋭さを与え、ひげに柔らかさを与えているのだ、と。

天才の二文字が頭を掠め、胸が軋んだ。

だが、当の内膳は、己の絵など一顧だにしていなかった。墨で汚れた顔をわずかに歪《ゆが》めて又兵衛の絵を見下ろしている。自嘲しているようにも、嬉しげにも、子供の悪戯を咎める大人のよう

にも見える表情だった。

「危ういな」

何も言えずにいると、内膳は又兵衛の絵を指した。

「もっと、そつのない画題は選べなかったのか」

又兵衛が描いたのは、広い天地で遊ぶ雀たちの姿だった。だが、庭で遊ぶ雀たちの近くには、張り巡らされた陣幕や、茶道具の並べられた緋毛氈、床几《しょうぎ》や幟《のぼり》がある。雀を描いたのち、空白が多いことに倦《う》み、茶会の様子を描き込んだのだった。

言われて初めて、この絵の剣呑さに気づいた。

北野茶会を小馬鹿にしているように見えぬでもない。

そんな意図《つもり》はない。ただ、筆の赴くままに描いていくうちにこんなことになってしまっただけだ。

又兵衛の絵を覗き込む人々も、一様に困惑の表情を浮かべている。貴顕の控える本陣の方をちらちら窺う者や、隣の者と耳打ちし合い肩をすくめ、そそくさとこの場から離れてゆく者の姿もある。

その時、場のざわつきが、鶴の一声で薙《な》ぎ払われた。

「面白い絵だな」

若々しい声だった。その声の方に向くと、ようやく元服したばかりと見える青年が立っていた。

肩衣に袴という平服だが、肩衣は茶地に小さな葵と沢瀉《おもだか》、五七桐の紋が金糸であしらわれた見事なもので、袴も折目の正しい絹袴だった。肌はつやつやとしており、背を丸めることなくしゃんと伸ばした様はその偉丈夫《いじようふ》ぶりとも相まってとにかく目立つ。ふと、菖蒲の花の凜とした姿を思い浮かべ、その香りまで鼻腔の奥に蘇った。

その男は、引き連れていた近習《きんじゆう》たちの制止を無視し、絵に身を乗り出した。顎に手をやり、ひとしきり絵を眺めた後、手に持っていた扇を片手で開いた。

「ふむ」

ため息一つだった。だが、その声が合図となって、先ほどまで苦々しい顔をしていた者たちが、一様に絵を誉めそやし始めた。

茫然としている又兵衛の前に、その貴顕の男が近づいてきた。口の端を上げ、広げた扇で顔をあおぎながらやってくるや、笑みを浮かべたまま、口を開いた。

「そなたがものしたのか」

近くに対すると、なぜか肩の震えがやってきた。ややあって、それが猛獣を前にしたときの恐れにも似たものであることに気づいた。

歯の根が合わない中、ようやくの体で頷くと、男は扇をあおぎつつ、続けた。

「良き絵だな。嫌いではない。が——」

男は扇を閉じると、そのまま又兵衛の首筋に沿わせた。動くことができなかった。

目の前の男の目が、研ぎ澄まされた白刃のように寒々と光っている。男の放つ気に吞まれた。

心の臓が高鳴り、手先が冷える。

男は、扇の先で又兵衛の首筋を何度か叩き、近習の拝持する太刀を一瞥した。

「世の静謐《せいひつ》を乱す絵だ」

背中に冷たい水が流し込まれたかのような怖気が走った。

その時、後ろに立っていた内膳が又兵衛の横に躍り出、又兵衛を押しやって男の前に立つと、間髪容れずに土下座をした。

「この者は未だ道理を知らぬ若造ゆえ、責めは兄弟子の拙者が負いまする」

額を地面にこすりつける内膳の声も細かく震えていた。又兵衛は突然のことに、口を開くこともできずに固まっていた。

ただ立ち尽くす又兵衛と、地面に頭をこすりつける内膳とを見比べた男は、口元を扇で隠しながら、眉を顰めた。興が削がれた、と言わんばかりの顔だった。

「この絵、わしが買い上げ、死蔵しよう」

そう言い捨てると踵《きびす》を返し、近習たちを引き連れて去っていった。

まだ、心の臓の高鳴りが収まらない。喉が渇く。

そんな中、立ち上がって袴の裾を叩く内膳が口を開いた。

「あのお方は、羽柴三河守秀康《みかわのかみひでやす》様ぞ。かの徳川《とくがわ》様のお子で、関白殿下の養子に入られたお方だ。まだ十数歳だと聞いていたが、堂々たるお姿だな。だが、良かった。あのお方はあの時、本当にお前の首を取ろうとなさっておられたように見えた」

内膳が頭を下げてくれたおかげだろうかと思ったが、内膳自身がそれを否んだ。

「たまたま、気が変わっただけのことだろう」

秀康が浮かべていた、つまらぬとでも言いたげな顔を思い出した。だが、いずれにしても――、
又兵衛は内膳に頭を下げた。

「かかか、かたじけのう、ございます」

「構わぬさ」

内膳は目を細め、思いもよらぬことを口にした。

「この前、遣いが来てな。わしは実家に戻れぬらしい。わしもまた、絵師として生きねばならぬようになった。お前と一緒なのだ、又兵衛」

内膳の横顔から、その内心を窺うことは難しかった。だが、その思いは痛いほどに理解ができた。又兵衛もまた、事情は違えど、帰るところがない。

又兵衛は、自らの描いた絵に目を落とした。一心不乱に描いた絵は手ごたえが残らないがゆえに、どこかに己の爪跡、手ぐせを探してしまう。

やがて、見つけた。

華やかな絵の端っこ。雀たちや陣幕から外れたところに、それはいた。

巣の上でぴいぴい鳴く小さな雀、そして巣のはるか下で息絶える母雀の姿だった。

お葉の姿が眼前に蘇る。竈の前に立つお葉、洗濯盥を抱えて家に入ってくるお葉、雑巾で家の柱を拭いているお葉……。さまざまな姿が浮かんでは消え、最後には、偽物の免状を抱き締めて血の海の三和土に転がるお葉の姿が現れ、消えた。

又兵衛は筆を手にまた乗り板に乗ると、巣の上にいる子雀を塗り潰し、代わりに巣から飛び立った姿を描き足した。

もう、母はいない。

絵の中にいる若鳥は、ふらつき、よたつきながらも羽を伸ばし、風を受けようとしている。もっとうまく空を飛べる日はやってくるのだろうか。

かく思う又兵衛自身、己の翼の羽ばたかせ方を得んともがく、一羽の若鳥に過ぎなかった。

第二章　老楓《ろうふう》

着慣れぬ茶染の肩衣《かたぎぬ》に息苦しさを覚えつつ、又兵衛は平伏した。

上段には、刀を拝持する近習《きんじゅう》を従え威儀を正す貴人の姿がある。年の頃四十ほど、足首のすぼまった指貫袴《さしぬきばかま》に金の唐草刺繡の入った白羽織というくつろいだ姿をし、先に又兵衛が献じた扇を広げ持っている。まるで値踏みをするように扇面を見据えるその男は、通った鼻筋、切れ長の目、薄い唇、丸めた頭と相まって神経質にも見えるが、恰幅《かっぷく》の良さのおかげで鷹揚《おうよう》さが滲《にじ》んでいる。

貴人は扇を脇の三方にそっと置くと、あっぱれ、と口にし、膝を叩いた。

「なかなかの手前じゃの」

又兵衛は平伏して答えに代えた。

「狩野の筆をきちんと学んだ跡がある。鳥の細やかなる描き方は、狩野の真体《しんたい》であるか」

自然に狩野の技法の名前が出てくる辺り、相当絵に通じているらしい。

そう推量しながら頭を下げたままでいると、上段から怪訝《けげん》な声が浴びせられた。

「許す。面を上げよ」

背中に冷や汗が走った。

顔を上げよとの命は「話せ」と同義だ。喉の渇きを覚え、唾を呑む。

吃《ども》は子供の病、成長するにしたがって落ち着いていくと慰めてくれた者もあったが、又兵衛の吃は、齢《よわい》十五となってもなお、治らぬばかりか悪化すらしている。

お葉の死後、一層のこと絵に取り組んだおかげか、下働きでありながら狩野一門を支える高弟の一歩手前まで進みながらも、上級の弟子の列で足踏みし続けていた。吃が足を引っ張ったせいだ。笑われるのが怖くて、無口になった。話さねばならぬ場面では早口で糊塗したものの、逆にそれが他人との意思の疎通を更に容易ならざるものにした。たまに口を開けば目上の者からゆっくり話さねば聞き取れぬと怒られ、やましいことでもあるのかと同輩に訝《いぶか》しがられる。聞き間違いによる行き違いも後を絶たない。その都度又兵衛のせいにされ、気の塞ぐ悪循環に陥っていると気づいた頃には、ぼそぼそと話す癖が身に刻まれていた。

又兵衛を教える高弟からは何度も指摘を受けた。

『いくら絵が達者であろうとも、話せぬようでは仕事にならぬ』

そう直截《ちょくせつ》に述べる者もいれば、

『もっとゆっくり、落ち着いて話せばよいではないか。そう焦るからいかぬのだ』

と言われもした。

本音を言えば、優しく諭《さと》すような言葉の方が深く又兵衛を傷つけた。別に焦っているわけでも、落ち着きがないわけでもなかった。ただ、なめらかに言葉が出ないだけだ。優しい言葉を放つ人間から感じる侮《あなど》りと諦め――まるで子供に対するような猫なで声――にこそ、又兵衛は憤慨した。

鉄のような匂いが鼻の奥に広がる。

「これ、又兵衛、何か言わぬか」

上段の男は不思議そうに又兵衛を見遣っている。

は、と平伏した又兵衛は、喉に何かが詰まるような息苦しさを引きずったまま、震える唇を動かした。

「そそそ、某《それがし》は吃にございますれば、おおおおお、お聞き苦しい姿をお見せするやもしれませぬ」

刀を拝持する近習が難しい顔をした。後ろに控える者たちの内証話が己の吃を笑っているように聞こえてならず、喉の奥が張り付く。

上段の貴人は目を細めて部屋を見回した。そうしてざわつく家臣を黙らせ、又兵衛に邪気のない顔で笑いかけた。

「なるほどのう、吃か。大変だの」

思わず顔を上げると、貴人は目を細めて頷いた。

「わしも、吃よ。昔と比べればずいぶんよくなったがな。とやかく言う者はあるかもしれぬが、わしは気にせぬ」

上段の貴人、織田信雄《のぶかつ》は、又兵衛の献上した扇をまた手に取って胸の前で広げた。

「そなたのその腕、我が家中が買い上げよう」

成り上がりの大名家が他大名家との社交《つきあい》のために芸達者を集めているのを受け、狩野家は弟子を大名家に送り込んでいる。又兵衛もその一環で、織田信雄家中への仕官を斡旋《あっせん》された。

内心、不安だった。

織田信長の子という毛並みの良さにも拘らず、信雄には碌《ろく》な噂がない。伊賀を攻めた折には独断専行の末に敗北し、信長から「親子の縁を切る」とまで叱責されたというし、小牧長久手の戦の際には同盟に引き込んだ徳川に諮《はか》ることなく秀吉と講和する挙に出てもいる。さらに小田原攻めの後、転封を命じられたものの秀吉に反抗し、結局家禄没収の憂き目に遭った。後に許されて大名の列に復帰したとはいえ、うつけ評の付きまとう信雄を白い目で見る者も多い。

――うつけ殿の許に押し付けられるとは、又兵衛はよほど狩野のお荷物であったようだ。

狩野家の高弟の中にもそう口さがなく噂する者もあった。

別の意味での不安もなくはない。かつて又兵衛はなぜか織田信長の手の者に追われていた。本能寺の変以後ぴたりと追跡が止み、十年以上捨て置かれているところから察するに、ほとぼりは冷めているだろうが――。

内心気が気でない又兵衛をよそに、信雄は上段から野太い声を発した。存外に威厳のある声だった。

「我が家中は小さい。御用絵師を抱えることは出来ぬゆえ、近習としてわしに仕えてもらう。ときにそなた、名字と諱《いみな》はあるか。名字がなければ色々と差し障りがあるでな」

しばし考え、又兵衛は応じた。

「みみみ、名字は、岩佐《いわさ》、いいいいい、諱は勝以《かつもち》でございます」

お葉の遺品を整理したとき、ぼろ布に包まれ、行李《こうり》の底に隠すようにしまい込まれていた高さ三寸ほどの小さな位牌を見つけた。かつて、お葉が取り出し、抱きしめていた位牌に間違いなかった。手に取って改めて見、金象眼《ぞうがん》の法名が付されたそれをひっくり返すと、裏に岩佐六郎兵衛《ろくろうべえ》勝久《かつひさ》なる俗名が彫られていた。これまで一度も目にしたことのなかったその名前について何度も思いを巡らすうち、父であろうと落ち着いた。きっと織田に敵対した挙句、戦か何かで死んだのだろう、又兵衛とお葉が追われていたのはそうしたわけだったのだ、と。結局この位牌はお葉の供養を頼んだ寺に託したが、岩佐という名字が唯一、縁薄い父と己を繋ぐ細い糸にも思えてずっと心に引っかかっていた。

勝以の名は、位牌にあった諱から一字貰い、通称の又兵衛は変えなかった。もし変えてしまったら、母の「又兵衛」という呼び声が永劫失われてしまう気がしてならなかった。

信雄は僅かに眉を上げ、ややあって小さく頷《うなず》いた。

「岩佐又兵衛勝以。よき名だ。期待しておるぞ」

かくして仕官が決まった。

謁見の間から辞去したのち、肩衣もそのままに狩野工房へと走った。

信雄の屋敷は聚楽第《じゅらくてい》の程近くで、上京の狩野工房とは割合に近い。息を弾ませながら狩野の門をくぐり、沓脱石《くつぬぎいし》に草履を脱ぎ散らかしながら屋敷に上がり込み、北の母屋へと急いだ。高弟や狩野一族の私室がある一角。その一部屋に用があった。

声を掛けて中に入ると、紙や粉本《ふんぽん》に埋もれるようにして文机《ふづくえ》に向かう内膳の姿があった。この日は粗末な麻の羽織に紺の着物というなりの内膳は、床に置いた巻物を凝視しながら、さらりと筆を動かしている。だが、又兵衛がやってきたことに気づき、筆を止め、脇に置いた。

「又兵衛か。どうした」

内膳の声音には温かさがある。又兵衛が吃りながらも首尾を話すと、内膳は顔をほころばせた。

「おお、良かったではないか。これでお前も一人前だな」

内膳に認められることが、何に代えても嬉しい。

数年前、巨人、狩野永徳が逝った。そののちに惣領の座についた永徳の長男狩野右京《うきょう》は細密画を得意とし、典雅な小品を描くのに秀でた絵師だった。画風があまりにも永徳と違い過ぎたゆえに「下手右京」と呼び蔑《さげす》まれている噂は、弟子のひとりである又兵衛の耳にも届いていた。

何事につけ器用であった内膳は、看板を欠く狩野工房で頭角を現し始めた。狩野右京を守《も》り立てて門人や高弟を率いて貴顕の依頼品を仕上げ、古い障壁画の修復に当たった。この前などは右京と共に九州名護屋に向かい、名護屋城の障壁画を描いた。表向きは右京の功績だが、永徳風の絵ものする内膳の活躍があったのは公然の秘密だった。

さらに内膳は南蛮の景物という新たな画題を九州から持ち帰り、貴顕にその名を知られるようになった。先ほどまで描いていたのも、寺や城に卸す南蛮図だろう。この立場になると、障壁画などの隅に自分の名前を書くことが許される。その他多数の狩野絵師ではなく、一個の絵師として仕事を請ける立場となったのである。

羨《うらや》ましくないといえば嘘になる。

一方で、文机の上に置かれた描きさしの絵を盗み見て、仕方あるまいとも思う。紙の上に躍っていたのはやはり障壁画用の花鳥画であったが、線の一つ一つ、構図、対象物への肉薄、どれを取っても、又兵衛ごときでは太刀打ちできない。

どうしたらこれほどの業前《わざまえ》に至ることができるのか――。

問いたいことひとつ口に出せずにいるうちに、内膳は、そういえば、と口を開いた。

「お徳には伝えたのか。あれもお前のことを気にしていたぞ」

すっかり忘れていた。

又兵衛は挨拶もそこそこに内膳の部屋を辞し、屋敷中を駆け回った。日の出ているこの時分、小間使いはあくせく動き回っていて特段の居場所があるわけではない。

果たして、探し人は東の庭先にあって、箒《ほうき》を手に庭を掃いていた。

お仕着せの地味な色の着物に古布を道中被りにして頭に巻き、真っ黒な髪を毛先で緩くまとめている。狩野の粉本に出てくる凜《りん》とした花ではなく、野にある花のように成長した。

足音に気づいたのかお徳はこちらに向き、満面に笑みをたたえた。

「ああ、又兵衛さん。早かったじゃない。どうだったの」

小さく頷いただけで言わんとすることを察したらしく、わずかにお徳は目を伏せた。

長い付き合いで、顔を合わせただけで思いを察することができる。だが、お徳の長いまつげが下を向いたその時、目の前の女が何を考えているのか、靄《もや》がかかったかのように見えなくなった。

「よかったねえ。でも、又兵衛さんがいなくなると、仕事がちょっと大変になっちゃうな」

又兵衛は頭を下げた。するとお徳は首を振った。

「冗談冗談。言ってみただけよ。おめでとう、又兵衛さん」

あっけらかんと笑うお徳だったが、明るい調子で、けれどぽつりと言った。

「でもまあ、少しだけ、寂しくなるかな」

わずかばかりその声音に湿ったものが混じっているように感じたのは、又兵衛の気のせいだったろうか。

きっとこの女は、狩野工房の小間使いとして生きていくのだろう。あるいは、見初められて誰かの女房に納まることもあるのだろうか。そんなことをつらつらと考えた時、胸の奥にちくりと針先でつつかれたような感触が走ったが、又兵衛はそんな柔らかな痛みに蓋をした。

こうして、又兵衛は十年の間世話になった狩野工房を去り、上京の織田信雄家中に仕えることとなった。


お勤めは失敗続きだった。

殿様のお世話をする近習は、槍を振り回したり鎧櫃《よろいびつ》を運んだりといった、身体を使う役目は少ない。主君の刀や道具を拝持したり、謁見の場を整えたりといった雑用もあったが、主たる仕事は言葉のやり取りでなされる。

だが、又兵衛は発声で躓《つまず》いている。

『何が言いたいのか分からぬ』

『もっとはっきりとものを言え』

『ゆっくりと話せばよかろう』

『なぜこれしきのことでつっかえるのだ』

同僚に叱られ、詰《なじ》られる日々が続いた。

信雄屋敷ではかしこまった武家の言い回しが飛び交っている。耳慣れぬ言葉を口にしようとするたびにつっかえ、声が震え、早口になり、その都度相手に聞き直される。

『なんと言うたか』

『もう一度言い直せ』

『慌てるでない』

容赦のない問いかけの洪水に溺れ、又兵衛は疲れ果てていた。

こんなことがあった。

石田治部《じぶ》の遣いから秀吉の書状を拝受し、屋敷に戻ってきた信雄に渡す際に、又兵衛はしくじりを起こした。

「いしいしいいい、石田、じじじじ、治部様より、たたたた、太閤でででで、殿下のごしょしょしょ書状が、とととと届いております」

石田治部はさておき、『太閤殿下』を人前で吃れば無礼と取られ、斬り捨てられても文句は言えない。いつもは鷹揚な態度を崩さぬ信雄もこの時ばかりは眉を顰《ひそ》め、近習頭からこっぴどく叱られた。

　この日を境に、又兵衛は重要なお役目から外され、主君の刀の拝持、警固の人数合わせといった端役ばかりが回ってくるようになり、近習の中で孤立するようになった。一部の近習が落ちこぼれの又兵衛を爪弾きにしたのだが、性質《たち》の悪いことに、それらの近習たちは血筋がよく家中で力を持っていて、他の近習たちも己に火の粉がかからないように右に倣《なら》えとばかりに又兵衛を避けた。そうして又兵衛は、広々とした信雄屋敷の中で一人黙々と己の役目をこなすようになった。

　だが、悪いことだけではない。

　ある日のこと、狩野内膳が信雄屋敷に単身で又兵衛を訪ねてきた。又兵衛に与えられた長屋の一室で額の汗を手拭いで払ったその日の内膳は、いつものくつろいだなりではなく、見慣れぬ素《す》襖《おう》姿で侍烏帽子《えぼし》まで着けていた。

「貴顕への挨拶も疲れるな」

　青い素襖姿の内膳は、周囲を窺ったのち又兵衛に顔を近づけ、小声を発した。

「この家中は伏魔殿だな。お前が苦労するのも致し方なきことよ」

　身の縮む思いがした。だが、内膳は薄く微笑み、小さく頷いた。

「安心しろ。信雄様《との》はお前を狩野工房に戻すおつもりはない。わしはこれから、お前のお目付け役だ。五日に一度、お前に絵を教えるようにとのお達しぞ」

　目の前が開けるような心地がした。五日に一遍とはいえ、己のことを見知っている内膳が訪ねて来てくれる。冷たい水底で息を止めるがごとき日々を信雄家中で送る又兵衛にとって、内膳の来訪は文字通り息抜きとなった。絵があれば、どんな嫌なことがあっても我慢ができる。絵はもう一つの天地を己の眼前に生み出す。四角く真っ白な箱庭の主人となり、己の望まぬものをすべて弾き、代わりに心惹かれるものを並べていく。そんな極楽で遊ぶのが、又兵衛の楽しみになっていた。

そんなある日、次の間に控えていると、私室で休んでいた信雄が出し抜けに又兵衛の名を呼んだ。その声音は、いいことを思いついたとばかりに高揚していた。

部屋に入るなり、顔を紅潮させた信雄が弾んだ声を発した。

「又兵衛、そなた、二条前関白《にじようさきのかんぱく》様のお屋敷に行かぬか」

二条――。又兵衛ですら知っている。秀吉に関白の位を譲った公家中の公家だ。

次の満月の夜、二条前関白の屋敷で酒宴が開かれるという。主君からの名指しは名誉に他ならないが、又兵衛は気が塞いだ。

貴顕の集まる場で迂闊《うかつ》に話しかけられて、吃を発してしまったら――。笑われ、怒られ、塞ぐ負の螺旋《らせん》に落ちるのが目に見えていた。

内膳も付き添わせるという信雄の言葉が決め手となって、又兵衛はようやく首を縦に振った。

数日後の夜、又兵衛は上京報恩寺近くにある二条邸へとやってきた。

お仕着せの青い肩衣姿の又兵衛は、思わず声を上げた。

一回りで二町はありそうな大きな池には、竜頭を模した舳先《へさき》を有した極彩色の舟が浮かび、その上で思い思いの楽器を奏でる水干姿の男たちの姿が、池の周囲に配された篝火《かがりび》の明かりに照らされている。池のほとりに目を向ければ、老松や笹、梅の木が並ぶ庭先に毛氈《もうせん》が敷かれ、そこに座る人々が酒を酌み交わしていた。辺りには人々の歌声や楽器の奏でる音曲ばかりがかすかに響く。

「さすが二条前関白様のお屋敷だな」

普段、驚くことのない内膳も、目を大きく見開いている。

辺りをきょろきょろと見回していると、横に立つ金袈裟姿の信雄に笑われた。

「落ち着きがないぞ、又兵衛。まあよい」

案内役に従い、信雄一行は北の母屋から池に伸びる渡殿に上がり込んだ。池に浮かぶ舟、そして水面に映り込む満月が手の届きそうなところにある。襖《ふすま》や壁がなく、風の吹き抜ける渡殿を進んでゆくうち、又兵衛たちは池の中にせり出す格好で建つ続きの東屋へと至った。

東屋は、上段と下段のある板敷の一室だった。信雄の後ろで一礼して部屋の前で座ると、上段に独りで座る男に気づいた。

これ、と信雄が鋭い声を発した。だが、上段にある若い男は首を振った。

「構いませぬよ。今日はわしがお呼びしたのですから」

蠟燭《ろうそく》の炎に照らされるその顔に見覚えがあった。数年前、北野茶会で出会った若き貴顕——羽柴三河守秀康だった。この日は、白の直衣《のうし》といういかにも貴族の遊びの場にお似合いの格好に身を包んでいる。

羽柴三河様、と小声で呟くと、横の内膳が脇をつついてきた。

「違う。数年前、結城《ゆうき》家のご養子になられたゆえ、結城三河守様だ」

内膳の訂正も頭に入ってこなかった。北野茶会で交わした会話、首筋に当てられた扇の感触、そして、あの時発された冷たい圧をまざまざと思い出した。

上段の間から腰を上げた秀康は、下段の間を素通りし、縁側に立つ信雄の前に立った。

「わがままを言うて、申し訳ござらん」

「いやいや、三河殿のお頼みは断れますまい」

秀康は、信雄の後ろに控える又兵衛に顔を向けた。

「久しいな、又兵衛」

こちらのことを覚えていた——? 驚く又兵衛の前で、秀康は楽しげに笑った。

「聞いておらぬか。わしがそなたを呼んだのだ」

北野茶会で出会った若き絵師が信雄の許にいることを知り、会ってみたくなったのよ、と秀康は続けた。

「信雄殿に無理を言い、こうして連れてきてもろうたのだ。さて——」

秀康は下段の間をちらりと見やった。いくつも蠟燭の並ぶ板の間に、文鎮の載った本紙、筆、硯《すずり》が並んでいる。

「早速、絵を描いてもらおう」

秀康の値踏みするような視線が又兵衛を射る。

全身の毛がぞわりと逆立った。手を握ることで肩の震えを抑え込むと、又兵衛は肩衣を脱ぎ、自ら襷《たすき》をかけ前に進んで本紙の前に座り、絵筆を手に取った。

内膳も無言で絵道具の傍に膝をついた。

そこは手元の席だった。絵師の傍にあって必要に応じて絵道具を手渡す手元は、本来、大絵師につくものだし、目下の者が当たる役目だ。二重の意味で内膳に願うわけにはいかなかった。

又兵衛の困惑に応えるように、内膳は口を開いた。

「此度《こたび》はお前が指名されたのだ。わしが手伝ってやる。お前は目の前の絵に注力せえ」

力強く差し出された筆を受け取った又兵衛は真っ白な筆先を舐めた。糊の味はしない。水通ししてあるらしいと確認したのち、又兵衛は硯の海に筆先を浸し、陸へとずらした。ひたひたに墨を吸った筆先は、春先の花のつぼみのように膨らんでいる。狩野工房でもこれほどよい筆には出会えない。

余計な墨を払い、又兵衛は筆先を紙の上に落とした。

考えながら筆を動かすことはしない。何を描くか、どのように描くかは、筆を持つ前から決まっている。筆を手にしてからは、頭の中にあるものを形にするために、総身に気を充実させ、捉えている絵の形を逃がさないよう身構える。

顎にたまった汗も、いつの間にか手拭いで拭かれている。刷毛《はけ》が欲しい、と思う数瞬前に、又兵衛の眼前に刷毛の持ち手が向けられている。水を欲したその時には、栓の外れた竹筒が眼前にある。まるで又兵衛の心の内を覗《のぞ》いているかのように、内膳は的確に道具を用意し差し出してくる。いや、それどころか内膳に絵の手順を差配され、従わされているような。否、内膳の広大無辺な画境の一端を見せつけられたような心地がした。体中から汗が迸《ほとばし》るのを感じながら、又兵衛は縦横に筆を振るった。

池を吹き渡る風が又兵衛の背を撫《な》でたその時、又兵衛は紙から筆を離した。

描くべきものは描き切った。そんな確信と共に。

辺りの蠟燭が揺らぎ、いつしか聞こえなくなっていた詩歌管弦の音曲が又兵衛の耳朶《じだ》に触れた。

又兵衛は筆を内膳に預け、茫然としていた。絵を掲げることなく池に浮かぶ竜頭船を眺めていると、縁側に立っていた秀康が下段の間に足を踏み入れ、又兵衛の絵を覗き込んだ。

又兵衛は秀康の顔を見上げた。蠟燭の頼りない明かりに浮かび上がるその顔から、秀康の内心を読み取ることは難しい。

「明王《みようおう》か」

冷ややかな秀康の声に又兵衛は身をすくめた。それを答えと取ったのか、秀康は絵の前に跪《ひざまず》き、絵の中心、明王像の顔の辺りを指でなぞった。

「いや、わしの似姿か」

秀康の視線に添うように絵に目を落とすと、確かにそこには、冷ややかに絵を見下ろす秀康と同じ顔をした明王があった。その明王は、すべてを見通すような目をして、画面を覗き込む者をねめつけている。

「前も、同じことがあったな。雀の絵の時だ。貴顕を小馬鹿にすることを恐れない。お前には挑み癖があると見える」

まるで絵の中の明王が口を利いているような錯覚に襲われる。

秀康はつまらなげに続けた。

「いや、違うな。捨て鉢に生きている、という方が正しいか」

己の心の内を言い当てられ、心の臓が痛いほど高鳴った。

母が死んでからというもの、生きている実感が持てず、流されるままに浮世の波間を漂っている。死に急ぎたいわけではないが、ぼろぼろになってまで生にしがみついていたくもない。その感覚に名前を付けるのなら、捨て鉢、だろう。

「まあ、分からぬではない。わしにも、斯様《かよう》な頃はあった。挑むことでしか己の居場所を切り開けぬのだろう」

又兵衛の描いた絵を取り上げた秀康は、小さく鼻を鳴らした。

「己の生に、もう少し興味を持ったらどうだ」

まるで、憐れむような口ぶりだった。

それからは酒宴となった。

池を渡る風に当たりながら酒を酌み交わす秀康と信雄を眺めつつ、又兵衛は内膳と共に部屋の隅に控える。信雄と言葉を交わし、時には歯を見せて笑う秀康は、一度たりとも又兵衛に目を向けることはなかった。

その後は特に何が起こるでもなく、酒宴は終わりを告げた。

二条邸から信雄屋敷への帰り道は穏やかな静寂に満ちていた。少し前まで京は物騒だったというが、天下が平らかになるに従い、上京ならば夜歩きもそこまで危険ではなくなった。宴の熱気を引きずったままの又兵衛が空に浮かぶ月を見上げ、近習たちと共に隊伍の列を歩いていると、駕籠の中から信雄の声がした。

「又兵衛、おるか」

「は、はっ」

又兵衛は担ぎ棒にまで螺鈿《らでん》細工の輝く駕籠へと近づいた。

だが、信雄は駕籠の小窓を開こうとしない。くぐもった声が中から聞こえる。

「己の思うところを言葉に出来ぬは難儀よな」

歌うような声が駕籠の隙間から漏れ出た。

「以前、わしは自らが吃であったと話したな。実はな、吃が治ったのは、父上が死んだときであったよ。それまでわしは、ずっと父上に吃を詰《なじ》られ続けていたのだ。もっとはっきりとものを言ったらどうだ、おどおどとするでない、それでも織田の男子か、とな。しかも、よりにもよって、吃は申し開きをするときに限って出た。ただでさえ父上は言い訳がお嫌いであられたから火に油を注ぐようなもの。いつか殺されるとさえ思うたものだが、不思議なもので、父上が死んだ途端に吃が止んだのだ」

しばしの沈黙の後、ぽつりと、まるで自分に言い聞かせるように、駕籠の中から呟きが漏れた。

「お前も、いつの日か、吃が治ればいいのう」

下がれ、と命じられた。そっけないにも拘らず、突き放すような響きはなかった。

近習の列に戻った又兵衛は、煌々《こうこう》と輝く丸い月に語りかける。

お前のように欠けたるものがなかったならなんとよかったか、と。

満月は何も言わず、温かな光を下天に投げかけるばかりだった。


目の前の障壁画に、又兵衛は息を呑んだ。

この日、やんごとなきお方に呼び出された信雄の随身として、又兵衛は聚楽第にあった。もちろん、又兵衛は主君に随行する家臣の一人に過ぎず、奥へ向かう信雄の背を見送った後、他の近習と共に控えの間に通された。二十人は優に入る大部屋に留め置かれた近習たちは年長でも二十と少し、ほとんどは十代の若造だ。私語を禁じられていても、己の自慢話や最近あった心浮く話に花を咲かせている。

その輪から弾かれている又兵衛は、独り部屋の隅に座っていた。出仕の日ではなく、家臣ですらない内膳はここにはいない。

一人暇に倦《う》んでいた時、部屋を区切る障壁画に目が留まった。

画題は花鳥画。木や草花は見る側に緊張を強いるほどに充実した狩野の真体で描かれている。神経質な細やかさ、野放図な発想。この二つが同居し、高いところで拮抗《きっこう》している。障壁画の左端に目をやったものの、あってしかるべき名前がない。近習の控えの間に飾られる程度の格式の障壁画に、落款《らっかん》など不要ということか。

又兵衛は部屋を出た。万が一同輩に声をかけられたら厠《かわや》と言い訳するつもりだったが、誰にも咎《とが》められることはなかった。

天下人の居城、聚楽第には、天下一の絵が集《つど》っている。絵師の端くれである又兵衛からすれば、宝の山が無造作に並んでいるがごとき処だ。

端が見通せぬほどに長い廊下を進むうち、薄闇の中、金雲と空の間を飛ぶ燕の図が目に入った。燕が見せる様々な仕草が連続して散らされ、急旋回を繰り返し、青空を切って飛び回っているように見える。左端を見ると、狩野内膳の名があった。

暗がりの廊下を抜けてゆくと、光溢れる縁側に出た。

謁見の予定がないのか、縁側の人の気配も絶えている。白砂と岩の並ぶ庭の向こうから小鳥のさえずる声が聞こえる他に物音はしない。

謁見の間の襖絵を見遣った。おあつらえ向きにすべて閉まっている。

描かれた画題は松林。狩野の荒々しい筆法である草体《そうたい》で描かれているその絵は、見る者に覆いかぶさり、目を閉じてもなお瞼《まぶた》の裏に色彩や輪郭がくっきりと残った。一目見ただけでは子供の遊びのようだが、子細に眺めてみれば、張りつめた気、大山のような存在感が見る者を圧倒するのに、不思議と寒々しさも感じる。落款には狩野山楽の名が付されていた。

狩野派領袖であった狩野永徳は、狩野の草体を究めに究め、障壁画や屏風絵といった大きな紙の上に威風堂々とした絵を描く大画様式を完成させた。その一の弟子を自称する山楽の筆遣いは永徳様式を引き継ぎ、墨守した先に大輪の花を咲かさんとしていた。

興奮が抑えられずに、又兵衛は次の障壁画に目を移した。

楓《かえで》の図だった。狩野の草体で描かれた力強い楓の姿はどっしりとした風格を有している。だが

――、なんとなく違和感を覚えた。何かが違う。譬《たと》えるなら、まっさらな水の上に、一滴の油が浮いているかのような――。

絵から近づき遠ざかりを繰り返して己の違和に迫るうち、又兵衛はその正体に気づいた。

この絵は、狩野の真、行、草の三体を一つの絵の中で用いているのだと。

狩野では細密な真体、雄渾な草体、二つの中間である行体《ぎょうたい》を三体と称し、一画面での三体の混《こん》淆《こう》を固く禁じている。当世人気なのは――そして狩野派領袖の永徳が切り開いたのは――、草体の持つ荒々しさを突き詰め、絵に覇気を与える手法だ。だが、この絵はそれをあざ笑うかのように、三体を一つの画面の上で混ぜ合わせている。荒々しい藁筆《わらふで》で描いた楓図の根元に、繊細な筆で草花を配し、遠いところに咲く草花や動物たちを軽やかに散らしているのが見て取れた。

又兵衛はしばらく絵の前から動けなかった。

三体を用い、饒舌《じょうぜつ》に描かれている絵には、永徳流の絵とはまた違う生命感が宿っていた。

もちろん十全に理解できるわけではないが――。この絵における三体の使い分けには独自の細則があって、綿密に釣り合いが取られている。

絵師の見ている風景に引きずり込まれるような錯覚を起こした。

永徳流の絵が、対象物の生命力を切り取り、誇張したものであったとするなら、この絵は、生命力をそのまま筆に乗せたかのようだった。

痺《しび》れからようやく抜け出た又兵衛は、落款に目を向けた。

そこには、こうあった。

長谷川信春《はせがわのぶはる》と。

心中で、又兵衛はこの絵師の名前を噛み締めた。

この絵を成り立たせているのは、鋭敏な構想力、巧みな素描力、確かな筆遣い、絵師としては当たり前の基礎の積み重ねによるものだった。この絵をものした絵師の鍛錬と逡巡《しゅんじゅん》、懊悩の日々を思い、気が遠くなる。

又兵衛の耳に、己の名を呼ぶ声が届いた。

現に引き戻された又兵衛は控えの間に戻るべく駆け出した。が、暗い廊下に曲がる前に振り返り、山楽と長谷川の絵をもう一度己の双眸《そうぼう》に刻み込んだ。

このとき、又兵衛は、またこの絵を見る機もあるだろうと疑いもなく考えていた。

だが、それが間違いであることを、後に知ることになった。

又兵衛は汗を額に浮かべながら、静まり返った京の町を走っていた。

半月ほど前からずっと、町衆は死神の来訪を恐れるかのように屋敷や家々の戸を閉じ、息を潜めている。又兵衛が道を走っていても、すれ違う者の姿はなかった。

やがて、又兵衛は目的の地、聚楽第に至った。

かつて威容を誇っていた大城の姿は、砂山が波に浚《さら》われるが如く、失われようとしていた。往時は四方を囲っていた背の高い築地が取り払われて中の様子が露わになっている。見れば、中ではふんどし一つの屈強な男たちが大きな槌——掛矢を建物の土塀や柱に打ちかけている。呆然と立ち尽くしているうちに、力自慢の男たちによって柱に巻き付けられた荒縄が引かれ、幅十間にはなろうという多門櫓《ながや》は音を立てて倒れた。

大門の跡地に立て札があった。あれこれと文字が並んでいたが、『謀叛』の二文字を前に、又兵衛は思わず目を背けた。

この城の主に特段の思い入れがあるわけではない。ただ、瞼の裏に焼き付いていた残像が浮かび上がる。竹矢来の向こうで、嘆き、泣き、こと切れる、血染めの女子供の姿が。

一月前、秀吉の養子であり聚楽第の主であった前関白豊臣秀次《ひでつぐ》が切腹を遂げた。謀叛の嫌疑がかかり高野山に登った直後、秀吉の派遣した糾問使に面会するや否やの凶事だった。そんな経緯に疑心暗鬼に陥ったか、秀吉は遺された秀次の妻子を三条河原で処刑する断を下した。

又兵衛はその日、三条河原にいた。信雄の命令だった。主君の命に抗うことはもとよりできないが、『秀次一家の最期を見届けてはくれぬか』と深刻な顔で言われてしまっては、役目を果たすしかなかった。

鴨川の流れが遠くから聞こえる中、竹矢来で囲まれた処刑場に居並ぶ何十人もの妻妾、子供たちの首がまるで花を摘み取るように落とされ、血華が筵《むしろ》の上に咲いた。処刑に当たった者たちの中にも変調をきたし、竹矢来の根元でうずくまる者さえいた。だが、大勢としては斬首は支障なく行なわれ、積み重ねられた死体の数々は先んじて掘られていた大穴に投げ込まれた。

又兵衛の報告を聞いた信雄の『むごいものだの』という言葉に集約される、天下に戦慄と反発を生んだこの処刑からほどなく、秀次の居城、聚楽第の破却に至った。

秀次の痕跡ことごとくを消し去らんという秀吉の強い意志を感じてならなかった。

又兵衛がここにやってきたのは、やはり信雄の命令によるものだった。なぜそんなことを命じたのかは分からないが、又兵衛にも聚楽第に足を運びたい理由があったゆえ、渡りに船だった。

柱穴しか残っていない門跡から中に入り、信雄に従い行き来した道のりを思い描きつつ歩いてゆく。曲輪までの道に並んでいたはずの大名屋敷や番方の詰め所は更地になっていた。だが、石垣や道はまだ形をとどめていたゆえ、何度も人足たちに怪訝な顔をされながらも迷うことなく御殿跡へと至った。

御殿跡には、ほとんど建物は残っていなかった。木材は早くも運び出されようとしており、瓦は庭であったところに無造作に積み上げられ、その山に押し潰される格好になっている松の木は、不自然な形に折れ曲がって悲鳴を上げていた。

見れば、庭であった一角で火が焚かれ、火の勢いが弱くなると人足の一人が脇に積まれていたものを火の中に投げ入れている。半分に折られ、草履の跡がくっきりとついたそれは、かつてこの城を彩っていた障壁画の一部だった。

又兵衛は未だ焼かれていない障壁画の山へと近づいた。部屋を彩っていた極彩色の絵は、一つとして傷ついていないものはなかった。無造作に積み重ねられ、踏みつけられ、中の骨が折られ、穴が空いていた。

折れ曲がり、泥にまみれてひしゃげる鶴の絵から目を上げると、火の近くに場に似合わぬ男が立っていることに気づいた。

黒の羽織に青い着物を身に纏《まと》い、腕を組むその男は——内膳だった。

内膳は火を見上げ、手に持っていた帳面に何かを描きつけていた。その姿は何者にも侵せない迫力があって、人足たちもわざわざ内膳を避けて通っている。

ややあって、まどろみから立ち戻ってきたような顔をした内膳と、目が合った。

「又兵衛か、なんだ、いたのか」

弱々しい声だった。これまで一度として、内膳がここまで打ちのめされた姿を見たことがなかっただけに、何と声をかけていいのか分からない。そうしてまごついているうちに、更地になりゆく風景を前に目を伏せ、内膳は喉から絞り出すように声を発した。

「消えてしもうた。——お前は見たか。この屋敷に、亡き惣領様の絵があったのを」

惣領——。現惣領の右京ではなく、永徳のことだろう。聚楽第ほどの場所を彩ることができる絵師は限られている。そう考え、首を横に振った。永徳の絵は儀礼が行なわれる大広間を彩っていたことだろう。

「惣領様の唐獅子図は毛利家に下げ渡されたらしい。だが——。他の絵はすべて失われた」

いつしか、内膳は肩を震わせていた。

「むごいな。絵とは、あまりに儚《はかな》く弱い。戦で焼け、建物の破却と共に消え失せてしまう。天下一の傑作すらも、貴顕の気まぐれ一つで灰となってしまう」

内膳の顔に、普段にない激情が滲んでいた。

「俺は、貴顕のための道具でしかないのか」

内膳は天に向けて咆哮《ほうこう》を発した。人足たちが何事かと言わんばかりに視線を向けてくる。だが、内膳の姿を見ると、幽霊を見たような顔をして、また黙々と己の作業に戻ってゆく。

肩を落とした内膳は目を泳がせ、去っていった。その足取りは、まるで重い荷を背負っているかのようだった。

しばらくして、又兵衛も聚楽第を後にした。

無性に絵が描きたくなった。

一人、道を歩いているうちに、知らず知らずのうちに又兵衛の足はある場所へと向いていた。

懐かしき、狩野工房だった。

以前は外からでも工房の活気を感じ取ることができた。だが、今はまるで廃屋のように静まり返っている。

又兵衛は門から中に入る。

人の気配のない庭を回り、南の建物へと向かう。かつてはここに来れば門人たちとぶつかったものだが、誰もいない。声をかけても誰も出てくる様子がなかった。仕方なく、又兵衛は縁側に座り、庭を眺めて人を待つことにした。又兵衛がいた頃は丁寧に剪定《せんてい》されていた松は四方八方に葉を伸ばし、剃り上げずに放っておかれた月代《さかやき》のようになっていた。

しばし縁側に座っていると、やがて、廊下の奥から声がした。

「お客様、これは失礼をいたしました」

小走りでやってきた女中お仕着せの着物を着た女――お徳だった。口の辺りを手で押さえ、信じられないと言いたげに目を大きく見開いている。

「あれ、又兵衛……さん？」

小さく頷くと、少し怪訝な顔をしていたお徳も、ようやく昔のままの笑みを浮かべ、大小を手挟んだ又兵衛を眩しげに見つめた。

「久しぶりねえ又兵衛さん」

以前と変わらぬ、飾らない口調で話しかけてきたお徳は、又兵衛の横に腰を下ろした。

「今日はいったいどんな風の吹き回し？」

又兵衛は虚空で筆を振り回す真似をした。それを見ただけで察したのか、奥に引っ込んだお徳は、硯と筆、半紙を持って戻ってきた。

又兵衛は紙を受け取ると、筆を走らせた。淀みを与えないよう、無理矢理にでも手を動かした。描こうとしているのは、在りし日の聚楽第だった。又兵衛の見た、山楽と長谷川の絵の競演。もうこの世のどこにもない、頂点を極めた絵師の対決。己の瞼の裏に残っている光景のすべてを、今、描き残しておきたかった。

山楽のものした松の枝を数本描いたところで手が止まった。

首を振って今度は長谷川の楓図を描こうと新たな紙を手に取って筆を振るった。だが、ほんの少し、楓の根元にある草花を描いたところで、手が止まった。

震える筆先を眺めるうちに、己の内側に芽生えた感情の正体に行き当たる。

どんなに自分が手を動かそうとも、あの絵の域に達することはない。その恐怖が筆をすくませている。

又兵衛は筆を取り落とした。乾いた音を立てて廊下に転がった筆は、しばし、足元で円を描いた後、動きを止めた。

「又兵衛さん」

お徳の顔を見返すことができなかった。

無言で立ち上がった又兵衛は、そのままふらりと歩き出した。お徳が後ろで何かを言っていて、耳にも届いているが、又兵衛を押し留めるには至らない。

空っぽの心を抱えたまま門を出た又兵衛は、あてどなく町を歩いて空を見上げ、虚空に指を伸ばした。又兵衛の目は、山楽の、そして長谷川の絵の姿を痛いほどに捉えている。だが、どんなに指を動かしてもなぞることができないばかりか、線の一本すら真似できなかった。

己には描けない。そんなことは、とうの昔に分かりきっている。又兵衛を苛立《いらだ》たせたのは、もっと違った何かだった。

模写をしようとして初めて気づいた。いや、もっと前から勘づいていたのに、あえて見て見ぬふりをしていたのかもしれなかった。卓越した実力だけでは説明できぬ何か。二人の絵にはそれがあった。

又兵衛は肩を落としながら大路を歩いていた。

「はは」

冷たいものが又兵衛の頬を掠《かす》めた。

空を見上げると、水の粒が又兵衛の目に飛び込んだ。

雨。

雨粒のせいか、曇天の空が滲んで見えた。


数日後の非番の日、又兵衛の姿は下京の町角にあった。

いつもなら、非番の日は生写《いきうつし》に出ている。一応矢立と帳面を持って出たものの、町の喧騒を前にしても、武士たちの喧嘩に出会っても、心浮かぬ又兵衛がいた。

昨日は内膳の絵の稽古の日だった。だが、無力に打ちひしがれているのは内膳も同じだったようで、ため息をついたかと思えば、

『わしは、ちっぽけな芥《あくた》も同然よな』

と首を振っていた。

内膳が芥ならば、己は何なのだ。己の小さな右手を見下ろして首を振ると、又兵衛は見慣れぬ場所にいることに気づいた。

柳の木が立ち並び、朱色の欄干が張り出している二階建ての建物が続く一角。綺麗な着物を緩く合わせ白粉《おしろい》を顔に塗りつけた女が道行く男の手を引いている。目の前の光景が像を結んだその瞬間、むせ返るような甘い香りの洪水と、三味線の音が又兵衛に近づいてきた。

ここは二条柳町、秀吉の肝入りで設けられた遊里だ。

赤い欄干を設えた二階建の建物を眺めているうちに、子供の頃、道薫と名乗る老人との邂逅《かいこう》を

思い出した。あの蛸《たこ》に似た老人はあれから一度たりとも姿を現すことはなかった。だからこそというべきか、あの日のことは強烈な記憶となって刻まれている。あの日の食膳のことも、漂っていた白粉の香りも。

己の体から、瘴気《しょうき》が漏れ出ている。母を悪し様に言った人間への怒りが、なおも腹の底でとぐろを巻いていた。

女たちが又兵衛の手を取ろうとしたが、又兵衛の顔を見るや恐ろしいものと出くわしたと言わんばかりの目をして離れていく。又兵衛は去っていく女たちの背を目で追うこともしなかった。

目を伏せながら華やかな色町をしばし歩いていると、音曲の音色が又兵衛の耳に触れた。

なさけなしとよ　もののふも
もの丶あはれハしるそかし
小袖をひとつ　えさせよ
なににてはたへを　かくすへし
よしくれすとも　ちからなし
いのちとともに　とりてゆけ

不思議と人を引き付ける哀調が、又兵衛の胸を衝く。

気づけば、その音曲に誘われるように裏道へと入っていた。暗がりの中、水たまりを踏みながら進むと、やがて開けたところに出た。そこは遊女屋の裏手の小庭で、低い生垣でまわりを囲まれていた。少し背を伸ばせば中の様子が見える。音曲は庭から聞こえるようだ。生垣の奥に目をこらした。

庭先には、粗末な服を着た子供たちが一人の女を囲んで屯《たむろ》している。年季の入った赤い着物姿のその女は小さな縁側に腰を掛け、手に持っている三味線を奏で、その伴奏に合わせ口を動かしている。

三味線と唄によって紡がれるのは、牛若丸と常盤《ときわ》御前の物語だった。

生き別れた息子の消息を耳にして旅の人となった常盤とその従者は宿を求めたが、折悪しくそこに盗賊が押し入ってくる。常盤の着物をすべて奪い逃げようとする盗賊たちに、気高い常盤が『恥辱を受けるくらいならばいっそ殺せ』と言い放ち、無残にも斬り殺されてしまう。そして母の死を知った牛若丸が盗賊たちを斬って捨てる。そんな復讐譚だった。

流れるような三味線と声に引き寄せられるように、又兵衛は懐から紙を取り出し、矢立から筆を取っていた。盗賊を斬って捨てる牛若丸の姿が紙の上に現れる。

子供たちは目を閉じ、何度も頷きながら聞いている。だが、三味線の撥《ばち》が弦から離れると、夢から醒めたようにその目を開いた。

「はい、これで今日はおしまいだよ」

景気づけのように三味線を抱く女が手を叩くと、粗末な服の子供たちは満足げに沓脱石に草履を脱ぎ棄て、遊女屋の奥へと走っていった。

又兵衛が垣根越しに眺めていると、女がこちらに向いて冷ややかな声を発した。

「お侍さん、何を覗いているんだい」

先ほどまで流麗な音曲を奏でていたとは到底信じられないほどに、女の声には淀みがあった。

慌てて首を引っ込め踵《きびす》を返そうとした。

すると、女は少し声を丸くし、からからと笑った。

「取って食おうってんじゃないんだから安心おしよ」

その辺に戸があるから入ってきなさいな、と女は言った。

生垣を辿っていくと、腰の高さほどの枝折戸《しおりど》があった。又兵衛は飴色の戸をゆっくりと開き、中に入った。

女はなおも三味線を抱えて縁側に座っていた。又兵衛を上から下まで舐めるように眺めた後、小さく笑った。

「表の客、ってわけでもなさそうだね」

適当な言葉が見つからずに戸惑っていると、女は勝手に続けた。

「侍のなりをしてはいるけど、あんたからは夢追い人の匂いがするよ。色街は夢なんだ。現《うつつ》を生きている者がひと時休むためのね。だから、普段から夢に生きている者は悪目立ちするもんなんだ」

女は蝶《ちょう》と名乗った。

「ここの遊女だよ。とはいっても、今は病んでるから休みを貰っているけどね」

目の前の女に病の影は見受けられなかった。それに、蝶という名前も本当のものなのか、又兵衛には判別がつかない。

「あんた、名前は」

又兵衛、と名乗った。不思議と、この時は吃が出なかった。

「又兵衛さん、か。で、あんた、どうして泣いているんだい？」

一瞬、又兵衛は固まってしまった。

思わず頬に手を触れると、冷たいものが又兵衛の指先に触れた。その跡をたどっていくと、確かに両の目から零《こぼ》れているのに気づいた。

己の手を見下ろしていると、女はひらひらと手を振った。

「おやおや、わたしとしたことが粗忽だね。他人の人生なんて詮索するもんじゃない。忘れてくんな」

顔を袖で拭いた後、又兵衛は最前弾いていた曲について聞いた。

「ああ、あれは『山中常盤《やまなか》』ってんだ」

浄瑠璃らしい。三味線を用いた語り物だとは知っていたが、まるで歌を聞くようだった。音曲の残響に身を震わせる又兵衛をよそに、『山中常盤』は浄瑠璃の中でも人気演目の一つなのだとお蝶は語った。

「血腥《ちなまぐさ》い話だけど、子供らには人気だね。あの子たちは、母親と死に別れたり、理由《わけ》あって一緒には暮らせない子たちだ。今でこそ減ったけど、親が殺されて、ここに流れてきた子だっている。

きっと、この曲が救いになるんだろう」

又兵衛はふと、毒を呑まされて死んだ母を思った。血染めの偽免状を前に、母を死に追いやった者を探して復讐すると誓ったあの日のことも。だが、今の己は、日々を生きるのに精いっぱいで、血糊のついた決心も風化しかかっている。

己の描いた牛若丸が、紙の上で嗤《わら》っている。俺は母の仇を討ったのに、お前は絵を描いているだけかと。

まるで又兵衛を揺り起こすように、蝶は三味線の弦を叩いた。太い音の響きが辺りに満ちる。

「――色々とあったみたいだねえ。ここにいる子供たちと同じ顔をしているよ。おっと、また粗忽なことを――」

「おおおお、お蝶さん」又兵衛は口を開いた。「おおおお、俺は、おおお、俺のことがどうしても許せない」

己を蝕む幻滅が蛇となって体を縛り付ける。

お蝶は目をしばたたかせている。又兵衛自身、言葉になるまで、己の心の色を知らずにいた。いざ飛び出した言葉に自分が戸惑いを覚えているのだから、初対面の女が面食らわぬはずはなかった。

だが、お蝶はこともなげに笑った。

「いいんじゃないかい。手前のことなんて許せなくても。あんたに何があったのか知ったこっちゃないよ。もしかしたらあんたは何十人も人を殺してるお侍かもしれないし、戦場《いくさば》で何十人もの人を救った立派なお医者かもしれない。でも、どんな人間でも、手前のことはどうしたって許せないもんだと、わたしは思うよ」

お蝶は弦を小さく叩いた。辺りに低い音が響く。

「難儀な己を抱えたまま、ふらふら生きる。それが人間ってもんさ」

話し過ぎちまった、とお蝶は苦笑いを浮かべ、沓脱石の上に立った。

「さあさ、これで話はおしまいだよ。そろそろ掃除の時分だ」

三味線を脇に置き裾を叩くお蝶に頭を下げ、又兵衛が踵を返そうとすると、不意に袖を引かれた。振り返ると、そこには遊女のお下がりなのだろうか、赤い柄物の着物を纏う少年が立っていた。

「その絵、くれろ」

又兵衛の手の内にある牛若丸の絵を指す。差し出してやると、少年はひったくるように絵を受け取り、やがて満面に笑みを湛えた。

「ありがとう」

ああ、とも、うむ、ともつかない声を上げて、今度こそ、戸を押し開いて裏庭を出た。

裏路地を歩く又兵衛の心中には、なおも『山中常盤』の音曲が渦を巻いていた。母の仇《かたき》を見つけ出し、一刀両断にしてゆく牛若丸が頭の中で暴れ回っている。だが、先ほどまでのように牛若丸に喝采を送る気持ちはしぼみかけていた。

光溢れる表路地に出る。又兵衛は目を細め、手で光を遮った。

「久しいな、又兵衛」

名前と顔を覚えられていたとは思わず、又兵衛は平伏しながらも震えていた。

信雄屋敷客間の上座に、藍色の肩衣に身を包む秀康が端座している。かつて出会った際に感じた日輪のごとき輝きはなおも失われていないばかりか、一目その姿を見ただけでひれ伏したくなるほどの覇気を纏い始めている。

顔を上げる。だが、目の前に座る貴人の表情には、一抹の闇がこびりついていた。

秀康の横に座る信雄は口元を扇で隠して肩をゆする。

「結城少将殿も物好きであられる。又兵衛にまたお会いになりたいとは」

「何、この絵師の挑み癖が如何になっておるのか、見てみとうなりましてな」

秀康は信雄に向けて身を乗り出し、豪放に笑い飛ばした。ほかの者がやればはしたなく見えるしぐさも、この人がやれば親しみへと変わる。

「それにしても、此度のことは残念でしたな」

信雄の言葉に秀康は小さく頷く。いつの間にか、秀康の顔からは笑みがそげ落ちていた。

「ああ、太閤殿下のことは、非常に」

明に向けた二度目の出兵の途中、秀吉は慶長三年（一五九八）、その波乱に満ちた生涯を閉じた。一時とはいえ、秀康は秀吉の養子だった時期もある。だが、この話を口にしている秀康の表情には、少しも変化がなかった。どんな思いでかつての義父の死を受け止めたのか、又兵衛には判然としなかった。

秀康の心情を慮《おもんぱか》ってか、信雄は話の流れを少し変えた。

「朝鮮に出兵しておる諸大名はさぞお心細くおいででしょうな」

「それだけではありますまい。全国の諸大名が動揺しておりましょう。我ら結城家の周囲も、かなり混乱しておる模様。されど、この機を捉えて兵を起こそうなどという動きがないのが、唯一の救いかと」

「まったくまったく、太閤殿下のお遺しになられた世は、なおも堅固でござろう」

「さて、それはどうでしょうかな」

又兵衛の目の前で、己の手に余る大きな話が飛び交っている。しばし茫然と眺めていると、所在なげにしている又兵衛のことに信雄が気づいた。

「ああ、すまぬ又兵衛、下がってよいぞ」

人払いに、頭を下げて客間を辞した。

又兵衛は息をつき、腰の辺りに目を落とした。帯に差してある小刀が重い。

一人廊下を歩いているうちに、やがて喧騒が聞こえてきた。しばらく進むと、廊下の角から小さな影が飛び出してきた。

年の頃三歳ほどの子供だった。鳳凰をあしらった錦の着物に金襴《きんらん》袴は小さな体にはいかにも重そうだが、その子供は赤い顔をして足音高く走り回り、右手に持っている木の剣を振り回しては、お付きの僧や信雄の近習たちを困らせている。

暴れる子供を後ろから抱きかかえた近習が、げんなりとして言うところでは――。

この子供は秀康のお子で、控えの間で遊んでいたものの部屋を飛び出してやんちゃを始めた。なんとかなだめすかしていたらしいが、普段子供と関わることのない近習ではお手上げのようで、又兵衛にも手伝ってほしいとのことだった。

断ることはできなかった。又兵衛とて近習、客人の応対もそのお役目の内に含まれている。

気が重い。そもそも又兵衛は吃ゆえに誰とも話さなくてもよいような役目ばかり仰せつかっている。そんな又兵衛が子供、しかも貴顕のご機嫌取りなどできようはずもない。

又兵衛は覚悟を決め、小さな客人の前に立ちはだかって腰をかがめた。

「いいいい、岩佐又兵衛でございます」

名乗ると、若君は手の木剣でぽかりと又兵衛の頭を叩いた。

痛いが、所詮は子供の仕業、悶絶するほどのものではない。

頭に走る痛みをこらえながら、又兵衛は手足を振り回してむずがる若君の手を取って控えの間へと誘った。

又兵衛は我が目を疑った。

貴人の控えの間として用意されているこの八畳間は、丸められた紙で足の踏み場がなくなっていた。何があったのだろうと小首をかしげていると、若君お付きの若い僧がおずおずと声を上げた。

「若君が雪合戦をご所望なさり」

紙を雪玉に見立てたということか。畳の上に転がる白い玉の数々を見遣った又兵衛は若君と共に部屋の真ん中にどかりと座ると、文机を近くに引き寄せた。

子供をあやす術《すべ》など知らない。己のできることをやるしかない。又兵衛はその辺の雪玉を開き、文机の上で丁寧に皺を伸ばすと、細筆を手に取って走らせた。妙な折り癖のついた紙に絵を描くのは初めてだったし、礬水《どうさ》の引かれていない生《き》の紙に描くのも随分久し振りだが、己の意のままにならぬ場所で筆を遊ばせる楽しさもあることを知った。

描き出したものを、若君に差し出した。

先ほどまで気もそぞろの風の若君だったが、絵を見るなり目を輝かせた。

又兵衛は冬の原を描いた。雪山を遠景に、子供たちが真っ白な原で雪合戦に興じている。ある子供は雪にまみれ、またある子供は雪の壁を作り、雪玉を敵方に投げつけている。礬水引きされていないせいで滲んではいるが、逆にそれが味に化けた。

雪合戦などやったことがなかった。物心ついた頃からいた寺では吃を理由に爪弾きに遭っていたし、狩野工房では遊ぶ暇などなかった。雪の日、狩野工房と小屋の行き帰りの際に見たわずかな光景がこの絵の種となっている。

若君は絵を眺めたまま、口を開いた。

「ほかの絵を描いてくれろ」

父上を描いてくれろ、そう若君は言い添えた。

「ちちち、父上？　ゆゆ結城少将様でございますか」

「そうじゃ。父のごとく強き者になりたい」

又兵衛は頷き、今度はまっさらな半紙に筆を落とした。

絵を描いている間は、そのことを理由にいくらでも黙りこくっていられる。少しずつ線が形を描き出す様を眺めながら、又兵衛は、父について思った。

又兵衛に父はない。物心ついた時にはお葉はいたが、「父」なるものは影も形もなかった。鳥や獣、人間には父がいて母がいる。そんなことは子供の頃から弁《わきま》えていた。だが、どうしても又兵衛は「父」という言葉の持つ味や重さ、色合いを摑むことができずにいる。唯一あるとすれば、お葉の遺品から見つかった位牌にあった「岩佐六郎兵衛」なる男の名前だが、あれだけでは、「父」の一語に明瞭な像を与えることができなかった。

ややあって、一枚の絵が出来上がった。

渡したものの、若君は不機嫌だった。

「これは父上ではないわ」

又兵衛からひったくるようにして筆を奪った若君は、文机の上で絵を描き始めた。筆の動かし方は当然なっていない。思い付きのままに描き散らかしている。

「どうじゃ」

現れたのは、目、鼻、口の位置に黒点が置かれ、荒れて掠れた線で縁取りのされた大きな丸だった。お追従《ついしょう》は述べたものの、狩野の絵を学んだ又兵衛からすれば褒めるところなど一つもない。

だが――。なぜか心が疼《うず》いた。

絵に対して、ではない。絵を誇らしげに掲げながら頬を緩める若君に対してだ。その顔を見ているうちに、その確信に満ちた頬をつねりたくなった。

「父上はすごいのじゃ。お前には分からぬほどにな」

又兵衛は気づく。これほどまでに信じ、もたれかかることのできる相手がいるということが羨ましいのだと。

「それにしてもお前、話し方が変であるな。なぜじゃ」

胸が一瞬締め付けられた。だが、その痛みをこらえ、又兵衛は応じた。

「どど、ど、吃なのです」

思いのほか、低い声が出たことに、又兵衛は狼狽《うろた》えた。

そうか、と声を潜めた後、若君はその話題を二度と口にしなかった。

その後も、若君に言われるがまま絵を描くうち、八畳間には騎馬武者や鉄砲足軽、母衣《ほろ》武者、草花や木、兎や鳥や龍など、森羅万象で満ちた。

やがて、やってきた信雄の近習が、信雄と秀康の会談の終わりを告げた。

「そうか」

若君はつまらなげに下を向いた。ややあって、又兵衛にきっと目を向けた。

「岩佐又兵衛だったたな。名前を覚えておいてやる」

子供の言葉だ。凄みなどあろうはずもなかったが、又兵衛の心を射抜いた。それは、又兵衛を見据える目が、秀康のそれとそっくりだったからだろうか。

木剣を持ち、悠々と部屋から出ていく若君を眺めていると、ずっと部屋に詰めていた僧形《そうぎょう》の男が頭を下げた。

「感謝いたしますぞ、岩佐殿」

首を振ると、僧形の男は名乗った。

「拙僧は心願《しんがん》。少将様にお仕えする学僧でございます」

以後お見知りおきを。そう言い残した若き学僧は、若君を追い、控えの間を後にした。

部屋の中には、又兵衛と絵の数々が取り残された。どの絵も線が滲んでいて、とても見られたものではない。なのに、不思議と絵を描くことそのものに純粋に没頭していた己がいたことに、この時の又兵衛は気づいていた。


秀吉の死は、又兵衛の身辺にも大きな波乱をもたらした。

天下人秀吉はあまりにも大きな礎石だった。突然肝心要の礎石が失われ、あれほど堅固に見えた天下の屋台骨に大きなひびが入った。何事につけ世事に疎《うと》い又兵衛の耳に入ってくるほどの大音声を立てて。

徳川家康《いえやす》と石田三成《みつなり》の対立が、慶長五年（一六〇〇）、天下を巻き込む大戦《おおいくさ》となった。この関ヶ原の戦に勝った徳川によって天下の均衡図が一から書き直された。この余波は、わずか一万八千石を拝領していたに過ぎない小大名である信雄の家中にも迫っていた。

この日、又兵衛をはじめとした家臣たちは信雄屋敷の大広間に集められていた。

家臣とはいっても、家老から小者を含めても百人もいないような小さな所帯、ほぼ皆が顔見知りと言ってよかった。家老たちは中段の間に座り、又兵衛たちを見下ろしている。下段に座る又兵衛たち下級家臣は、落ちつきなく肩をゆすったり、横の者と何やら弁じ合ったりしている。又兵衛は誰とも話そうとせず、ただ、これから主君が座る上段の間を眺めているばかりだった。

しばらくすると、下段の喧騒が凪《な》いだ。

刀を拝持する近習頭を引き連れて、信雄が大広間に姿を現した。古ぼけた赤と青の片身替わりの羽織に紺の袴という姿だった。常ならぬ格好に家臣から困惑の声が広がったものの、上段に座り、剃った頭を撫でた信雄が下段を見渡すと、また声が止んだ。

脇息《きょうそく》をどけ、しゃんと背を伸ばした信雄は、一同を見渡した。

「この家は取り潰しとなった」

信雄の投げ入れた一言が、場に波紋を生んだ。

此度の石田三成と徳川家康の対立において、信雄はどちらに与《くみ》することもなく大坂に詰めていた。徳川方についた者たちの大加増、中立の立場を取った大名の取り潰しの噂を聞くたびに真綿で首を絞められる心地に陥っていただけに、何があっても驚かないよう、覚悟だけはしていた。

「どんな小さな勲功でも思い出したなら軍忠状にしたためるがよい。さすれば、そのままの感状を出すつもりぞ」

他の家中へ仕官を求める際には、感状の有無や多寡が響く。再仕官への協力を惜しまないと信雄が言明しているのだと察した。

大広間での申し渡しはそう時がかからずに終わり、家臣一人ひとりが個別に信雄の書院に呼ばれた。又兵衛に声が掛かったのは、夜も更けた時分だった。

又兵衛が書院に足を踏み入れると、暗い部屋の中、蠟燭の炎を頼りに書き物をしている信雄の姿があった。昼間と同じ古ぼけた片身替わりの羽織を纏っている信雄は、目の下に隈《くま》を作りながら、びっしりと名前の書かれた紙にあれこれと書きつけていたが、又兵衛が来たことに気づくと、力なく笑いかけてきた。大広間で見た信雄より、一回りも二回りも小さく見えた。

信雄は又兵衛に座るよう促した。

「家を潰す度、主君は家臣や一族郎党の人生をも背負っておるのだと気づかされるのう」

信雄は脇に置いてある火の灯った炉に目を向けた。炉の上では黒光りする茶釜がすんすんと音を立て始めていた。

「おや、沸いたか。又兵衛、一服せぬか」

よろしいのですか、と震えた声で聞くと、一人分も二人分も一緒よ、と信雄は言った。

しばらくして、対坐する又兵衛の前に茶が置かれた。本式のものではないゆえ適当に飲めばよい、と無造作に渡された茶碗は、夜の闇よりもなお色の濃い黒茶碗だった。

又兵衛は茶碗に口をつけた。甘みと苦み、渋みの交差する複雑な味わいが口の中に満ちる。

己の楽《らく》茶碗を取り上げ、啜《すす》った信雄は、溜息とともに愚痴を吐き出した。

「こんな時にも思い浮かぶのは父上のお顔よ。父上は名君であった。生きておられる間、一度として家を潰したことはなかった。家が傾いたは、遺された者の不始末よ」

信雄は己の羽織――紅と萌黄《もえぎ》の片身替わり――を見下ろした。

「これは、父の遺した召し物でな。今でも、つい、重大な決断を迫られた時には袖を通してしまう。あれほどわしを苛《さいな》んだお方であったが、いざという時には父にすがってしまうのう」

愚痴であったな、と首を振った信雄は、又兵衛に向き直った。

「さて、又兵衛。此度の成り行きには、主君として謝らねばならぬな。特に近習であるそなたには申し訳のないことになった。軍忠状の書きようがなくて困っておろう」

軍忠状は戦での働きを上に報告するための書状だが、信雄家中に入ってからというもの、又兵衛は軍忠状の種になるようなことは何一つしていない。近習は戦場において主君の傍に侍り警固するのがその役目、いや、戦場に呼ばれればまだよい方、場合によっては城や屋敷の留守居に回される。そもそも、信雄家中には参陣の機すらなかったから、功の挙げようがなかった。

「ゆえ、そなたら近習には、少しだけ色を付けてやろうと思うておる」

信雄は節立った指を二本立て、一つ目を折った。

「一つは、これからもわしとともに生きる道ぞ。実はわし自身、豊臣家からお声がかかっておる。今のところ家禄は二百石程度と聞いておるから、あまりいい思いをさせることはできぬが、食うに困ることはあるまい」

信雄は二本目の指を折った。

「二つ目は――。感状の代わりに、手を回してやることぞ」

「どど、どういうことで……」

「千差万別よ。例えば、わしの伝手《つて》を辿って他の家中を紹介してもよい。また、寺に入りたいというなら、然るべきところにねじ込んでやってもよい。——そなたはどうしたい。これからも近習でありたいか？　もしそれを望むなら、いくらでも手を打つことはできる。わしと共に行くもよし、他の家中に行くもよしじゃ。されど、そなたに望みがないのでは、わしは何も手を打つことができぬ」

正直なところ、又兵衛は武家勤めに倦んでいる。確かに生活は落ち着いているが、武家屋敷はあまりに奇々怪々の場に過ぎた。

しばし考え、又兵衛は答えた。

「ななな、ならば、父と母を知りとうございます」

「父」

己の心中の昂《たかぶ》りに気を取られ、信雄の声が沈んだことに又兵衛は気づかなかった。

「そそそ、某は、父を知りませぬ。ははははは、母は理不尽な死を遂げました。某が、なななな、何者なのか。なぜ、母が死なねばならなかったのか。それを知りとう……ございます」

たどたどしく語り出した言葉は、まごう方なき又兵衛の本心だった。

又兵衛の人生はあまりに謎だらけだった。なぜ、織田信長に追われなければならなかったのか。なぜお葉は毒を呑んで死んだのか。普段暮らしている中では蓋をしている疑問が、ふとした折に忍び寄ってきて心を苛む。だからこそ、知りたかった。

信雄は畳に目を落とした。

「――藪に手を突っ込めば、蛇どころか鬼が出るやもしれぬぞ」

まるですべてを知っているような口ぶりであった。

一瞬、己の軸が揺らいだ。が、気を取り直し、又兵衛は声を発することなく、顎を引いた。それが又兵衛の答えだった。

「そうか、そなたがそうなら、仕方あるまいな」

しばし待っていてほしい。ゆるゆると首を振った信雄は言った。

信雄家中の取り潰しが決まると、やることがなくなってしまった。家老や近習頭が忙しげに信雄の書院の間を出入りするばかりで、屋敷の中は無音と虚で満たされていた。目端の利く者は既に感状を手に再仕官へ奔走しているらしく、屋敷の活気は日に日にしぼんでいる。

又兵衛は早起きして礬水引きした紙を手に持ち、人気《ひとけ》のない縁側に座って信雄屋敷の風景を描いた。肩衣姿で行き交った廊下。宿直《とのい》の際に詰めていた小部屋。上役に呼び出され叱られた詰め所。そして、年始挨拶のときには家臣が肩を狭くして座っていた大広間。そのすべてを又兵衛は紙の上に写し取っていく。この家中での日々は苦労のし通しだったが、それでも僅かなりとも愛着はあった。

その日、又兵衛は裏庭の絵を描いていた。ここは武芸の修練に使われていた場所で、あまり思い出がない。縁側に座り、一人黙々と平らな庭を写し取った。

だが、何となく空しくなって、屋敷を出た。

どこに行く当てがあるではない。ふらりと町を歩いてみたくなった。

気づけば季節は秋になっていた。単衣《ひとえ》では少し寒い。腕を組み、ぶるりと肩を震わせながら、風に吹き誘われるままに静かな町を歩く。

やがてある寺に行き当たった。町の只中にひっそりと建つそこは普段なら見逃してしまうだろう小さな寺で、南門は今にも崩れそうなほどに朽ちている。門から覗く境内も、誰も掃く者がいないのか、落ち葉が散り積もって縁石を隠している。

それでも又兵衛が気になったのは、垣越しに大きな楓の木が見えたからだ。どっしりとした枝を伸ばすその木を見上げた途端、右手が疼いた。描いておかねば損をする。そう右手が叫んでいる。

又兵衛は南門をくぐって、境内に入った。

そこには既に先客がいた。又兵衛が落ち葉を踏む音で気づいたのか、色落ちした粗末な着物を細帯一つで巻き付けただけの男がゆっくりと振り返った。

手に筆と大福帳のような帳面を持つ姿が目に入る。

振り返った男は、獅子のように髪を乱した大男だった。

しばし見遣っていると、その男は筆の尻で額を掻きながら、つまらなげに口を開いた。

「絵師か」

又兵衛の口から変な声が漏れた。なぜ分かったのか、と。すると男は呆れたような顔をした。

「同じ匂いがした。紙と筆、絵の具に囲まれて悶え苦しむ人間の匂いだ」

土佐光吉にも似たことを言われたのを思い出した。

袖に鼻を近づけた。墨の匂いがするのだろうかと疑ったからだ。だが、目の前の男は苦笑した。

「小者であったか。まあいい」

言い捨てると、男はまた枝ぶりのいい楓の木を見上げた。ところどころに洞《うろ》があり、苔や地衣に覆われているその楓は、足元に二人の人があることなど知らぬかのように、ただ悠然とそこにある。

男は木を眺めたまま、筆を持つ手を動かしている。

「絵の道に進むと、すべてを紙の上に描き出したくなる。だが同時に、よりうまくなりたい、神羅万象を紙の上に写し取りたいという妄執が炎となり身を火だるまにする。かくして絵師は七転八倒の末に死んでゆく。狩野永徳もそうした最期だったのだろう」

男の口から気負いなく狩野永徳の名が飛び出したことに、又兵衛は驚いた。町絵師が話題にするには、狩野永徳はあまりに大きな名だった。

戦慄を隠せない又兵衛をよそに、男は独り言を繰るように言葉を重ねた。

「絵には果てがない。どこまで修練を重ねても、終わりが見えぬ。無間《むげん》地獄かあるいは久遠《くおん》の極楽かは分からぬ。だが、わしにとっては、ひどく愛おしい」

男は手を止め、ゆっくりと振り返ると、又兵衛の前に立った。そして、ひったくるように画帳を取り、ぱらぱらとめくり始めた。

「お前は、何を恐れている」

男は獣のように牙を剝いた。

「お前の絵は、容れられぬのを恐れているように見える。いや、違う。俺の声を聞け、と叫んでいるかのようだ。下らぬ」

吐き捨てるように男は続けた。

「もし誰かに己の鬱屈を聞いて欲しくば、金を稼いで酒を奢れ。さすれば飲み仲間がお前の話を聞いてくれるだろう。何なら妻を得て子を生《な》せばよかろう。妻子は手厳しいが、愚痴も聞いてくれよう。絵で以て他人に己の鬱屈を伝えるなぞ、馬鹿げておる」

「では」又兵衛は口を開いた。「ななな、ならば、絵を描くとはどういうことなのだ」

ややあって、男は短く答えた。

「己を赦《ゆる》す道のりぞ」

又兵衛の画帳を押し付けるようにして返すと、男は南門に向けて歩き出した。

「俺はもうここに用はない。場所を譲ってやる。——この楓はなかなかいい。これに惹かれる辺り、まったく見どころがないわけではないようだ」

お名前を。そう呼びかけると、男は足を止め、振り返らずに名乗った。

「長谷川信春」

これが、あの。又兵衛は息が詰まりそうになった。

長谷川は今度こそ南門をくぐり、寺から去っていった。

その時、又兵衛は、長谷川の後ろ姿に見覚えがあるような気がした。しばし思いあぐねるうち、永徳の画室に忍び込んだ際に見た、鴫《しぎ》の絵を思い出した。一羽、雪の中を歩く鳥の姿は、長谷川の後ろ姿とはまるで異なる。だが、二者の輪郭が、一瞬だけ、重なって見えた。

取り残された格好になった又兵衛は画帳を開き、矢立から筆を引き抜くと楓を描き始めた。耳鳴りのように響く長谷川の声など聞こえないふりをして。だが、線一本描くたびに、繰り返し流れる声は大きくなってゆく。そして、長谷川のものであったはずの声は、やがて己の声へと変じてゆく。

己を赦す。

それが長谷川の言葉だったのか、それとも自分の心の声だったのか、あやふやになりかけている。実はあの長谷川は己の見た白昼夢だったのではないか。

苦しい。深き淀みの中に身を浸し、もがいているかのようだった。上下左右の別もない。どこに行ったらいいのか見当もつかない。そもそもここがどこなのかさえ見失っている。

できることはただ一つ――。もがくことだけだった。

又兵衛は、心の奥底にある淀みに溺れそうになりながら、必死で眼前の楓を紙の上に留めた。


冷たい晩秋の風が又兵衛の衿元に滑り込み、身を容赦なく切り裂く。笠を被り脚絆《きやはん》姿という旅のなりをしている又兵衛は、思わず衿をかきよせてくしゃみを一つした。

後ろには、笠を被って野袴を穿き、左腰に堅牢な拵《こしらえ》の刀を二振り差す男が控えている。信雄がつけてくれた護衛だ。ここまでして頂くわけには参りませぬと断ったのだが、信雄が聞かなかった。これくらいのことはやらせてくれぬとわしの立つ瀬がない、と。主君にそこまで言われてしまっては、固辞することなどできなかった。

又兵衛は今、伊丹にいる。

摂津の西にある伊丹は、穏やかな猪名《いな》川を湛えた平野にあり、街道が東西に走っている。だが、笠の縁を持ち上げ街道沿いにある町に近づくと、何とも言えぬもの寂しさが又兵衛を襲った。その正体を自分なりに探るうち、それが破れ屋の多さのゆえと気づいた。街道筋に並んでいる屋敷も屋根が落ち、朽ちるに任せているものがいくつもあった。護衛役が言うには、ここは二十年前まで城があり城主がいたというが、城割がなされてからというもの以前ほど町が振るわなくなってしまったそうだ。

又兵衛は案内されるまま、街道から北にある城に足を向けた。

苔むした石垣や崩れかけた土塁の続く城には、ほとんど建物は残っていなかった。わずかに石造りの井戸を見受けることができたが、石垣の上に立つ木々の梢に覆われ始め、井戸はすっかり木の葉に埋もれていた。あと数十年もすれば、ここに井戸があったことも忘れ去られてしまうのだろう。

又兵衛は残る石段を登り、最も高いところへと立った。

石垣の高台から伊丹の町を見下ろす。夥《おびただ》しい竈の煙が秋風に揺れている様を眺めていると、ある光景が頭を掠めた。

天守台の上、女人に抱かれながら城下町を見下ろしている。屋敷の数は比べるべくもないが、流れる川の形はほぼ同じだった。又兵衛を抱く極彩色の衣を纏う女は、愛おしげに又兵衛に頰ずりしてきた。その時に感じた甘い香りが、鼻腔の奥に蘇った。

未だ信じられず、又兵衛は高台から下りてある小道へと入った。ほとんど獣道のようになっているそこは、案内役を兼ねている護衛も気づかなかった道だった。そこを下りていくと、城近くを流れる小川へと出た。ここはかつて船の係留場であったらしく、黒く変色し、ところどころ踏板の破れている桟橋が三つ並んでいる。さすがにその上に立つ気にはなれず、石を拾い上げて畔《ほとり》に佇んだ。

また、記憶が蘇る。

夜、わずかな篝火が又兵衛を照らしている。辺りには水の匂いがした。

『よろしいのですか』

又兵衛の頭上から女の声がした。すると、又兵衛の前に立つ、極彩色の打掛を纏った女が大きく頷き、決然と言い放つ。

『構いません。ここにいては、やがて織田の手にかかってしまうでしょう。もし、又兵衛が命を落としても、そなたを恨みませぬ。これは賭けなのです。万に一つ、又兵衛の命が助かったなら、これ以上のことはありませぬ』

『お方様』

『お行きなさい』

一度は踵を返したものの、極彩色の打掛を纏った女は裾を返して又兵衛の顔を覗き込み、その細い指で頬に触れた。まるでやまと絵から抜け出してきたかのような、白い肌の人だった。瓜実《うりざね》顔のその女性の顎の曲線は、白磁を見るように綺麗だった。

『又兵衛。そなたに何もしてやれぬ母を許しておくれ』

その女人から引き剝がされる。いつの間にか又兵衛は上を向いた格好で抱きかかえられている。

『又兵衛様、又兵衛様のことは、この葉がお守りいたします』

精一杯笑顔を作って又兵衛を見下ろしていた女の顔は、又兵衛の母のお葉だった。だが、記憶の中のお葉と比べると、小皺やしみがない。

また、現に引き戻される。

目の前には、朽ちかけの桟橋の姿があった。

目の前の水面を覗き込む。長じるにしたがって大きくなってきた額、いわゆる才槌頭《さいづちあたま》の己の顔が水面に映っていた。手に持っていた石を自らの虚像に向かって投げつけるとしばし水面が揺らいで己の姿がかき消えたものの、しばらくすると、また険しい顔をした己がこちらをさかさまに見上げていた。

間違いない。又兵衛は胸に手を当てて動悸を抑えながらも、確信を得た。

この城を知っている。否、覚えている。

来た道を戻り、誘われるようにある郭《くるわ》へと向かう。草が繁茂したそこもまた、かつて何があったのかを物語ろうとはしない。

だが、又兵衛は知っている。

かつてそこには大きな丸木櫓《やぐら》があった。

『又兵衛、見よ。あれが日本《ひのもと》最強の織田軍ぞ』

櫓の上。男の胸に抱きつく又兵衛は、恐る恐る眼下の光景を見遣った。色とりどりの旗を背負う武者たちの一団が、城下町を取り囲んでいる。

又兵衛を抱く陣羽織を纏った男の顔を見上げた。だが、その男の顔からは何の怖れも見出すことはできなかった。

『わしには毛利《もうり》や本願寺が味方についておる。この城の堅固振りを見よ。簡単には負けぬ。最強の織田軍と手合わせできる。男子たるもの、これ以上の喜びはあるまい』

口角を上げ、歯を見せるようにして豪放に笑う才槌頭の男の顔立ちは、先に水場で対峙した己の顔と驚くほど似ていた。

また現に引き戻される。櫓も、眼下に広がる織田軍も、陣羽織の男の姿も消え失せ、草の生い茂る原が又兵衛の目の前に残された。

又兵衛がここ伊丹へとやってきたのは、織田信雄のおかげだった。

己の父と母のことを知りたい——。そんな願いを信雄は叶えた。だが、信雄は申し訳なさそうに下を向いた。

『そなたが何者なのか、わしは知っておったのだ』

そもそも、信雄が又兵衛を自らの家中に加えようと決めたのは、その出自を知っていたからだという。

『そなたの父とわしは、茶の友でな。この茶釜も、そなたの父から贈られたものよ』

信雄は書院の間で湯気を立てる茶釜を指した。

この時、一つの謎が解けた。

事実上のお抱え絵師とはいえ、近習の一人に過ぎない又兵衛に信雄が目をかけていた理由だ。好かれる人間でもなければ、近習として優れたところもない。中には近習を稚児のように囲う主君もあるというが、信雄に男色の嗜《たしな》みはなかった。だからこそずっと引っかかっていたのだが——。事情があったなら、何の不思議もなかった。

浮かぬ顔で、信雄は話を続けた。

又兵衛の父は荒木村重《あらきむらしげ》といった。元は織田信長の家臣であったが、毛利や石山本願寺と組んで謀叛を起こし、伊丹にある居城、有岡《ありおか》城に籠城した。精強を誇る織田軍相手に半年以上に亘り持ち堪えたものの、本願寺の弱体化、毛利との連絡手段の遮断を受け、もはや腹を切るか降るかの際《きわ》まで追い詰められた。だが、荒木村重はどちらの道も取ることなく身一つで城を抜け出し毛利の許に身を寄せ、信長の死後は道薫と名を変えて堺に棲み、十年ほど前に天寿を全うした。

道薫——。覚えている。子供の頃、又兵衛の前に現れた男だ。

『そなたの母についても調べた』

せいぜいお葉の素性が知れるくらいだろうと考えていただけに、驚きから立ち直るのにしばしの時間を要した。

お葉は又兵衛の実母ではなかった。

又兵衛の実母は「だし」という。数多くいた荒木村重の側室の一人で、特に美貌で知られた人であったという。荒木村重が謀叛を起こした時には有岡城にあり、村重が逐電してもなお留まり続けた。有岡城降伏後に織田家の虜となったが、村重がなおも抗戦する姿勢を見せたことから、見せしめで殺された。

お前の母を殺したのはわしの父であったのだ、と信雄は力なく言った。

お葉は又兵衛の乳母だった。又兵衛より数歳上の実子があったようだが有岡城の戦いの前に早世したようで、乳の出が良かったこと、家柄もよかったことから又兵衛の乳母として召し出された。だが、有岡城の戦いが厳しさを増す中、主であるだしの命に従い又兵衛と共に有岡城を脱出、以後は阿弥陀ぴいきであった実家の縁を頼り、本願寺の庇護のもとに過ごしていた。

母だと思っていた人が、母ではなかった。

お葉こそが嘘をついていた。あの道薫ではなく――。そのことに、又兵衛は動揺をきたした。あの温もりも、人懐っこい笑顔も、優しい言葉も、すべてが虚の上に成り立った芝居に過ぎなかった。お葉の丸顔が又兵衛の心中で歪《ゆが》んでゆく。

そして――。信雄は、こうも付け加えた。

『お葉を殺したのは、道薫殿の手の者らしい』

道薫の命令で、お葉が殺されたらしいというところまでは摑んだ。だが、子細な事情は事件直後に道薫――荒木村重――が死んだことで有耶無耶《うやむや》になり、判然としないという。

父が、母だと思っていた女を殺した。

なぜ。分からない。

だが、呑み込めたことが一つだけある。

父、荒木村重が〝母〟を殺した仇だということだ。

おぼろげにしか思い出せぬ才槌頭の父の顔が、急速に引き裂かれていく。

代わりに又兵衛の心中は、吹雪吹き荒《すさ》ぶ雪原の中にあった。

その真ん中に佇む一羽の鴫がけたたましく鳴き、嘴《くちばし》をしゃくった。

こちらへ来い、と言わんばかりに。

又兵衛は、いずこからか聞こえる鴫の声に、ただ耳を塞いだ。

第三章　明王《みょうおう》

「又兵衛か」

裏庭に面した縁側から八畳一間の仏間を覗《のぞ》き込むと、碁盤を前に碁笥《ごけ》に手を差し込みかき回す笹屋の姿があった。相も変わらず錦の羽織をこれ見よがしに纏《まと》う姿は広々とした屋敷の中でもよく目立つ。又兵衛のやってきた気配に気づいたのか、笹屋は顔を上げ、ちょいちょいと手招きした。

「相手せえ」

又兵衛は碁盤を挟み、差し向かいに座った。

ほどなくして、部屋に、清冽な石音が響き始めた。笹屋は目を輝かせ、自信満々に陣地を広げてゆく。一方又兵衛は、何をしたらよいのか戸惑いつつ盤上に石を置く。

最近、笹屋は碁に凝っている。酒と女を趣味としていた笹屋が碁にのめり込むのはやや意外の感もあったが、誘われるまま相手するうちに、何となく笹屋の思うところも見えてきた。碁盤の縦横の路は、京洛の大路小路に見えなくもない。京洛の土地を買い集め、屋敷を建て、人に貸したり売ったりしてこの世の楽土を作ろうとしている笹屋からすれば、碁は己の仕事に似た遊びなのかもしれない。

碁盤に石を打ちながら、又兵衛は小さく首を振った。

他人のなさりようをあれこれ言える立場でない。

又兵衛は、浪々の身となった。

仕官したいのならば紹介状くらいは書くと再三に亘って信雄から言われたが、丁重に断った。

又兵衛からすれば、武家勤めは針の筵《むしろ》のような日々だった。飯の種について思いを致さなくてよかったし、重労働ではなかったが、もう、あのようには生きたくない。それに——、家族を捨て、大事な人を死に至らしめた父へのわだかまりが、武士への漠とした反感となって又兵衛の心中でとぐろを巻いている。

生計《たつき》の道が思い浮かばず茫然としていた又兵衛に助け舟を出してくれたのは、信雄家中に出入りしていた狩野内膳だった。

『わしの工房に来い』

一年ほど前、内膳は力を失いつつある狩野工房から円満な独立を果たし、狩野工房の援助の許、貴顕から町衆まで手広く相手をする工房を下京柳川町に立ち上げた。諸流派から筆法を学び取ることで独特の画風を確立した内膳工房は今、老いてなお勢力を誇る狩野工房、急成長を遂げた長谷川工房と並ぶ工房として広く知られつつある。

願ったりだった。内膳は己の吃《ども》を理解してくれている。二つ返事で工房に入る旨を伝えると、内膳は一瞬だけ悲し気に目を伏せた。

『そうか。お前は武士にはなれなんだか』

なぜこの時、内膳の声が沈んだのか、未だ本人に聞けずにいる。

とにかく又兵衛は、月に二十日ほど、内膳工房に詰めている。

又兵衛に任されたのは内膳の手元だった。最初は内膳の手の速さに追いつくことができず、おたついて叱られるばかりだったが、要領を覚えるにつれ、少しずつ張り合いが出てきた。

仕事は得たが、問題はねぐらだった。

入門の際、工房はあまり大きくなく人を住まわせる余裕がないと内膳に釘を刺された。どこかに家を借りねばならない、となったとき、又兵衛の脳裏に笹屋の顔が浮かんだ。笹屋は小屋の貸し出しも生業《なりわい》にしていた。

久々に雪輪笹の暖簾《のれん》をくぐった又兵衛を笹屋は快く出迎えてくれた。事情を話すと、二条油小路から少し離れたところにある小屋を用立ててくれた。小屋とは言うものの、広々とした部屋が二つあり、天井には板が張られ、板の間はつややかに磨き上げられている。そんな処に、月あたり飯一杯分ほどの貸賃で住まわせてくれるという。頭が上がらなかった。

その代わりに笹屋は、休日の碁の相手を又兵衛に命じた。

しっかりと技量を身につけ、どこに出ても恥ずかしくない棋力になってから己の腕を披露目したいらしい。大人げがないといえばそれまでだが、笹屋らしいとも思った。又兵衛の知る笹屋は、いつも余裕綽々《しゃくしゃく》で他人を見下ろすのを好む御仁だ。もっとも、碁の相手をするだけで格安のねぐらが手に入るのだから、又兵衛にとっても悪い話ではなかった。

黒石を打つと、笹屋が又兵衛の陣地を割るように白石を打った。

「まだまだ甘いな」

初心者同然の又兵衛では、笹屋に太刀打ちできない。とはいえ、笹屋も少しばかり定石《じょうせき》を覚え始めた程度でしかなく、下手な碁打ちにありがちな散漫な景色が盤面に現れていた。

盤面を眺めながら小さく唸っていると、ふいに外から野太い声が上がり始めた。一人や二人ではない。野太い声が腹の奥を揺らした。

「今日も始まったかね」

笹屋は目を細めて庭を眺めた。赤松の枝が男たちの声に震え、さわさわと葉音を立てていた。

「お城の普請、毎日ご苦労なことだ」

二条油小路の目と鼻の先で新城建造の沙汰が下りた。用地が召し上げられた後、城主である徳川家康が全国の大名家に城建設のための賦役を課した。今はぽつぽつと柱立てが始まったところだが、縄張り、石垣積みの頃は、力こぶを誇示する大男たちが大路の真ん中で修羅に乗った巨石を引く姿によく行き合った。旧態を好む京の町衆の中には思うところのある者もあるようだが、次なる天下人に文句を言える豪胆な者はどこにもいない。

「天下が落ち着くのは良いことなれど、我が人生のうちで、こう何度も天下人が移ろうてしまっては、目まぐるしくて困る」

笹屋はまた石を打った。窒息させられた又兵衛の石は、一つ、また一つと盤からつまみ出された。

「わしなどは、織田右府が京にやってくる前から下京の家屋敷を買い集め、新たな町を一から作っておったのだ。だというのに、ぽっと出の徳川にその町の様を壊されてしまうは業腹《ごうはら》よ」

笹屋が整えた二条通の町のいくつかは、今度建てられる城の縄張りに引っかかり、相当召し上げられてしまった。代銭は与えられたことだろうが、それでは笹屋の自負の埋め合わせにはならなかったらしい。

又兵衛は己の石を打ってから、これからは徳川の世になるのですか、そう問うた。すると笹屋も即座に石を打ち、何、すべては力だ、とどこか投げやりに答えた。

「今、大坂の豊臣様にお力はない。京で豊臣様の影が薄くなられたのがその証よ。古今東西、天下人はこの京を穏然と掌握しておった。すなわち、今、天下人となっておるのは――」

笹屋が言葉を濁したその時、二条城の方角から高らかな槌音がした。地面に大きな杭を打ち込んでいるのだろう。新たな天下がやってくる陣触れにも聞こえた。

「又兵衛。人生は流れよ。淀みにはまって全く進めぬ時もある。逆に、何もせんでも流れ流れて遥か遠くに至る時もある。だが、もがくことを忘れてはならぬぞ。でなくば、風待ち舟のような生き方しかできなくなるからな」

耳が痛い。又兵衛は今、何を為すでもなく、ただ流されるがままに生きている。

一方で疑問も湧いた。人生は流れと笹屋は言った。ということは、突き詰めれば、人生とは風待ちの舟そのものではないのか、と。

又兵衛の疑問を見越したように、笹屋は補足を加えた。

「やることをやって風が来なかったなら、運がなかったと諦めがつこう。が、手をこまねいて待っているだけでは、あの時こうしておけばよかった、この時もっとああしておればと悔いが残る」

笹屋は身を乗り出しつつ気炎を吐いた。

「ま、天下人が誰であろうと、わしはわしの望む町を作るだけよ。織田右府、太閤殿下の世を泳ぎ切ったわしは、そう簡単に沈まぬわい」

大勢が定まりつつあった。どの局面においても、又兵衛の陣地は寸断され、笹屋の石に蚕食《さんしょく》されている。その景色は、二条油小路近くの土地を買い、育て、今の隆盛を造り上げた大商人の町並みを見るようだった。

盤面を睨みながら茫然としていると、呑気な声が又兵衛の頬を撫《な》でた。

「又兵衛さん、今日もやってるねえ」

振り向くと、縁側にはお仕着せの服を纏うお徳の姿があった。

「ずいぶん負けが込んでるわね」

盤面をちらりと見やったお徳の評には容赦がなかった。その分、家族を茶化すような親しみに満ちていた。

永徳の死後、落日の中にある狩野工房は人員の整理を行った。力のない弟子や、多く抱えていた下働きに暇を与えた。かねてより狩野工房と付き合いがあった笹屋は、そうした者たちを不憫に思い、他の絵師工房へ斡旋《あっせん》してやったり、笹屋に入れて働かせたりしているらしい。幸い、笹屋は布地商いの他に、土地屋敷、長屋の売買や賃貸に伴う雑務が山のようにある。そうして笹屋が雇い入れた者の中にお徳がいた。

又兵衛が苦笑いで応じると、お徳は急に顔を引き締めた。

「又兵衛さん、工房の方がお越しよ。新しいお仕事ですって」

思わず変な声が出た。休みの日に仕事の話が来るのは、初めてのことだった。それだけ大きな話なのだろうか。小首をかしげながらも、又兵衛は立ち上がった。

己の碁才に見切りをつけ、又兵衛は工房の遣いが待っている表へと速足で向かった。


「すまぬな、又兵衛。休みの日に」

いえ、と小声で答えて首を横に振ると、端のほうは霞むほどに長い縁側を静かな足取りで進む肩衣《かたぎぬ》姿の内膳は早口に続けた。

「貴顕の仕事は突然でな。とはいえ、お前にも見てもらった方がよかろうと思うたのだ」

又兵衛の後ろには、内膳の弟子数人が緊張の面持ちで続いている。皆、揃いの肩衣姿だというのに、又兵衛は仕官していた頃に誂《あつら》えた茶の肩衣を纏っていた。工房の中で一人浮いた姿に恥じながらも内膳たちと共に縁側を進みつつ、又兵衛はこの建物――二条城の様子を目に留めた。

石垣の普請はほぼ終わっているが、建築は途中のようだ。既に天井板や欄間といった建具も取り付けられているが、襖《ふすま》は仮の白襖がはめられているだけで、絵は描かれていない。縁側に沿って襖の開いた部屋があり、そこをちらと覗き込むと、中には文机《ふづくえ》や硯《すずり》などの道具は置かれていたが、調度はほとんどなかった。床の間には何も飾られておらず、違い棚の奥も白い紙壁があるばかりで、真新しい藺草《いぐさ》の香りや木の匂いがよそよそしく漂っていた。

一同は板の間に通された。上段、中段、下段の三つの間を備えた大部屋で、既に中段や下段にも人の姿があった。中段には小刀を携えた肩衣の武骨な男たちが座し、下段にはやや線の細い者どもが控えている。下段にいる者たちは皆、絵師だ。絵を描く人間かどうかは目の動かし方や座り姿で区別がつく。絵を描くとき、人は背を丸め、そのくせ全体を見ようとするゆえ猫のような座り姿が体に染みつく。どの工房の者たちも、かなり筆の遣える者たちらしい。その座り姿、目の鋭さから、各工房の工房主や高弟であることは容易に見て取れた。これが光吉や長谷川の謂っていた「絵師の匂い」だろうかと又兵衛は内心で独り言ちた。

又兵衛たち内膳工房の面々が下段の空いているところに腰を下ろしたその時、部屋の喧騒が止んだ。

近習を従えた武士がやってきた。黒の肩衣に黒の袴《はかま》、そして白っぽい小袖。腰の小刀は何度も漆《うるし》塗されたであろう拵《こしらえ》が鈍く光っている。年の頃六十ほどの白髪頭の男は、口元に微笑を湛えつつも、下段を見下ろすその目は一切笑っていない。

「板倉伊賀《いたくらいが》である」

上段に座るなり、男は低い声で名乗った。合図もないのに、下段の絵師たちは頭を下げた。又兵衛も例外ではない。気づけば威に屈していた。

又兵衛は鬢《びん》から流れる汗を拭くことも出来ず、床の板目を見遣るばかりだった。

京都所司代として京にあり、朝廷に睨みを利かしている徳川家康の代理人、板倉伊賀守のことは、いつも畏怖と共に京雀の口の端に上っている。

板倉は石を投げやるように、無造作に言葉を放った。

「京で知られた絵師であるそなたらに命ず。この二条城の障壁画を描け。腕によりをかけ、天下に二つとないものをだ。割り振りは追って沙汰する」

上段で人の立つ気配があった。

「では、そなたらの筆に期待しておるぞ」

ふっと重圧が消えた。顔を上げると、既に板倉はおらず、部屋を離れた後だった。

大部屋の中で、深いため息がこだました。

その後、板倉の家臣によって、割り振りが発表された。

予想通り、本丸や二の丸の謁見の間や書院といった晴れの場所は狩野工房や長谷川工房に独占されていた。だが、二の丸御殿の襖絵の半分ほどは内膳工房の受け持ちになった。

「狩野工房と別に仕事が請けられたのだ。よしとせねばな」

城から辞去したのち、下京柳川町の内膳工房へと戻った。庶民の屋敷としては豪勢な方だが、未だ装飾がないとはいえ厳選された建材や建具の用いられた二条城の御殿と比べれば、内膳工房が見劣りするのは致し方ない。ちらと天井を見上げると梁や柱は煤《すす》で黒くなり、目を下ろせば無地の襖が日に焼けて黄ばんでいる。

「二の丸の障壁画に取り掛かるまでしばし時がある。その間に、今請けている仕事の多くを片付けねばならぬ」

工房の大広間に集めた高弟を前にして、内膳はそう口にした。

弟子に作業を振り分けていく中、内膳は又兵衛に対してはこう言い渡した。

「又兵衛は、我が手元に当たれ」

どこからともなく、舌打ちの音が聞こえた。

聞こえないのか、それとも聞こえないふりをしているのか、内膳は顔色一つ変えず、弟子たちを見渡した。文句は言わせぬ、と言わんばかりだった。

内膳が部屋を去った後、又兵衛は弟子たちの中に残された。まるで、針の筵の上にいるかのようだった。良くて無関心、悪くて敵意。弟子たちの視線が又兵衛の背を刺す。又兵衛が立ち上がり、画室に戻ろうとすると、不意に呼び止められた。

振り返ると、工房一の弟子がそこに立っていた。

今年で二十五だという。工房一の弟子というには余りに若い弟子は、まるで蛇蝎《だかつ》を見るような目を又兵衛に向け、肩をわななかせていた。ややあって、吐き捨てるように言った。

「なぜ、師匠は貴殿のことをそんなに特別扱いするのか」

一の弟子は口を強く結んで肩を震わせた。

反論しようとした。だが、子供の頃、吃のことを狐に詰《なじ》られた記憶が、又兵衛の口を塞いだ。

居たたまれなくなって、部屋から飛び出す。

内膳が己を特別扱いしているのは重々承知している。工房の主の手元は高弟の一人が果たすべき大役である。伝統と歴史のある狩野工房ならまだしも、新進の工房である内膳工房における内膳の手元は、一の高弟に任せられるべきものであって、入門したばかりの又兵衛には荷が勝っている。だが、工房の主の命令を無下《むげ》にできる立場でもない。

廊下で足を止め、壁に拳骨を打ち据えた。

その時だった。

「どうなさいましたか」

又兵衛に声を掛ける者があった。

両手に筆や硯といった絵道具を抱えて又兵衛を見据えているのは、年の頃十五に満たない、顔にあどけなさを残した少年だった。工房の者に支給される麻直垂《ひたたれ》ではなく、麻の小袖に黒い細帯姿だが、その服に墨や画材の飛沫《ひまつ》が飛び、何度も洗濯しているからか布地そのものが墨色に変じている。

この少年は哲《てつ》という。又兵衛より入門が早いゆえ兄弟子だが、工房での影が薄い。実家の名が通った者が多く、分限者の次男坊、三男坊がずらりと並ぶ内膳工房で、身寄りのない哲は浮いている。

首を振って答えに代えると、哲は満面に笑みを湛えた。

「でしたら、良かったです」

あかぎれた指で鼻の下をこすった哲は小走りで又兵衛の脇をすり抜けた。

痩せた哲の背中を目で追いながら、又兵衛は息をついた。

先に哲が持っていたのは他の弟子の私物だ。本来は己が洗うべきものをすべて哲に押し付けており、工房主の内膳は、現状に見て見ぬふりを決め込んでいる。

又兵衛にはどうすることもできない。

憂いを抱えたまま休みなく仕事をこなし、内膳本人の抱えていた仕事に終わりの目途がつきかけたある日、又兵衛は内膳に呼ばれ、画室へと顔を出した。

「頼みがある。堺に行ってくれぬか」

工房宛てにある照会があった。絵師一人を貸し出してほしいというものだ。これ自体は何ら珍しいものではないが、内膳の態度が気になった。狐につままれたような顔で、不審の声を又兵衛に投げやった。

「どうしたわけか、お前を名指ししておるのだ」

まだ又兵衛は誰かから引きのあるような絵描きではないし、一線の絵師たちとは比べられぬ小者であることは言われるまでもなく承知している。訝《いぶか》しい依頼ながら、断る理由はなかった。

かくして又兵衛は、堺へ向け出立した。


又兵衛は目の前に広がる港の姿に目を見張った。

大小さまざまな弁財船《べざいせん》が桟橋に繋がれ、緩やかな風に揺れている。穏やかな陽光に照らされる港ではみゃあみゃあと鷗が鳴き、風に抗うように羽を広げて飛び、はるか向こうに目を向ければ、鏡のように凪《な》いだ海が日の光を照り返していた。

初めてやってきたはずなのに、堺の町のありように不思議と懐かしさを覚えた。最初はその理由に思い至らなかったものの、港を離れ、ある路地に足を踏み入れた時、又兵衛の脳裏に一つの光景が蘇った。本当に幼い頃、お葉に手を引かれこの辻を歩いている己の姿だ。

現に引き戻された又兵衛はようやく気づいた。この堺《まち》は、かつて、お葉と共に住んでいたところだったのだと。

又兵衛は記憶を頼りにある場所を目指した。風化した記憶を手繰り寄せ、すっかり様変わりした建物や町のありように驚きながら潮風の吹き抜ける町を進むうち、懐かしい光景が又兵衛を出迎えた。

南門は以前と変わらぬ姿でそこにあった。子供の頃と比べると少し縮んだようにも見えたが、あべこべに己が大きくなったのだと気づいた。南門をくぐると、玉砂利の敷き詰められた庭の向こうに本堂が、右脇に長細い講堂が控えている。又兵衛が西の低い垣の前に立つと、船が大挙して帆を畳む港が霞んで見えた。以前と寸分違わぬ姿で、又兵衛が幼き日を過ごした寺がそこにあった。

又兵衛が思わず懐かしい風景に目を細めていると、本堂の前で箒《ほうき》を持つ一つの影を見つけた。すっかり老いて、眉も白くなり、皺も増えた。だが、顔かたちはあの頃の面影を残している。本堂の前にいる老僧へと近づく。金袈裟を纏ったがっしりした体つき、太い首は相変わらずだったが、やはり過ぎ去った年数分の老いがその人にも覆いかぶさっていた。

近づきながら、住持様、と声をかけた。

箒を掃く手を止めた老僧――住持はしばし又兵衛の顔を眺めていたものの、やがて、目を大きく見開き、何度か頷《うなず》いた。

「おお、おお、もしや又兵衛か」

以前よりもしわがれた声だったが、あの頃の謹厳な顔のままで又兵衛を迎えた。

住持は庫裏《くり》の一番奥、奥書院へと又兵衛を通した。

一人待たされる格好になった又兵衛は、人の気配が一切ないことに気づいた。かつてこの寺では多くの修行僧が行き交い、修行やお勤めに勤しんでいて、読経の声や説法を巡る議論の声が絶えなかった。だが、遠くの港の潮騒すら聞こえるのではないかと思うほど、今この場には静寂が満ちていた。

自らお盆を運んできた住持は、又兵衛の前に湯呑を置くと、差し向かいに座った。

「待たせた。ここのところ、人が減ってしもうてな。だが、良いことだと思っておる。ここは、織田との戦で親を失った本願寺信徒の子らを迎えていた処であったからな」

又兵衛がこの寺に世話になっていた時分にいた修行僧たちは、還俗《げんぞく》したり、他の寺に修行に向かったりで、ほぼ縁が切れてしまったという。

「織田右府はもうおらぬ。この寺の役割は終わった。後は朽ちるに任せるのみよ」

己の湯呑に口をつけた住持は、ほっと息をついた。

「又兵衛、息災であったようで何よりぞ。母上は」

首を振って答えに代えた。すると住持は、ああ、と息をついた。

「ずっと心配しておったのだ。実は、そなたらは御本山の命で匿《かくま》っておった。織田右府の手が伸びた際には落ち延びさせるように、となった。母上が亡くなられたは残念だが、そなただけでも生きておる。その仕合わせを嚙み締め、母上を弔うとよい」

住持が母と呼ぶ人は、何の血の繫がりもない人だった。お葉の人生を背負う資格が己にあるのか。又兵衛は心中の自問に応えられない。

「して——。住持は目を光らせた。

「なぜ堺まで」

又兵衛は、客間の障壁画を指した。狩野の硬質な筆遣いとは一線を画する、穏やかでゆったりとした画面構成の花鳥画だった。

絵師として堺にやってきた旨を話すと、住持は皺だらけの顔をくしゃりと歪《ゆが》めるように笑った。

「そうか、そなたが絵師、か。昔から絵が好きだったな。それもまた、よかろう」

住持は床の間に置かれている香炉、そしてその奥に置かれた、猫ほどの大きさの金銅観音像を一瞥《いちべつ》した。

「これまで多くの子を預かってきた。だが、還俗しては親の仇の織田に挑んで、死んでいきおったよ。だから、お前がこうして訪ねてきてくれたのが嬉しい」

小さな観音像は悲しげに微笑み、そこにある。

「じじじ、住持様」

言わねばならない。自分も母を殺されたこと。そして——。討てるものならば討ちたい仇がいること。だが、又兵衛のそんな意気は、続く住持の弱々しい言葉によってしぼんだ。

「又兵衛、拾った命、大事にせい」

せっかくの再会だというのに、一刻余りで住持の元を辞した。

寺から出る前、ふと、又兵衛は本堂の奥に目を向けた。お葉と共に暮らしていた小屋は、昔と変わらずそこにあった。今にも、その薄い戸を開いてお葉が飛び出してくるのではないか、そんな気さえした。

短い間、古い過去に触れた又兵衛は、堺の町に出た。

道行く人たちに聞いて回り、町を歩くうちに、ある建物の前に至った。

決して大きな屋敷ではない。下京の小金持ちの屋敷程度の敷地で、薄い板塀の間に切られた門構えのない出入り口から中の様子を窺うことができた。中に入った又兵衛は、何度も喉が絞まるような感触に襲われながらも、声を張り上げた。

「ご――めんください」

簡単な挨拶すらも喉が詰まって、背中に汗をかく。

出てきた十五ほどの青年に、来訪の意図を伝えた。しどろもどろになりながら言葉を重ねたものの、思うところが伝わったかどうかは分からない。話を聞いていた青年はといえば始終怪訝《けげん》な顔を隠さず、又兵衛が焦って吃るごとに顔を曇らせていった。それでも何とか一通り来訪の目的を話し終えると、不承不承、といった風に青年は首をかしげて奥へと向かった。

しばらく玄関で待っていると、やがて、最前の青年が戻ってきて、中に上げてくれた。

通されたのは、南の小さな庭に面した六畳の客間だった。床の間に生けられた椿の花、三日月の描かれた掛け軸を眺め待っていると、しばらくして縁側から一人の男が現れた。

思わず又兵衛は、あ、と声を上げてしまった。

やってきた男は、かつて寺で出会った土佐光吉だった。皺は増えたが、又兵衛に豊饒なる絵の天地へと続く扉を開いて見せたあの日のまま、柔和に微笑《ほほえ》み、こちらを見遣っている。

縁側に立つ光吉は、わずかに目を大きくした。ややあって部屋の中に入り、差し向かいに座ると、光吉はおもむろに口を開いた。

「よう来た、又兵衛」

その口ぶりには、昔暮らした町を思い起こしているかのような響きが滲んでいた。

「忘れはしない。――一月余りで土佐の絵をさも簡単に飲み込んだ子供のことはな。土佐と狩野は親戚関係にある。お前が内膳殿のところにいると小耳に挟んでな、指名で呼びつけたのだ。息災であったか」

まさか、覚えていてくれたとは。目の前の光吉の姿が歪む。

又兵衛はたどたどしく己の来し方を語った。何度もつっかえたはずだが、一度として光吉は先を急かすことなく、又兵衛の言葉を待っていた。そういえば、光吉に惹かれたのは、吃の己を馬鹿にせぬばかりか、苛立ちひとつ見せることなく、深き海のように包み込んでくれたからだった。今だからこそ分かる。最初の師は、間違いなく光吉であったと。

己のすべてを語り終えると、小さく頷き、立ち上がった光吉は部屋の隅に置かれていた文机を又兵衛の前に置いた。墨壺、文鎮、紙に筆。絵を描くための一式が眼前に並ぶ。

「描いてみろ。百万語を費やすより、一枚の絵の方がよほど物を語る。それが絵師だろう」

乾いた喉を唾で潤しながら、筆を手に取り、墨壺に先を浸して紙の上に運んだ。

ただ他人と話すことだけでも緊張を強いられる又兵衛には心の休まるときなどほとんどない。一人でものを運んでいるときとて、誰かに話しかけられはせぬかと怯えている。だが、絵を描いているときだけは違う。誰もが皆、遠巻きにしてくれる。たった一人の静寂、たった一人の天地。又兵衛にとって絵は、孤独なる極楽に閉じこもるための壁だ。

又兵衛が筆を動かしていたその時、ふいに光吉の言葉が又兵衛を捉えた。

「寒い絵を描いておるな」

筆が滑り、描き損じた。

顔を上げると、憐憫《れんびん》にも似た表情を張り付けた光吉がこちらを見据えていた。

「筆が淀んでおる」

背中にじわりと冷たい汗が浮かぶ。

追い立てられるように筆を走らせるうちに眼前に現れたのは、炎上する城の姿だった。先ほど起こしたしくじりは上がる煙の一つとしてごまかした。

己の絵を前に、又兵衛は疑問に駆られていた。

なぜ、こんなものを描いたのだろう。

絵は心算のみで成るものではない。何ものかに突き動かされているように感じる時もあるし、筆の赴くまま描いてみて、筆先を紙から離した瞬間に己はこんな絵が描きたかったのだと得心することもある。だが、描き終わってもなお首をかしげてしまうことはそうそうない。

その絵を取り上げた光吉はしばらく無言だった。ややあって、小さく唸る。

「なるほど、な。お前はそうした絵師となったか」

恐る恐る頷いたが、特に光吉の顔に怒りの色は浮かんでいなかった。

「土佐の絵の気配も色濃く残っている。渡した粉本《ふんぽん》で勉強してくれておったようだな。一方で、狩野の典雅な画風もものにしている。土佐でも狩野でもない、いわばその混淆《こんこう》がお前の絵だ」

思わず、肩を落とした又兵衛を前に、光吉は少し口角を上げた。

「早合点するな。悪いとは言うておらん。少なくとも、助っ人には十分な実力よ」

では――。又兵衛は思う。目の前に座る〝師〟の表情は何なのだろう、と。やがて、その表情が喜びでも怒りでも、悲しみでもない感情を示していることに気づいた。光吉は、側《はた》から見ていても分かるほどあからさまに苛立《いらだ》っていた。

だが、光吉は朗らかに声を発し、又兵衛の疑問を塞いだ。

「用意が整い次第、お前に仕事を頼みたい。弟子に客間を用意させるゆえ、ゆるりとせい」

そう述べ、先ほど描き上げた絵を手に持ったまま、光吉は部屋を去った。

光吉の工房に寝泊まりすること数日、又兵衛は呼び出された。光吉の私室に向かうと、作業着ではなく、黒羽織に着物姿の光吉が又兵衛を出迎えた。いつもの作業着が麻だけに、時折さらりと光る絹地の服を着こなす光吉は別人のようだった。

「さて、又兵衛、これから出かけるぞ」

促され、光吉と共に向かったのは、堺の海にほど近い南宗寺《なんしゅう》という大きな寺だった。南宋式の大伽藍《がらん》や枯山水を擁しており、伽藍を見上げると柱が風雪に耐え、茶色く変じ始めている様が見て取れた。

「ここぞ」

光吉とともに、又兵衛は寺の裏手に回った。

そこは墓場となっていた。

大小さまざまな供養塔や五輪塔、卒塔婆が並んでいる。陰鬱な湿り気はなく、不思議とからりとしている。大伽藍の寺ゆえか、墓と墓の間の間隔も広く取られていて、墓土も雪のように白い。穏やかな気配に満ちた墓所の一角で、光吉は足を止めた。

その墓は、まるで貴顕の人が上段の間に鎮座しているかのようだった。

石垣が組まれて周囲よりも高くなった十畳ほどの空間に石柵で墓域が定められ、その奥に大きく堂々とした五輪の塔があった。唯一の入り口は鉄製の観音扉が塞いでいる。鍵はかかっていないようで、光吉が扉を押すと蝶番《ちょうつがい》が悲鳴を上げた。

中は八畳ほどの広さがあった。一面に綺麗に磨き上げられた石が敷かれ、手前に石灯籠が二つ置かれている。その奥には人を見下ろすような高さの五輪塔が立っていた。

又兵衛に先んじて墓域に入った光吉はその大きな墓に手を合わせ、小さく息をついた。

「この墓に手水鉢《ちょうず》を置こうという話が出たそうで、それに彫る絵の依頼を受けておる。その仕事をお前に任せたい」

又兵衛は思わず光吉を見た。冗談を言っている気配はない。これほど大きな墓の仕事となれば、上客の依頼であるはずだ。だというのに、それを内膳工房からやってきた助っ人に任せるとは。

又兵衛が何も言えずにいると、光吉はなぜか悲しげに少し目を伏せた。

「お前には、この仕事に当たる理由がある。今から説明しよう」

振り返った光吉は、足元に落としていた視線を又兵衛に向けた。

「まず、この仕事の依頼主は常真《じょうしん》様だ」

常真が織田信雄の法号であることは、旧臣である又兵衛も知っていた。改易を受けた後の信雄は豊臣家に身を寄せ、相談役のような地位についていると聞いていた。灰色の武家勤めの記憶の中、信雄との思い出は今でも極彩色の錦として胸を彩っている。

又兵衛の驚きは、これだけに留まらなかった。

「そして、この墓の主は、お前の父、荒木村重殿だ」

言葉の羅列が耳に飛び込み、形を成さずに反対の耳から零《こぼ》れ落ちるかのようだった。だが、素通りしそうになる言葉を口で転がすことで、すんでのところで理解することが叶った。

今度は違う疑問が浮かぶ。なぜ、光吉が荒木村重と己の関係を知っているのかと。

五輪塔を背負うように立つ光吉は物憂げに続けた。

「わしはずっと堺におった。そして、荒木村重殿……、知り合うた頃は道薫と名乗っておられたな、あの方もこの地で暮らし、この地で死んだ。あのお人は芸事がお好きであられたから、わしのような絵師とも交誼を持たれておったのだ。そして、常真様は、万《よろず》の芸事に興味を持たれておったから、もとより道薫殿とも親交があられたし、わしも今でもお召しに与《あずか》る」

信雄も、道薫――荒木村重は茶の湯に通じた数奇者《すきしゃ》だと言っていた。もしも堺に隠棲していたのなら、同地に根を張るやまと絵の領袖と知己を得たとして、何の不思議もない。

「お前のことは、生前の道薫殿からも、信雄様からも聞いておった。内膳殿の工房にいることが分かったゆえ、お前を呼んだのだ。まさか、昔、戯れに絵を教えた子供だとは思ってもみなかった」

五輪塔は何も言わずに光吉、そして又兵衛を見下ろしている。

「又兵衛。お前に命ずるのはこれだ。お前の父の手水鉢に彫る絵の下絵を描け」

全身の血が逆流するような感覚に襲われた。眩暈《めまい》もする。苦しい。

「でででで、できませぬ」

又兵衛がようやくひねり出した言葉を、光吉は鉈《なた》で切り落とすように一喝した。

「それは、村重殿が、お前の育ての母を殺したからか」

眩暈で視界が歪む。怒り、悲しみ、嫌悪、そして慕情。様々な感情がとめどなく、脈絡もなく浮かび上がっては又兵衛の思考を砕き、ばらばらにしてゆく。ついに又兵衛はその場にへたり込んだ。

空が落ちてくる。そんな感覚を生まれて初めて覚えた。

「又兵衛よ」

光吉はこれまで聞いたことのない厳粛な声を発した。

「お前の絵は寒い。そう言うたな。あの時わしの前で描いたのは、有岡城の落ちた姿であろう。お前の絵はあまりに正直すぎる。父のせいでこうなったのだ、と言わんばかりの怨嗟《えんさ》が滲《にじ》んでおった」

すべてを見透かされていた。

有岡城の落ちた様を目の当たりにしていないばかりか、そもそも、炎上したかどうかも知らない。ただ、あの時、思いつくまま、筆の赴くまま描いた。だが、火をわざわざ描き入れたところに、絵師である己の黒い願いが滲んでいる気がしてならなかった。

「お前の絵は人を寄せ付けぬ。お前の絵の天地には、お前しかおらぬ。そのことが絵を見る者をして寒からしめるのだ。――又兵衛、絵を描くとはどういうことなのか、この仕事を通じて知るがいい」

それから、どのように工房に戻ったのかも覚えていない。

気がつけば、自分のために用意された客間にいて、墨でぐちゃぐちゃになった紙が散乱している。試みにその中の一枚を拾い上げた。人の姿が描かれているが、呪詛《じゅそ》の言葉が躍り始め、ついには塗り潰したり、大きくバツがついて真っ黒になっている。最初に似絵《にせえ》を描いていたものの、やがて筆が邪《よこしま》に曲がっていった様が見て取れるような絵だった。他の絵にも目を落とす。腐りかけた人の死体を描いた絵は、妙に生々しい。勇ましい武将を描いたものもあったが、首に太く大きな横線が何度も引かれていた。中にはあくまで手水鉢の装飾として花を描いているものもあったが、まるで初級の弟子の作のようにぎこちない。

又兵衛は描いて描いて描きまくった。手を淀ませることなく、思いつくままに、様々な画題を描き殴った。だが、いくら筆を走らせようとも、いくら気を漲《みなぎ》らせようとも、目の前の絵は描いた傍から色褪せていき、霜を受けた草花のように萎《しお》れ、枯れてゆく。

全く魂の籠らぬ蓮華の花を筆先だけで描くのが精いっぱいだった。

清書した絵を光吉に見せた。が、萎れたような蓮華を前に、光吉は首を横に振った。

「礼は取らす。が、この絵は使えぬ」

目の前が真っ暗になる。

光吉はまるで、又兵衛を諭すように続けた。

「いつかお前にも描ける日が来るはずだ。もしその日が来たら、土佐の絵師と名乗るとよい」

結局又兵衛は、仕事を果たすことができずに光吉の工房を後にした。

その日の夜、又兵衛は京に戻らず、南宗寺へと忍び込んだ。向かう先はもちろん、父、村重の墓だった。

月明かりが煌々《こうこう》と照る夜、そこには生きる者の気配はまるでなかった。かつて一人の人が在ったという証がずらりと並ぶ中、又兵衛は唯一の生者としてここにあった。

鉄《かね》の扉に手をかけると、気味の悪い軋《きし》みとともに開いた。身を滑らせて中に入ると、数日前と同じく、人の身丈を大きく超す五輪塔が又兵衛を見下ろしている。

又兵衛は拳骨を五輪塔に打ち据えた。

金物がひしゃげるような嫌な音が体の内から響く。不思議と痛みは感じなかった。

何度も何度も、ひたすらに拳を打ち据える。何かぬるりとしたものが頬を掠《かす》めるが、又兵衛は手を止めることができなかった。

その場に座り込み、懐から紙を出そうとしたとき、右手が使い物にならないことに気づいた。月明かりに浮かぶ右の拳は皮膚がべろりと剝がれ、鮮血が腕にまで伝っていた。痛くはないが、感覚がない。左手で懐の紙を取り出した又兵衛は、痺《しび》れた右手の指に無理矢理矢立の筆を握らせ、絵を描いた。

右手はぼろぼろだというのに、何の煩《わずら》いもなく線が描かれていく。流れ続ける手の甲の血が筆の軸を伝い、やがて筆先に沁み、ついには墨と混じり始めた。それでも又兵衛の手は止まらない。黒と赤が混じって紫に、やがて赤へと変じてゆく。己の激情を炎に乗せ、それまで描いてきたものを台無しにしてゆくことに暗い愉悦を感じた。

又兵衛は己の手を止めることが出来なくなっていた。

又兵衛の眼前に、地獄絵図が現れた。

剣山地獄で泣き叫ぶ者たち、血の池地獄で溺れる者たち、焦熱に焼かれ苦しむ者たち、極寒に襲われ手足が壊死《えし》してゆく者たち、無間の地獄を彷徨《さまよ》う者たちを、淡々と描き出した。そして最後に、血の混じった墨の業火で、亡者を焼き払った。

又兵衛は叫んだ。力の限りに。

お前が殺した。

お前が。

かか様を殺した。

お前が、お前が、お前がお前が！

又兵衛の声は夜の闇の中に吸い込まれ、消えてゆく。

瞼《まぶた》の裏でお葉が哀しげに微笑んでいる。だが、しばらくするとお葉の影がふわりと溶け、別の女の姿となって浮かび上がった。極彩色の打掛を纏う美女。又兵衛の実の母、だしの姿だった。

やがて、お葉の姿とだしの姿が重ね合わせになる。

二人の母は、ものを言わず、又兵衛を見つめている。

又兵衛はぬらりと立ち上がり、また、五輪塔を殴りつけた。己の右手がどうなるかなど考えなかった。

瞬間、頭の頂点から全身にかけ、冷えにも似た感覚が走った。遅れて、右拳に激痛が走る。

眩暈に襲われ、その場に立っていることなどできなかった。石畳の上に転がり、のたうち回った。

喉の奥から苦い味が広がり、目の前がちかちかする中、又兵衛は墓を見上げた。

先ほどと寸分違《たが》わぬ姿で五輪塔が立っている。又兵衛の血で汚れ、まるで返り血に染まった武者のようだった。そしてそれが、一度しか見《まみ》えたことのない父の姿と重なる。

あの男は愛おしげな眼をしていた。

その目は何だ？

なぜ、そんな目で俺を見る？

大事なものを台無しにし、奪った奴がどうして。

声にならない言葉は、結局又兵衛の肚に溜まってゆく。

いつまでそうしていただろう。鶏鳴と共に目を覚ました又兵衛が顔を上げると、東の空が白み始めていた。右手の感覚はほとんどない。血まみれの右手は、死にかけの鳥のように石畳の上に伏せていた。又兵衛の左手は、昨日描いた血染めの地獄絵図に触れていた。

拾い上げ、ゆっくりと立ち上がった又兵衛は、その絵を石の香炉の中にねじ込んだ。

なおも目は回っているが、それでも歩くことはできそうだ。

又兵衛はふらつきながら、父の墓を後にした。


又兵衛はじりじり痛む右手を見遣った。幾重にも巻いた晒《さらし》にはじんわりと血が滲んでいる。

ぼうっとしながらその場に座っていると、三和土《たたき》の竈《かまど》に薪をくべるお徳が、狭い小屋の中に響くような声を上げた。

「又兵衛さん、そろそろご飯よ」

ああ、とも、うん、ともつかない声を上げ、返事に代えた。

又兵衛は失意の中、京に戻った。その足で内膳工房に顔を出したが、既に話は入っていたらしい。だが、内膳は小さく首を振ったばかりで、又兵衛を叱りつけるようなことはしなかった。そ

れどころか、晒を巻いた手を一瞥し、

『手の怪我は絵師の障りだ』

と、しばしの暇を申し付けた。

降って湧いたような休みを与えられた又兵衛は、己の小屋で、日がな一日何もせず、まるで苔にでもなった気分で過ごしている。さすがの笹屋も家に引きこもり続ける又兵衛を心配に思ったようで、お徳を世話に寄越してくれたらしかった。

又兵衛の前に食膳が運ばれてきた。雑穀飯と漬物と小魚の干物。お葉と囲んだ夕餉もこんな献立だったことを思い出す。

右手を怪我しているから、箸をうまく使えない。匙《さじ》を使い、飯をかっ込み、漬物をかじり、小魚を飲み込んだ。心がいくら沈んでいても、飯は旨い。

三和土で洗濯盥《だらい》を抱えたお徳が話しかけてきた。

「味、どう?」

二つ頷いて答えとすると、お徳は花が咲くように笑った。

「なら、良かった」

洗濯するから。そう言い残し、お徳は表に出て行った。

小屋の中に静寂が満ちる。音のない場に投げ出された格好になった又兵衛は、心の中で荒れ狂うもう一人の己の声を意識せざるを得なかった。

又兵衛は首を振って、飯をかき込んだ。

膳をどけて板の間に横たわったものの、天井板との睨み合いにもすぐ飽きる。動く左手で文机を引き寄せ、墨を磨ると紙を用意した。右手は使い物にならないが、左手で握らせてやれば、なんとか持つことはできそうだった。繊細な筆遣いとはならないが、腕を動かすことはできる。

又兵衛は絵を描いた。

蓮華を描こうとしたが、描線が歪む。これまで当たり前にできたことが何一つできない。

又兵衛は筆を措き、描いていた絵を丸めて屑箱に捨てると、履き物をつっかけて表に出た。共同井戸で洗濯をするお徳にも声をかけず、行き交う子供や、汚れ物を抱えた女たちの間をすり抜けながら出入り口の門をくぐった。

一人、ふらりと京の町を歩く。朝だというのに見世は早くも商いを始めている。この界隈は二条城の建造が続いていて、二六時中往来が寂しくなることはない。武士、人足、商売人たちは又兵衛に気を留めることもなく、己のその日を生きている。

冷たい風に身を晒してしばらく道を歩いていたその時、ふと、すれ違った男に目が行った。

大きな体軀を折り、卑屈に道を行くその男の髷《まげ》は乱れ、顔には深い皺が刻まれている。穴の空いた茶の小袖にすっかり折目のなくなった羽織に草鞋《わらじ》という、落魄《らくはく》した浪人を絵に描いたようななりをしていた。顔かたちは覚えていなかった。だが、左目に交差するように走る刀傷に見覚えがある。

「くくく、黒木十郎兵衛」

思わず又兵衛は声を上げた。

かつて道薫——荒木村重の元にいた侍だった。

呼びかけられる格好になった黒木は怪訝そうに振り返った。だが、又兵衛の顔を眺め、次いで、下から上まで嘗め回すように見つめると、両手を又兵衛に向かって緩く伸ばし、今にも泣き出さんばかりに相好《そうごう》を崩した。

「まさか、又兵衛様……。お懐かしゅうございます」

又兵衛は黒木に言われるがまま、近くの茶店へと連れてこられた。最近開いた、団子を出す見世だ。緋毛氈《ひもうせん》敷きの縁台の上に大きな朱傘の開く、若い娘好みの華やぎに満ちている。又兵衛も、そして黒木もあからさまに浮いている。だが、黒木はそんなことはお構いなしに又兵衛を空いた縁台に座らせ、つぎはぎだらけの銭袋を逆さにして数枚の銭を振り出し、やってきた店主に適当に注文した。

好奇の目に晒されながら、又兵衛は違和感を持った。

道薫は、お葉を殺したはずだ。なのに、この男の無邪気な顔は何だろう、と。

やがて二人の許に団子とほうじ茶が届いたのを見るや、黒木が団子を勧めてきた。だが、腹が減っていないのを理由に手を伸ばすことはなかった。ばつ悪げに頬をかいた黒木はその大きな体を折り、頭を下げた。

「いやはや、御壮健で何よりでございました。ご心配申し上げておりましたゆえ」

「くくく、黒木殿は、あれから、どのように」

「呼び捨てで構いませぬ。そうですなあ——」

一度きりの又兵衛との邂逅《かいこう》の後しばらくして、道薫は死んだ。道薫の死を受けて仕えるべき主家を失い、浪々の身になった後は慣れぬ人足などで口に糊する日々を過ごしていた来し方を、黒木は時折声を詰まらせながら語った。

「本当なら、又兵衛様の元で働きとうござれども」

又兵衛の格好——茶染めの麻小袖と袴——をちらりと見遣った黒木の目には僅かな失望が浮かんでいたが、又兵衛はその視線に無視を決め込んだ。

「今、又兵衛様は何を」

絵師をしていると答えると、あいまいに黒木は頷き、団子をつまんだ。黒木は嘘がつけないらしい。その顔は苦々しく歪んでいる。

又兵衛の脳裏には、疑惑が渦巻いている。母を殺したのはこの男なのではないか、と。

久々にこの男に邂逅した時、頭を掠めた。死の直前、お葉が体格のいい男と言い争いをしていたのを見た者がいる。お葉が荒木村重の命により殺されたという話を踏まえると、この男はいかにも怪しい。

思い切って又兵衛は切り出した。

「くくく、黒木殿は、母がなぜ死んだか、ごごご、ご存じか」

呼び捨てでよいと言われたが、気が引けて殿をつけた。

「母？　ああ、乳母のお葉のことですな。死んだのですか」

あっけらかんとしたその返事から、嘘やごまかしを見出すことはできなかった。

又兵衛は説明した。何者かの持参した饅頭《まんじゅう》に毒を盛られてお葉が殺されたこと、その少し前に、体格の良い男がやってきてはお葉と何度も言い争いをしている姿が目撃されていること。そして、信雄の調べでは、道薫が命じてお葉を手に掛けたのだということ——。

その話の間中、黒木は何度も首を横に振り、嘆息を漏らした。

「——その話に出てくる、お葉と言い争いをしておった男は拙者でござる。道薫様のご命令で、又兵衛様をお迎えするようにと」

「そそそ、それで、勢い余ってかか様を、こここ、殺したのでは」

「左様なことはあり申さぬ。もし拙者ならば、毒殺などという迂遠《うえん》な手は取りませぬ。拙者にはこれがあり申すゆえ」

黒木はうらぶれてもなお腰に差す武骨な刀を掲げて見せた。

目の前の男が人を殺さんとするなら、毒ではなく刀を選ぶだろう。それに、少し前まで言い争いをしていた相手の持ってきた饅頭をおいそれと口にするほどお葉が迂闊《うかつ》とは思えないし、もし黒木が下手人ならば、最初から、お葉とは逢っていないと言い逃れるだろう。お葉と言い争いをしたと素直に認めるこの男の言うことは信じてもよい、そんな気がした。

だとしたら、誰が。

肩を落とす又兵衛を前に、団子を平らげ、茶を一息に飲んだ黒木は又兵衛にその強面を向けた。

「今日、又兵衛様にお目にかかることができてようござりました。実は拙者、豊臣家に仕官が決まり申した。端役ではございますが、荒木家の家臣ではなくなり申す。されど——、又兵衛様。

なにとぞご壮健であれ。いつでも、拙者はあなた様のことを想うてござる」

目に光るものを指で弾くと、黒木は縁台から立ち上がり、深々と頭を下げ、往来へと歩き出した。

まるで、白昼夢を見ているようだった。

己が大名の子だと意識したことなどなかった。黒木の慇懃《いんぎん》な態度だけが、己の出自を物語る唯一の証のように思えた。

だが一方で、自分の居場所を求め、足に縋りついてくるかのような黒木の視線に又兵衛は怯えた。少しの間考えて、それが、家臣が主君に向けるまなざしであることに気づいた。

又兵衛がふと横を見ると、山を成したままの団子が皿の上で不貞腐《ふてくさ》れていた。


又兵衛の手が癒え、ようやく工房の仕事に復帰するに至った秋の日、内膳は主立った弟子を工房の大広間に集めた。

「集まってもらったのは他でもない。二条城の障壁画、そろそろ我らの出番と相成った」

内膳の凛《りん》とした声が大広間に響くと、座は色めき立った。天下普請の城の障壁画を担当するとなれば、まさに大仕事だ。又兵衛ですら興奮を隠せない。

「しばらくわしはこの仕事にかかりきりとなる。この仕事はわし一人では果たせぬ」

部屋の中に、冷気が忍び込んできた。

誰がこの晴れの仕事を手伝えるのか。誰が選ばれ、誰が弾かれるのか。弟子たちの目は疑心暗鬼と期待を宿し、爛々と輝いて見えた。

内膳は一人ひとり、名前を挙げた。呼ばれた者は胸を張って目を輝かせ、呼ばれなかった者は次こそはとばかりに身を固くしている。

又兵衛は期待に胸を膨らませることもなく、大部屋の隅で目立たぬように座っていた。内膳工房に世話になって数月の新参者に声がかかることなどありえないと考えていたからだ。

だが、内膳の口から、又兵衛の名前が出た。

「最後に、岩佐又兵衛。入門から日は浅いが、実力は疑いなし。文句はあるまい」

内膳は釘を刺すように周囲を見渡し、どよめきを収めた。

嫌な予感はあった。だが、次の日、事件が起こった。

朝、己の文机の前に座ったものの、絵道具がない。前日確かに自らの手で手入れして文机の上で乾かしていたはずだった。探したところ、便所の溜め壺の中に投げ込まれているのが見つかった。洗って使うわけにもいかず、哲の筆を借りて作業しつつそれとなく大部屋を見渡すと、弟子たちの幾人かが又兵衛からさっと目を逸らした。

内膳の弟子たちから反感を買っている。そのことに気づかぬ又兵衛ではなかったが、気にしても仕方がなかった。又兵衛は黙々と、目の前の絵に取り掛かった。

それから少しして、又兵衛は内膳たちと共に二条城へと向かった。

かつては屋敷がぽつぽつ建っていただけだったが、今や壮麗な門や白塗りの塀や御殿はほぼ建ち並んでおり、周囲の足場を払うばかりになっている。徳川の役人に案内され向かったのは、二の丸御殿の控えの間だった。

十畳ほどの広さの部屋が三室続いており、四面を白い襖で囲われている。画題は指定なし、ただし、龍や虎、鷹や葵は禁ずる、と申し渡しがされた。

役人が去ってから、内膳は襖の取り外しを命じ、板目の床に並べさせた。

「さて、龍、虎、鷹、葵が禁止。ならば又兵衛、お前なら何を描く」

狩野工房で盛んに行われた高弟との問答のようで、思わず又兵衛は口を強く結んだ。

龍、虎、鷹は権威の象徴で、狩野では重要な場に描くべき画題であるとされている。例えば、この二の丸御殿においては謁見の間や表書院などだ。葵を禁じたのは、徳川家の家紋だからであろう。

松が正解だろうか。

その旨を伝えると、白い襖を眺めながら、内膳は小さく頷いた。

「うむ、手堅いな。だが、それだけではいかぬ。ここは控えの間。誰も気にせぬところだけに、皆が驚くものを描くべきであろうな」

では、師匠御得意の南蛮図はいかがでございましょうか、と弟子の一人から声が上がった。

内膳は小さく首を振った。

「南蛮図はあまりに傾《かぶ》きすぎであろう。あれは好き嫌いの大きな画題ぞ。ここは天下の城。皆に受け入れられつつ、目につくものを描かねばな」

内膳と弟子たちは又兵衛の目の前であれこれ議論を戦わせている。狩野工房では目上の言うことは絶対、下の者は従え、そう言わんばかりの圧に満ちていただけに、内膳工房の活発な議論をよしとするやり方にはついて行けない。

白い襖を見下ろしながら意見を交わし合ううち、議論が煮詰まってきた。その上で、何か小さな鳥を描けばよいのではないかということとなった。

又兵衛の頭に、ある鳥の姿が浮かんだ。芋づる式に、かつて聚楽第の廊下を彩っていた障壁画が脳裏に蘇る。

又兵衛も、場の熱い議論に引き込まれ、気づけば口を開いていた。

「つ――、燕はいかがでしょう」

「悪くない。四季折々の姿も描けよう」

襖の寸法を取り、元の場所に戻した面々は、次に小下図《こしたず》の作成に移った。大きな図を描くときの最初の設計図のようなもので、人によって描き方に違いがある。内膳は苦笑いを浮かべながら、「小下図など所詮は構図を決めるだけのもの」と言い、さらりと丸や描くものの輪郭だけをるし、「梢」「燕」などと文字を描き足した。

そして次には小下図を原寸大に描く大下図《おおしたず》へと進む。この工程ともなると絵が具体味を帯びてくる。細筆でさらりと描かれた線画に、色の指定が入ってゆく。

大下図の成ったところで紙に礬水《どうさ》引きを施し、ようやく本画の線画へと入った。大下図で当たりをつけてから取り掛かるのが本来の手順のはずだが、内膳は「ある程度は弟子の裁量に任せる」と言って憚《はばか》らない。又兵衛は乗り板の上で伸び伸びと筆を運び、梢の上で羽を膨らませる燕を描いた。

そんな日々が数日続いたある日、休憩の最中に又兵衛は二の丸御殿の中を歩き回った。御殿の中では様々な職人たちが忙しげに働いていた。畳職人は次々に畳を敷き詰め、建具職人は慎重に欄間を運び入れてしかるべきところに収めている。廊下を歩きつつ、職人たちの手際のいい仕事を眺めた後、表書院の間へと足を向けた。二条城の二の丸御殿ともなれば、一度落成してしまえば二度と入ることはできない。今のうちに見ておくべきだ。

暗い廊下を幾重にも曲がり、縁側に出た。そして、表書院へと至った。

開け放たれた表書院の、ちょうど上段の間の白壁に描かれている障壁画を見上げた瞬間、又兵衛は呼吸を忘れた。

鷹が描かれている。

太い枝に止まり左横を向いている。画面の多くは金箔押しされ、わずかに彩色されただけの鷹の姿を引き立てている。いや、絵師がそう仕組んでいるのだろう。

だが、絵師の業《わざ》とは別に、又兵衛はこの絵から絵師の孤独を感じ取っていた。

冷え冷えとした孤立。そこに絵師の強烈な自負と、深刻な昏《くら》がりを感じてならなかった。

又兵衛は、脇に付された落款《らっかん》を見遣った。

そこには、
長谷川等伯《とうはく》
とあった。

長谷川信春の使っている号だ。

好敵手の永徳が死に、後ろ盾であった利休《りきゅう》が切腹してからが、この絵師の本番だった。数多くの仕事を手掛け、ついには日本漢画の巨人である雪舟《せっしゅう》の直系の弟子と名乗り始めた。不遜を誇る者もあったが、又兵衛はそれには与《くみ》しない。雪舟五代を称するだけの実力を有していることはこの絵一つで明らかだった。

一方で、あの男は家族との縁が薄い。

妻に先立たれ、嘱望されていた息子も病で倒れたと聞いている。

どれほどの思いの中にあるのだろうか。

孤高の鷹が、獅子のような髪を振り乱し独りで筆を振るう長谷川の姿と重なった。

又兵衛は首を振って、己の持ち場へと戻った。

そうして二条城の障壁画の仕事を終えた内膳工房には、また違う仕事が舞い込んだ。

内膳は主だった弟子を集め、こう切り出した。

「豊国《とよくに》神社の祭礼図を描くこととなった。お前たちにも手伝ってもらう」

大坂のやんごとなき方から、豊国神社の大祭の様子を描いてほしいと命が下ったのだという。豊国神社は亡き太閤秀吉を豊国大明神として祭る神社で、毎年秀吉の忌日である八月十八日に大祭が開かれている。今はもう八月の頭だ。

「今年は七回忌で、大きな祭りとなるそうだ。お前たちには、わしと共に祭りを見てもらう。その上で、生写《いきうつし》に励め。よいな」

そして八月十五日、又兵衛たちは京都の東山にある方広寺、豊国神社へと向かった。

方広寺にしても豊国神社にしても、新しい。祭りといっても最初は小さな神輿《みこし》を担いで近隣を練り歩くだけであったらしいが、今、又兵衛の前に広がっている光景はむせ返るほどの奇矯に満ちていた。

方広寺前の広場では、花笠を被った人々が輪になって踊っている。中には手足の動きを揃えている者もあったが、多くはてんでんばらばら、自分の思うがままに跳ね回っている。

男も女も顔を赤くし、声を張り上げながら強く足踏みしている。

数千人もの一団が、誰にも命じられることなくただ一人、裸一貫の思いを天に向かって吐き出している。そのことに、なぜか心強さを感じた。

「これが、豊国大祭名物の風流踊りだ」

耳目を引くような格好や趣向を用意して、踊り狂う。これが風流踊りだ。定型を持つことなく、その年の流行《はや》りによって何もかもが変わる。内膳がわざわざ実物を見に行こうと言い出したのはこの辺りが理由だったのだろう。

内膳や弟子たちと別れた又兵衛は、風流踊りの一団を眺めながら、目についたものを画帳に描き入れていく。

鉦《かね》笛太鼓の音が秩序なく鳴り響き、人々が思い思いの声を上げている。裾が割れて白いふくらはぎが見えているのを気にもせずにいる女、そんな女に目もくれず、怒号を上げるだんだらの染め抜きをした着物を纏った男。今を咲き誇る人々の姿を又兵衛は一瞬で描き取る。

今年は仮装が流行しているらしい。唐国人や南蛮人の格好に身を包む者の姿もあり、鎧兜《よろいかぶと》姿でとんぼ返りをして見せる者もあった。筍《たけのこ》の被り物をすっぽりと被り足だけを出して踊っている、奇抜にもほどがある姿も画帳に描き入れた。

風流踊りの一部始終を眺めた又兵衛は、今度は方広寺へ向かった。

方広寺の南大門脇には櫓のように高くなっている桟敷席があり、総絹の白い法衣を纏った尼が風流踊りを眺め、優しげに微笑んでいる。南大門を挟んで左側には、まだ暑いというのに極彩色の打掛を纏い、涼しげな顔で風流踊りを見下ろす大柄な美女の姿もある。

臨時で作ったであろう桟敷席には風炉といった調度も置かれている。そうしたものを余すところなく描き入れていくうちに、桟敷席に置かれている腰高屏風で筆が止まった。目を細めて眺めるうちに、それが真行草の三体の混淆する花鳥図であることに気づき、手の淀んだわけを理解した。長谷川等伯のものした絵をそう簡単に写すことなどできるはずもなかった。

方広寺を見て回った又兵衛は、豊国神社へと続く石造りの大参道へと向かった。豊国神社は阿弥陀ヶ峰という山の中腹にある。しばらく傾斜のきつい大石段を登り、腿に疲れを覚え始めた頃、ようやくその伽藍の姿が見えてきた。

豊国神社近辺は物々しい気配に満ちていた。朱に塗られた建物の周りには、馬に乗り威儀を正す武士、槍を携える精悍な顔つきの足軽たちが直立不動で立っている。入ることができないようだが、中では能の奉納が行なわれると聞いている。

豊国神社ではほとんど筆は動かなかった。又兵衛は踵《きびす》を返し、方広寺前広場の喧騒へと戻っていった。

又兵衛は風流踊りの輪から外れたところで、一心不乱に踊る人々の顔を見た。

誰一人として、同じ顔の人はいない。それぞれに別の過去があり、違う家族を抱え、かけがえのない今を生きている。その不思議を思いながら、又兵衛は筆を走らせている。

この熱狂は何だろう。脇で眺めているだけの己をも突き動かすこの力は何だろう。又兵衛は風流踊りの輪の根源にある何かに目を向けていた。だが、いくら筆を動かしても、いくら考えても、己のものとして咀嚼《そしやく》することができなかった。

そのうち、捉えることのできる日が来るのだろうか。

又兵衛はひたすら筆を走らせ、己が疑問を下絵に溶かしていった。

後日、内膳工房で開かれた豊国祭礼図の評定の場に、又兵衛もいた。

評定で口を出すことはない。あくまで間借りしているだけという遠慮もあったし、そもそも吃でうまく会話に入ることができない。思いついたことがあったとて、まごついているうちに話題が変わり、何も言えずじまいということが多々ある。ならば何も述べず言われたことをやった方が利口、というのが又兵衛の身につけた処世だった。

皆の画帳を見比べ、お前、こんなものを写してきたのか、ほう、お前はこれが気になったのか、と弟子たちがはきはきとお互いの絵を――お互いの目を面白がり、その様を眺めつつ内膳は目を細めて微笑している。きっとこれが内膳の考えた最善な工房の形なのだろう。又兵衛は黙りこくって、下座から評定の場を見遣っていた。

「又兵衛のこの絵、面白いな」

内膳が又兵衛の画帳を指した。

その指の先には、筍の被り物をした男の絵があった。

何か言わねばならない。口を開こうとしたが、喉の奥に糊を詰め込まれ、固まってしまったかのように動かない。ただ、ああ、と頷けばよかっただけだ。だが結局、何も言えずにいるうちに、一の弟子が視線でたしなめてきて、又兵衛は床に目を落とした。木目が、嗤《わら》っている人の顔に見えた。

評定がやや冗長になってきた辺りで、弟子たちのやり取りを眺めていた内膳が皆を見渡した。

「さて、もっとお前たちの意見を聞きたいのだが、時がない。そろそろ話をまとめるとしようか。今回のご依頼は六曲一双の屛風ぞ。従い、右隻を豊国神社、左隻を方広寺にしようと思う。右隻の主題は当然奉納能となろうし、左隻は風流踊りとなろう」

右隻ではより権勢に近い能を、左隻ではより庶民に近い風流踊りを描くことで、身分の上下に拘らず亡き太閤秀吉を悼む姿を描き出そうという意図がはっきりしている。理知を前面に出した配置の設定もまた、絵師に求められる手腕だ。

「皆の者、頼むぞ」

又兵衛は左隻の人物の下絵を任された。風流踊りの人々の図だ。だが、描き始めてすぐ、内膳から横槍が入った。

「ここに描く予定の尼だが、もっと老人に寄せて描くように。また、桟敷席ではなく、桟敷席の前に緋毛氈を敷き、そこで眺めている図とせよ」

内膳が指したのは、方広寺の南大門前にあった桟敷席に座っていた、高貴な尼だった。

又兵衛は実際にその尼の姿を見ている。白い頭巾を被り、手に数珠《じゅず》を持ちながら優美に微笑む姿には愛嬌があったし、何より顔には皺ひとつなかった。事実に相違するものを描くわけにはいかないと断った。

「そうか、曲げられぬか」

内膳は苦々しげに顔を歪め、ぽつりと言った。

次の日から扇絵の仕事に回された。屏風より格下の仕事だ。

これをきっかけに、工房の弟子たちは又兵衛を邪険に扱うようになった。師匠を怒らせたらしい、押しかけ弟子のくせに生意気だ……。これ見よがしな内証話が背に刺さる。

扇絵の仕事場には、哲がいた。

「あれ、又兵衛さんではないですか。如何なすったのですか」

八畳ほどの部屋の真ん中には白い扇面の山、幾重にも梁《はり》に渡された細縄に留められている絵扇に埋もれるようにして、哲は独りで筆を振るっていた。

事情を説明し、この部屋に他の者はいないのか聞いた。すると哲はあっけらかんと応じた。

「わし一人です。皆、屏風のお仕事をやりたいと言うて、わし一人がここに残されたのです」

又兵衛の口から吐息が漏れた。自分自身が驚くほど、怒気の混じったものだった。

慌てた様子で哲は手を振った。

「構いませぬ。所詮、わしは拾い子でございますから」

内膳工房が――狩野工房もそうだが――、有力者の次男坊三男坊を弟子として迎え、猫可愛がりする理由を又兵衛も察している。そうした者たちを預かることで、実家の援助や仕事の斡旋を期待しているのだ。弟子とは言い条、実際のところは客人のようなものだからこそ、我儘《わがまま》が通る。

扇絵に挑む日々の中、又兵衛はあることに気づいた。哲だ。非常に丁寧な筆運びをする。十分に実力が備わっているというのに、基礎の型を大事に守り、己の手を過剰なまでに縛っている。だが、そんな哲の手から仕上がる絵には抗いがたい匂いがある。実を捉える力が卓越しているわけでも、見る者を圧倒するような熱を有しているでもない。つい見逃してしまいそうになるほどさりげないのに、視線を外した時、後ろ髪を引かれてまじまじと見直してしまう、そんな絵を描く。

哲の絵の力に目を見張りつつ、日々やってくる扇絵の仕事を粛々とこなす中、又兵衛の耳にある噂が飛び込んできた。

長谷川等伯が、近くの寺の障壁画を描いているらしい、と。

休みの日に、長谷川を訪ねた。内膳工房のある下京柳川町近くにあるその寺は、さる法華宗の大寺の塔頭《たっちゅう》の一つで、町屋と寺の垣がひしめき合う一角にひっそりと建っていた。

大門をくぐると、中は静寂に満ちていた。見れば、庭先では墨の飛沫の飛ぶ麻直垂を纏う男たちが庭の隅で所在なげに屯《たむろ》している。そんな様を眺めながら小さな境内を歩いていると、やがて本堂へと至った。見れば、広縁の欄干の脇で、筆を手に顔を曇らせる男の姿があった。

長谷川だった。もう老境に至ろうというのに、まるで丸くなったところはない。それどころか、余計な肉が削ぎ落ちて目の輝きや歯の鋭さが際立ち、くせ毛も退色を経て、本当に絵図に見る老獅子のような有様になっていた。

やがて、長谷川が又兵衛に気づいた。

「なんだ、お前か」

糸のような息を吐いた長谷川は顎をしゃくった。登ってこい、ということだろう。又兵衛は階《きざはし》を駆け上がった。

広縁の上は優に幅一間はあった。襖を縦に並べて乗り板を渡し、その上で長谷川は一人で唸っていた。

「丁度良いところに来た。手伝え」

頓狂な声を上げた又兵衛に振り返った長谷川は、苛立たしげに声を荒らげた。

「手元をやれと言っているのだ」

「そ――んなことは、弟子にやらせるべべべべ、べきでしょう」

思わず抗弁してしまった。すると長谷川は乗り板の下にある画面を見下ろし、忌々《いまいま》しげに舌を打った。

「今おる弟子では、絵の内奥に迫る階にならぬ」

手元をやらせることで、弟子たちに学びの機会を与えるつもりはないらしい。

又兵衛は襷をかけ、乗り板の脇に置かれていた道具類の傍に座った。

小さく頷いた長谷川は、歯を見せるように口元を歪めた。

又兵衛は、長谷川の腕前を目の当たりにした。

絵師の端くれである又兵衛からしても、何をしているのか分からない。縦横無尽に筆を走らせ、蜂を追うように目を動かし、全体を見ては細部に拘泥し、細部に工夫を仕掛けては全体の様子に立ち戻る。長谷川の描画は踊りを見るようだった。時々乗り板が悲鳴を上げる中、又兵衛は長谷川の躍動に食らいつかんとした。しかるべき時に筆を取り換え、刷毛《はけ》を渡し、顎にたまった汗を拭く。時には長谷川と乗り板を動かす。手元のはずの又兵衛も、気づけば全身に汗をかき、喉もからからになっていた。

いつの間にか、障壁画の線画が出来上がっていた。そこには大きな幹、そこから伸びる太い枝、子供の手のような形をした葉が丁寧に描かれていた。

目を見張った。こんな短い間に描ける絵ではない。

又兵衛の手から手拭いを掠め取った長谷川は、乗り板の上で顔を拭き、そのまま息をついた。濃厚な疲れの気配が、身体の周囲に漂っている。

額から口の辺りを拭った長谷川は、肩をすぼめて庭に立っている男たち——弟子であろう——を一瞥した。

「絵師は因果な生業よ。業と向き合うだけ、孤独になってゆく。お前が居らなんだら、もっと時がかかっておった」

貴殿ほどの工房なら腕利きはいるだろう、と疑問をぶつけると、長谷川は鼻で笑った。

「おらぬ。久蔵《きゅうぞう》が生きておったなら」

先に死んだ長谷川の嫡子の名だ。

いや。長谷川は否む。

「久蔵がおっても一緒だな。絵師に与えられておるのは、己にしか踏み込むことが赦《ゆる》されぬ、ただ真っ白な紙だけだ」

鴫《しぎ》の姿が長谷川と重なろうとしている。

又兵衛は首を横に振った。違う、と。

「どう違う」

答えようとした。案の定、口からは吃った声が飛び出してくるばかりで明確な言葉にならない。

ややあって、長谷川は乗り板から下りると道具箱から細筆を取り出し、又兵衛に投げ渡してきた。

「ならば、この絵にお前の答えを描いてみろ」

中空を舞う筆が又兵衛の手に落ちたのを見届けると、長谷川は線画が描かれたばかりの楓《かえで》図を顎でしゃくった。

なりゆきで、長谷川の絵に筆を加えることになった。

又兵衛は小さく頷き、静かに乗り板に座る。

長谷川の描いた楓図はひどく寒々しいものだった。絵そのものは騒々しい。画面全体に草花が配され、老木には地衣類の這う様子も描かれている。色を付ければ極彩色の障壁画の一枚となるはずのその絵に、絵師自身に漂う冷気が感じられてならなかった。

ひどく重く感じる筆を、勢いつけて遊ばせた。そうして描き上げたのは、木の根元で独楽《こま》遊びに興ずる子供たちの姿だった。

長谷川は短く笑った。

「花鳥画に人を描き入れるか。それもこんなに大きく」

狩野に身を置くゆえに、型破りは承知している。花鳥画に描くべきは名の通り草花をはじめとする植物と鳥の姿だ。人を描いてしまっては花鳥画の原則が崩れる。だが又兵衛は描き出したかった。この絵の空白にふさわしいものを筆先で探すうちに見出したのが、人だった。

まじまじと子供たちの姿を見下ろした長谷川は、呆れとも驚きともつかない複雑な顔をした。

「奇妙の絵師、だな、お前は」

その表情の正体を思いあぐねている間にも、長谷川は口を動かした。

「わしは狩野の三体を混淆させることで己の画境を開いた。だがお前は、そこに人を加えるか。わし以上の奇妙の絵師だ」

懐をまさぐった長谷川は、手に握ったものを又兵衛に投げやってきた。受け取った又兵衛が改めると、汚れた銭入れだった。

「今日の給金だ。受け取れ」

なおもきょとんとしていると、長谷川はきっと又兵衛を見据えた。睨んでいるわけではないことは、緩んだ口元からも見て取れた。

「だが、お前には二度と仕事は頼めまいな。奇妙の絵師を下には置けぬ」

吐き捨てるように長谷川は言った。苦々しい口ぶりの割に、緩んだ口元はそのままだった。

又兵衛は指先を小さな火鉢で温めながら、初級の弟子たちと共にこの日も扇絵の制作に勤しんでいた。

扇絵の仕事に回されてから、既に一年が経っていた。

豊国祭礼の屛風絵がどうなったのか、又兵衛は知らない。ここのところ、内膳と話が出来ていない。いつも忙しそうに出歩いて、夜遅くに工房に帰ってくる。

休みの日には二条油小路の笹屋を訪ねた。碁を打つ笹屋には「今は逃げ時ではない」と怒られ、湯呑を運んできたお徳には「疲れたら愚痴でも聞いてあげる」と笑って励まされた。

笹屋やお徳の言葉を思い起こしながら扇面に絵筆を下ろしたその時、表情を凍らせた一の弟子がやってきた。又兵衛の顔を見るなり、伏見の城から参上するよう命令があった、と冷たく述べた。

伏見城？

京の都の真南、伏見桃山にある城で、昔は太閤秀吉の隠居城、今は徳川家の出城だ。

徳川家のお侍に知り合いがあったろうかと小首をかしげ、又兵衛は一人、思い当たる人がいたことを思い出し、伏見城へと参上した。

案内に従って二の丸御殿に入る。狩野の障壁画の並ぶ謁見の間ではなく、奥にも近い、小さな書院に通された。

中庭を望むその部屋は、貴顕が使うには質素なつくりだった。人一人が暮らすにはちょうど良い大きさの一間、そこには先に越前に大領を得、西国大名の押さえを担う伏見城代を拝命した結城秀康がいた。

又兵衛は思わず声を上げそうになってしまった。部屋の中にいる秀康の、あまりの変わりように。

かつての覇気ある姿はどこかに消え失せていた。昼間だというのに白無垢の着物に絹の羽織を纏い座るその顔は、青ざめ頬もこけている。分厚かった胸板も薄くなり、袖から伸びる腕も骨の形が浮いて見えた。又兵衛をして菖蒲を思わせた凛とした生命感は、どこを探しても見当たらなかった。

又兵衛が何も切り出せずにいると、秀康は又兵衛に部屋に入るよう言った。

一礼してから部屋に入り秀康に差し向かいの形で座ると、部屋の中に人が滑り込んできた。見覚えがある。顔に智の気配がある僧形《そうぎょう》の男。確か、心願と名乗っていた僧だ。恭《うやうや》しく頭を下げた心願は、部屋の隅に音もなく腰を落とした。

「すまぬな、突然呼び立てた」

慌てて首を横に振った。すると、秀康は力なく口角を上げた。

「わしの似絵を描いてくれ」

似絵――。絵師からすれば誉れの仕事だ。織田信長の似絵などは、当代随一の絵師であった狩野永徳やその弟の宗秀《そうしゅう》が当たっている。だが、又兵衛は一介の工房絵師に過ぎず、まだ己の絵に己の落款を押すことも許されない。己の立場を話したが、秀康は納得しなかった。

「お前にしかできぬのだ。時がないゆえ、単刀直入に言う。わしはそう長くはない」

驚きはしたが、意外の念は覚えなかった。部屋の戸を開き、秀康を見た瞬間に感じ取った不吉な気配に明確な形が与えられた、むしろそんな後ろ向きな安堵すらあった。

「自分のことは自分で分かる。だから、似姿を残してくれぬか。わしがまだ、病でやつれる前の姿を」

読めてきた。今の秀康を描くことのできる者はいくらでもいる。だが、初めて会った時の――、あの威風堂々たる姿を描ける絵師は又兵衛を措いて他にないということだろう。

背中に汗が滲み、背骨に沿ってつうと流れる。

絵の難しさを突き付けられた気もした。上手い下手ではなく、たまたまそこに居合わせたから任される仕事もあるのだと。

又兵衛は腹をくくった。

心願が文机と料紙、筆や硯を運んできた。

磨った墨は用意があると申し出があったが、丁重に断った。自ら墨を磨ることには何がしかの意味があると又兵衛は考えている。硯の陸で円を描いて磨り、海を深い黒に染めていくその単純作業の中で、絵師は描くべきもの、描かざるべきものを選び取り、己の魂を打ち欠き、墨の中に溶かしている。

墨を磨る軽快な音が響く。又兵衛はその音に耳を澄ませながら、すっかりやつれてしまった秀康の姿を見遣る。思わず視界が歪みそうになったのを、目を閉じてごまかす。そんな最中、脇息《きょうそく》に身を預ける秀康は、力なく口を開いた。

「又兵衛、時はかかるか」

今ここにあるものを描くわけではない。もしお苦しいのでしたら下がってくださっても結構でございます、と又兵衛はたどたどしく答えた。

又兵衛は意図を取り違えたらしい。秀康は小さく笑った。

「違う。話を聞いてくれぬか。案外、主君は孤独なのだ。気軽に話せる相手がいない」

部屋の隅に座っていた心願がこほりと咳払いをした。どうやら心願なりの抗議らしい。

苦笑した秀康は苦しげに脇息に寄り掛かったまま、又兵衛に向かって言った。

「妙な話でな。死ぬこと自体はさして怖くない。徳川家の子として生まれ、豊臣家に養子に出され、次いで結城家に養子に出された流転に次ぐ流転の人生であった。もし運が悪ければどこかで死んでおったろう。養子という名の人質など、所詮はその程度のものよ。それが気づけば越前に大領を得、ついには伏見城代の――西国大名の押さえという重責まで預かった。わしの人生は、求めた以上のものが手に入った。悔いはないのだ」

三十数歳にして死出の旅に出ようというのに、悔いがないと言い切る秀康の言葉が本音なのか、それとも虚勢の類であるのか、又兵衛には判別がつかなかった。だが、この男の声音もまた、又兵衛が磨り続けている黒き墨に溶け込んでいる。

「だが、心残りは一つだけある。息子のことだ」

又兵衛の手が止まった。

利かん坊であった少年の姿が脳裏を掠める。そして、なぜか芋づる式に、かつて一度だけ見えた父、荒木村重の姿もまた蘇った。

「知っておろう。わしには息子がおる。あれは妙に癇《かん》が強い。変にわしの性根を引き継いでしもうたようだ。それゆえに心配でな。あの息子は、これからやってくる時代の激変に耐えられるのか、とな」

言葉は儚《はかな》い。発したそばから消えてゆく。目の前の若き貴人の言葉までも、己は墨に溶かすことができるのか。又兵衛は祈るような思いで墨を磨り続けた。

「思えばわしの生きた時代は戦の時代であった。明を相手にした大戦、関ヶ原の大戦。これから、例外はあろうが大勢としては穏やかな世がやってこよう。されど、あの息子に、その変化の目が読めるのか」

見れば、後ろに控えている心願も暗い顔をしている。

「今回わしの絵を描かせようと思うたのは、息子に何か残せぬかと思うたればこそなのだ。絵を通じて息子を見守ってやりたい。そう思うたのだ」

思考の間隙を突かれたような心地がした。

又兵衛の父親は、何かを与えようという人ではなかった。又兵衛にとって、父、荒木村重は又兵衛からすべてを奪った人だった。

又兵衛は訊いた。この絵は急がれるのですか、と。

「いや、急ぎではないし、そもそも一日で絵が成るとは思っておらぬ。持ち帰って仕事をしても構わぬ」

その日は結局、小下図だけを描いて辞去した。

だが、結城秀康の似絵の仕事が、又兵衛の周囲に嵐を巻き起こした。

内膳の一の弟子が声高に又兵衛を指弾した。押しかけ弟子の地位にありながら、師匠を差し置いて仕事を受けるとはどういう料簡《りようけん》か。少なくとも、仕事を受けるからにはまずは師匠に相談するのが筋であろう。又兵衛殿は師匠をないがしろにしている――、と。

又兵衛は謝り、己の立場について丁寧に述べた――つもりだった。だが、焦れば焦るだけ、力を込めれば込めるだけ、又兵衛の吃は強く出る。それが挙動不審と映り、何かやましいことがあると思われたようだった。ついに扇絵の仕事からも外され、筆さえ持たされることがなくなった。いくら説明しても、誰も話を聞いてくれない。針の筵のような工房の中で、又兵衛は口を閉ざした。

数日後、又兵衛は内膳の部屋に呼ばれた。

部屋の中には内膳しかいなかった。いつも通り、粉本を広げて大下図に書き写していた内膳は、又兵衛に気づくと筆を措いた。

「又兵衛、すまぬ」

内膳の口から出たのは、叱責ではなく、謝罪だった。深々と頭を下げる内膳の頭頂を眺めていた又兵衛は、来るべき時が来たと悟っていた。

「お前をここに置いておくことができなくなってしもうたのだ」

なぜ、とは聞けなかった。もちろん又兵衛にも言い分はあったが、耳を貸してはくれまい、と最初から諦めていた又兵衛は、反論はおろか理由を聞く意気さえしぼんでいた。

「お前には、わしから免状を与える。絵師としての一人立ちよ。お前はもとより貴顕に顔が利くゆえ、仕事の引きはあろう。――わしができるのはここまでだ。本当にすまぬことになった」

弟子の放逐などたやすいのが工房の主だというのに、内膳は忸怩《じくじ》たる表情を隠すことなく、それどころか又兵衛に頭を下げさえした。怒りの矛先をどこに向けたらよいのか分からぬまま、又兵衛は内膳の言葉を右耳から左耳に聞き流していた。

内膳は短く息をついた。

「又兵衛よ。愚痴を聞いてくれぬか」

内膳が又兵衛の前で弱音を吐くことなどこれまでなかった。己が工房を放逐されようとしていることも忘れ、又兵衛は頷いた。

しばし天井を見上げた内膳は言葉を選ぶように口を開いた。

「絵とは難しいものだな。極みに近づくほどに、己の描きたかったものが何なのか、分からぬようになる。最初は何か大事なことを絵に託しておったはずなのに、今はただ、誰かに言われるがままに描いておる。そのことがひどく空しくなることがあるのだ。お前には、そうしたことはないか」

分からぬではない。

初めて絵筆を握り、何かに取り憑かれたように絵を描いたあの頃の熱はどこにもない。いや、絵を描くことに飽いたわけではない。今でも心躍る絵の取り組みはいくらでもある。だが、最初に絵筆を握り、振り回していた、あるいは振り回されていたあの頃の火の玉のような情熱は、もうどこにもない。

「生きるとは汚れること。汚れるとは、悲しいことだ」

すまぬ、余計なことであった。

その内膳の言葉が、辞去のきっかけとなった。

頭を下げて内膳の部屋を後にすると、又兵衛は哲を訪ねた。この工房の面々で唯一、挨拶せねばと思った相手だった。

夕刻の迫る扇絵作業部屋には、やはりその日も哲が一人でいた。筆を手に持ち、一心不乱に振るっている。

「ああ、又兵衛殿」

その顔には深い影が刻まれていた。

事情を話すと、哲は力なく首を振った。

「そんなことがあっていいはずはありませぬ。ほとほと、この工房にいるのが嫌になりました」

又兵衛が戸惑うほど、まるで己のことのように哲は怒りを表した。何とかなだめたものの、哲は最後にはこう言った。

「もしも、又兵衛殿が工房を開いたなら、必ずやお手伝いに参ります」

結局、又兵衛は半ば追い出される形で内膳工房から独立させられた。手には、内膳から渡された免状と、餞別《せんべつ》というにはあまりにも多い銭とが残っている。

色々考えたが、伏見城に身を置くことにした。突如来訪した又兵衛に心願は驚いたようだったが、城内に一室を用意してくれた。客人のための部屋なのだろう、工房で宛がわれていた部屋よりも、はるかに広く上等で、又兵衛はひたすら依頼の絵に向き合った。

秀康が、秀康であった頃の姿と。

一月余りの後、絵が出来た。

よき日を見計らい、秀康に献上することとなった。

秀康はやはり幽霊のような佇《たたず》まいで脇息に寄り掛かっていた。しかし、絹本に描き出し、既に表装まで終えているその絵を見るなり、顔をほころばせ、ややあって、涙を流した。

「見事だ」

溢れる涙を痩せた腕で拭いた秀康は、ぽつりと言った。

「今の今まで、己が命など少しも惜しくないと思っておった。だが、この絵を眺めているうちに、死ぬのが嫌になってきよった」

未練を振り払うように首を振った秀康は、又兵衛の目を見据えた。

「又兵衛、お前に頼むのは筋違いだということくらい分かっておる。だが、それでも――。息子を見守ってはくれぬだろうか。わしの代わりに」

又兵衛が頷くと、秀康は安堵を顔に浮かべ、手に持っていた絵を畳の上に置いた。

絹本の上には、在りし日、自信を全身に漲らせながら前を向く若武者の姿が留められている。ぎらりと目を輝かせ、ただその場に佇んでいる。菖蒲のように凜として、これからやってくる新たな世へ才気を滾《たぎ》らせている。明王のような覇気を纏った、徳川の世を輔弼《ほひつ》する若き大大名の姿がそこにある。

「頼む、又兵衛」

秀康が又兵衛の手に触れた。冷え切った指先は肉が落ち、骨の形まで透けていた。

又兵衛はその手を強く握り返し、何度も振った。

「頼む。頼むぞ」

何度も、絞り出すように声を上げる秀康を前に、又兵衛は頷き返すことしかできなかった。

第四章　軛《くびき》

二条油小路からお天道様を背に人でごった返す通りを行くと、互いに流行《はや》らないのを慰め合うように軒を寄せ合う簪《かんざし》屋と盥《たらい》屋がある。その間の、人一人がようやく通れるような狭い道をしばらく進むと、暗がりの中に黒くくすんだ冠木門が姿を現す。狩野工房とは比べるべくもない薄い木戸を押しやって板葺《ぶ》きの小さな屋敷を見上げると、表の喧騒は遠ざかっていた。

「お帰りなさいませ、師匠」

戸を開いて中に入ると、奥から盥を抱えた哲が姿を現した。上り框《かまち》につく指の先には藍色と黒を混ぜ合わせたような色がこびりついている。顔料と膠《にかわ》を愚直なまでにこね続けた絵師の指先に目をやっていると、当の哲は盥を又兵衛の足元に置いた。

又兵衛は盥に足を浸し、冷たい感触を感じながら、がらんと広い玄関を見回した。この三和土《たたき》と玄関ほどの広さしかない小屋で暮らしていた昔と今の恵まれた身分を引き比べては、又兵衛は人生の不思議を思った。

又兵衛は町絵師となった。

絵馬を描いて絵屋に卸した。最初は描いた枚数を正の字にして手遊び用の帳面に記録していたが、正の字が絵を追い出さんばかりに増えていくのが恐ろしくなって記録をつけなくなった。夢にまで見るほど絵馬に向き合ううち心に鈍りを覚え、並行して個人向けの似絵《にせえ》の仕事も受けるようになった。金の折衝を厭《いと》い一枚いくらと決めて当たったその仕事が評判を得て、毎日のように町の人々と向き合って筆を走らせた。やってくる客の人生を思いながら筆を握るのは存外に楽しく、絵馬の仕事よりも張り合いがあった。それに、絵を通して客の笑顔に接するうち、天下には様々な立場の人がいる、という当たり前に気づくことができた。数をこなすうち、又兵衛は人の顔を実物よりも頰を豊かに、顎を長く描くようになったが、勇壮、別嬪《べっぴん》に仕上げてくれるという評がつき、話題を呼んだりもした。

山のように絵を描き、結構な金が貯まったのを機に、自らの工房を開くことにした。小屋では手狭になっていたし、仕事量も増え、そろそろ手元や弟子が欲しいところだった。

笹屋に相談を持ち掛けたところ、二条油小路に程近い屋敷を紹介された。何でも、ある御大尽が土地を買い茶室や書院の間を設けたお屋敷を建てたまではよかったものの、幽霊が出るとかで気味悪がってすぐに手放し、それを笹屋が買い入れた。ところが、大して問題とも思わなかった幽霊話が足を引っ張り、買い手、借り手がつかず困っていたところだったという。

もっといい屋敷はないのかと文句をつける又兵衛に、笹屋はこう言い放った。

『幽霊なぞに構っておられるような立場ではあるまい』

曰く付きの家を押し付けられた格好だが、相場の十分の一の端金《はしたがね》で屋敷を手に入れた。

こうして二条油小路近くに工房を開き、少し経ったある日のこと、又兵衛を訪う者があった。

哲だった。

「お約束通り、弟子にしてください」

まさか本当にやってくるとは思ってもいなかった。だが、又兵衛の困惑はお構いなしに、哲は笠の紐を緩めた。

「又兵衛殿――、いや、師匠の下で絵を描きとうございます」

最初は追い返すつもりだったが、内膳工房を辞めてきたという言葉が決め手となって、哲を迎え入れた。

工房立ち上げの最も大変な時期、哲は身を粉にして働いてくれた。又兵衛の筆跡を覚えながら、絵屋との交渉や画材の仕入れに走り回る生活はさぞ過酷なものだったろうが、文句も言わず、朗らかに筆を執っていた。

「ここにいると、生きている心地がいたします」

顔を墨の飛沫《ひまつ》だらけにしながら哲は笑った。

哲はめきめきと筆力を伸ばした。さらに、入ってきた弟子たちの面倒を哲が見るようになったおかげで又兵衛は絵に専念でき、軌道に乗り始めた工房は中堅どころの評判を得るに至った。

来し方を思い出しながら手拭いで足の水気を取ってから框に上がると、傍らに立ち、又兵衛の風呂敷を持ち上げた哲がにこりと微笑んだ。

「では、この荷物は運んでおきます。師匠は……。愚問でしたね」

又兵衛は速足で屋敷の奥へと向かう。南向きの部屋の多くは弟子や自分の作業部屋で、しんと静まり返っていた。中を覗き込んでみれば、弟子たちは文机に向かい、声を立てることなく筆を走らせている。又兵衛の望む工房は、静寂の中に沈む湖のごとき処だ。言葉ではなく絵で語らう場が欲しかった。それゆえ、私語を禁じている。

又兵衛は表の縁側を早足で抜け、渡殿から奥へと向かった。離れになっているここは又兵衛一家の私室としている。又兵衛が手前の部屋の障子を開くと、中では柔かく微笑《ほほえ》みながら子守唄を口ずさむお徳が座っていた。茶の織小袖を着て細帯を締め、黒々とした髪を後ろに垂らしたその背に、小さきものを慈しむ、母の優しさを見た。

又兵衛がやってきたのに気づくなり、お徳は満面に笑みを湛えて振り返った。

「お帰り、お前さん」

自らの工房を立ち上げた折、又兵衛はお徳と祝言を上げた。深い事情は遠い記憶の彼方だが、覚えていることといえば、ある日、笹屋がこう耳打ちしてきたことだ。『お徳を嫁に迎えんか』。その時は曖昧な態度に終始したはずだったが、気がつけば金屛風の前に座らされていた。笹屋のお節介ここに極まれりと心中で毒づいてはみたが、これはこれでよかったと今なら思える。又兵衛はずっとお徳のことを憎からず思っていたものの、だからといって自ら何か行動を起こせたかと言えば怪しい。

昔のことを思い出し、ばつの悪さに顔をしかめつつ又兵衛が部屋の中に足を踏み入れると、お徳はくすりと笑い、胸に抱く子を又兵衛に示した。

「今寝ちゃったのよ」

藍染めの麻のお包《くる》みの中で、小さな赤ん坊が寝息を立てていた。ようやく目鼻立ちがはっきりしてきた。目の辺りは又兵衛に、口元はお徳によく似ている。ぐっすりと眠る息子の丸々とした頰に触れると指先が埋まり、離すとまた元に戻る。

祝言から一年で子も得た。子供好きとは言えなかった又兵衛も、己の血を分けた存在が家にあり、己の稼ぎで育てなければと思うと仕事にも張り合いが出た。

又兵衛が眠る息子の頭を撫《な》でてやっていると、お徳が朗らかに聞いてきた。

「今日の寄り合いはどうだったの」

又兵衛は首を横に振った。

笹屋から『町絵師なら出ておいた方がいい』と勧められ、毎回参加している。寄り合いとは名ばかり、実際には下京の商人やその知己が酒を飲んで日頃の鬱憤を晴らすだけのものだ。又兵衛は元来の口下手、結局は誰とも話をできず、一人で端の席に座って猪口《ちょこ》の縁を舐めている。笹屋の勧めゆえ従ってはいるが、この会合で新たな仕事を得た覚えはない。

だが今日は、そこで気になる話を小耳に挟んだ。

又兵衛が一人でちびちびとやっていると、横の商人たちがこんな噂話に花を咲かせていた。

『どうも、徳川と豊臣の仲がしっくりいっていないようですね』

徳川家康は関ヶ原の戦いの後、摂関家の家格を安堵しつつ豊臣家を摂津、河内、和泉三国の大名に格下げした。さらに、自らの息子である秀忠《ひでただ》に将軍職を譲ることで、豊臣家に征夷大将軍位を禅譲するという風説を封殺した。豊臣には一切天下の権を与えぬという家康の鼻息荒い声が聞こえんばかりの措置であった。

『豊臣様のところで徳川様を褒めようもんなら、大ごとになってしまうようで。何でも、そんな不調法をやらかした商人が、御用から外れたらしい』

『くわばらくわばら、ですな』

商人たちはくつくつと笑い合って同業者の不幸を酒の肴《さかな》にしていた。

また天下が揺れ動くやもしれぬという不安を抱えながら、しばし妻の顔を眺めていた又兵衛は、お徳があくびを浮かべたのを機に、表にある自らの画室へと戻った。渡殿の向こう、南の一間にある四畳半の部屋。その中に文机が一つ。梁《はり》から梁に麻の細縄を渡し、そこに乾いていない絵を挟んでぶら下げている。墨の匂いの籠る部屋で又兵衛は午後の仕事に取り掛かるべく、墨を磨り始めた。酒精が抜け切らぬせいか、それとも考え事がまとまらぬせいか、硯《すずり》の海に揺蕩《たゆた》う墨色が淀んでいるように見えてならなかった。

手を止めた又兵衛は、文机の横に積み上げられた漆《うるし》塗りの文箱の山から、大事なものを入れておいている箱を取り上げて蓋を開いた。中からは大小さまざまな文が出てくる。長旅のせいで色を変じてしまったもの、長い年月の果てに掠《かす》れ始めているものもある。

この文は、長谷川等伯とのやり取りだ。

寺の障壁画を手伝ったあの日から付き合いができた。最初は互いの屋敷を行き来して膝を突き合わせていたが、又兵衛は吃《ども》のせいで口下手で、一方的に等伯が話している風になってしまう。それに業を煮やしたのか、それとも向こうが忙しくなったのか、ある時から文を寄越すようになった。対等というよりは師匠と弟子のような関係であった上、等伯の悪口癖に辟易しつつ返事を出していた微妙な関係は、徳川家康の招聘《しょうへい》に従って等伯が江戸に向かうまでの間続いた。江戸に居を落ち着けることができたのなら更に続いたのだろうが、等伯は江戸へと向かう途上で客死を遂げ、この文通は突如終わりを告げた。

実際にやり取りをしているときには疎《うと》ましさすら覚えていたが、今になってみると、得難い財産をいくつも受け取った気がしてならない。たまにこうして等伯の文を読み返すようにしている。

又兵衛は文の一つを手に取って開いた。

時候の挨拶もそこそこに、京の画壇の勢いのなさ、又兵衛や他の名だたる絵師への批判が綴られていた。苦笑いしながら読み進めていくと、ある一文に目が留まった。

己之在リ様ニホトホト難儀致シ候。

他の絵師の絵に対する非難の間に差し挟まれたこの文章は、等伯の弱音のようにも思えた。もしかすると、等伯もまた、己という暴れ馬に苛《さいな》まれ、絵に向き合うことで何とか釣り合いを保っている、そんな難儀な生の中にあったのだろうか。

又兵衛は読んでいた文を文箱にしまい、またゆっくりと墨を磨り始めた。

「ふむ、なるほどのう」

碁盤を挟み座る笹屋は、白くなった薄い髪を撫でつけ、盤面を睨《にら》んでいる。いつの間にか、代名詞となっていた錦の羽織をしまい込み、地味な黒の十徳《じっとく》を纏《まと》うようになった。

数日振りに二条油小路にある笹屋の屋敷に顔を出すと、笹屋は縁側に碁盤を持ち出した。どうせこうなることは分かっていたから、又兵衛は何も言わず、笑みを浮かべる笹屋に対坐して碁笥《ごけ》に手を突っ込んだ。笹屋は顔を合わせると必ず大事なことを教えてくれる。今すぐに有効なものではないが、後々不思議と効いてくる箴言《しんげん》を折にふれ口にするからこそ、どんなに仕事が詰まっていても笹屋との碁の約束は果たすようにしている。

「豊臣と徳川が不仲、か」

碁笥をかき回し、石を一つ取り出した笹屋は、節くれ立った指で石を打った。だがかつてのような力強さはそこにはなかった。

又兵衛は、碁盤越しに座る男の顔を見遣った。

初めて顔を合わせたときには働き盛り、有り余る気を全身から放っていたが、今は随分と落ち着き——いや、覇気をなくしている。才気を迸《ほとばし》らせていた商人は、激変の三十年を経て、どこにでもいる小太りの老人に納まった。悲しくはない。世の一切衆生は栄枯盛衰、生老病死から逃れることはできぬという当たり前の諦念があるばかりだ。

又兵衛が自らの石を打つ。笹屋の白石を三つどけた。

おやおや、この局面は失陥かね。他人事のように口にした笹屋は顎に手をやった。

「豊臣の力が少しずつ弱くなっておるのは事実《まこと》のことよ。特にこの京においてはな。やはり、二条城の築城、伏見城を徳川方が預かったことは大きかったのやもしれぬな。今、京の政《まつりごと》は京都所司代の板倉様が一手に担っておられる。板倉様も徳川様方よ。京の町衆も権を握っておる徳川になびきつつあるからのう」

笹屋はまた石を打った。又兵衛の目から見ても緩手だった。

「それに、なんでもここのところ、方広寺でもいざこざが起こっておるそうな」

方広寺といえば、豊国祭礼を描いた際に足を運んだ記憶がまざまざと甦る。

又兵衛はまた石を打つ。次々に笹屋の布石はぼろぼろと脱落してゆく。

「鐘に問題があったそうでな。大御所様のお名前を引き裂いて鐘銘に用いたとかで大騒ぎよ」

一体それの何が悪いのか、分かりそうで分からない。お上にはお上の論理があるということなのだろう。

力なく石を打った笹屋は、いかぬ、と口にした。

「今日はやめにせぬか。疲れてしもうた」

なぜか笹屋は、すまぬ、と口にした。盤面では、もはや笹屋が起死回生の手を打てぬところまで又兵衛の石にやり込められていた。

「のう、又兵衛――」

笹屋が又兵衛に何かを切り出そうとしたその時、庭先に哲が現れ、頭を垂れた。

「お休みのところ申し訳ございませぬ。師匠、実は今、さる家中のお遣いの方がお越しでございます。今すぐ伏見城に登れとのことで。いかがなさいましょうか」

伏見城。武家の呼び出しだ。二本差しの手合いはこちらの予定を斟酌《しんしゃく》することはない。

笹屋を見た。笹屋は指し掛けの盤面から石を無造作に拾い上げ、碁笥にしまい始めていた。布地や家屋敷を商う笹屋は、武家との付き合いも多いゆえ、呼びつけるような向こうのやり方を熟知しているのだろう。

　又兵衛は言われるがまま、伏見城に参上した。城中ではなく城の周囲に配されている大名屋敷、その一つに案内された。

　通された謁見の間でしばし待たされた。家臣一同が入ることができるほどの大広間の中段に、久々に袖を通した肩衣《かたぎぬ》姿で待っていると、やがて縁側から近習《きんじゅう》を引き連れた男が現れ、上段の所定の場に腰を下ろした。

「面を上げよ」

　改めて平伏して顔を上げると、上段の間には一人の若武者が座っていた。

　黒い直垂《ひたたれ》に身を包む、ようやく二十歳といった風情の若武者は、髪を総髪に結い、口元には黒々とした八の字ひげを生やしている。がっしりとした大きな体つき、そして何より周囲の人々を飲み込み離さない、透徹した眼ざし。そのすべてに見覚えがあった。

「久しいのう。又兵衛。息災にしておったか」

　思わず頷《うなず》くと、その若武者は小さく笑った。

「そなたは吃であったたな。ゆるりと話せばよかろう」

　ずっと昔、一度会ったきりだった。だというのにこのお人はこちらのことを覚えている——。

　目を見開き茫然としていると、若武者は不服げに眉を顰《ひそ》めた。

「わしを誰と思うておるのだ。松平左近衛権少将忠直《まつだいらさこのえごんしょうしょうただなお》であるぞ。それくらいのことは覚えておる」

松平忠直。結城秀康の忘れ形見だ。

結城秀康は又兵衛との最後の邂逅《かいこう》ののち急激に体調を崩し、伏見城代の役目を解かれて越前へと戻り、そのまま鬼籍に入った。秀康の遺した莫大な財、越前六十八万石の領地を継承したのは長男の忠直であったが、決して順風満帆な領国経営ではなかったらしく、二年ほど前には御家騒動がこじれにこじれ、結局徳川家が介入することで解決を見たという。

見れば、忠直の姿には、苦衷の跡が滲《にじ》んでいる。心なしか顔色も悪く、ふとした時に物憂げな表情が覗《のぞ》く。

「又兵衛よ。今日お前を呼び出したのは、一つ、頼みたい仕事があったからなのだ」

陰気を振り払うように忠直が手を叩くと、奥の間から金襴の袈裟を纏う心願が、三方を掲げ持って現れた。

三方の上には、小さな軸が置いてあった。開いてみよ、と命じられ、又兵衛が手を伸ばしゆっくりと開くと、かつて己が描いた結城秀康の似絵が現れた。大事にされているらしく、絵にはまったく虫食いや紙のよれが見られないばかりか、顔料の退色さえもない。かといって、蔵の肥やしとしているわけでもなさそうで、軸の総縁は傷み始めている。

「この絵を、もう一枚絹本に描けぬか」

寸分違《たが》わず描き直すことができよう。

「ならば、この絵の半分の大きさで描け。よいな」

半分にしてしまっては、軸としては小さすぎる。訝《いぶか》しく思っていると、忠直は顔を曇らせた。

「これから戦が起こる。父上の望まれなかった戦だ。父上をお連れしたい。鎧《よろい》直垂の裏に父上のお姿を縫い付けたい。在りし日の父上の似姿を描けるのはそなただけゆえ、今日ここに呼んだのだ」

心の奥底で疼《うず》いたわずかな痛みをこらえつつ、又兵衛は頷いた。

この仕事は時もかからずに終わった。構図や趣向については昔の自分をなぞり、あとはそれを二分の一の天地に写せばよいだけ、もしも秀康の似絵でなければ弟子に任せてしまってもよいほどの仕事だった。事実、この仕事は彩色も含めれば十日ほどで終わり、納入も果たした。

だが、又兵衛は忠直の言葉を思い出していた。

『これから戦が起こる』

又兵衛は湧き起こった怖気《おぞけ》に知らぬふりをして、日々の仕事へと己を埋没させた。


その日、脚絆《きやはん》を付けた又兵衛は、哲を連れて大坂の町の東にある小高い山の上にいた。同じことを考えていた野次馬も多いと見え、山の上には同じく旅姿に身をやつした者たちの姿があった。眼下には大坂の町が一望できる。晴れ渡る五月の空の下、普段は穏やかな活気に満ちる大坂の町は大激震に襲われていた。

「始まって、おりますね」

又兵衛の横で身を乗り出す哲の声は、心なしか震えていた。

南に広がる広大な平野で敵味方に分かれた軍が入り乱れて戦っている。遠く離れたこちらにも、男たちの咆哮《ほうこう》や砲声が聞こえてくる。あまりに遠すぎて一人一人の動きは判然とせず、生き物のようにうねる軍の動きばかりが目に入る。南にいる軍の方が優勢らしく、大坂城を背に戦っている兵は次第に押し込まれつつあった。

又兵衛は、戦国最後の大戦をその双眸《そうぼう》に刻み込んでいた。

陰でずっと囁かれていた徳川と豊臣の不和が、昨年の慶長十九年（一六一四）十二月、大御所徳川家康を首魁《しゆかい》とする徳川軍、豊臣秀吉の遺児秀頼の家臣による豊臣軍の激突となって表出した。この戦は大坂方の意外な善戦、やや頼りない徳川方の戦振り、そして堅固を誇る大坂城によって膠着《こうちやく》するかに見えたが、結局本丸や天守閣へ大砲を打ち掛けられた大坂方が折れ、一時は和睦の形でまとまった。しかし、年が明けて本年、また家康は大坂に兵を発した。

かつての大坂城の威容は、戦の前から既に失われていた。

冬の陣後に結ばれた和睦の際、大坂城の防備の肝であった堀はすべて埋められ、大坂城は裸城同然にされていた。これでは城に籠ることができぬと考えたか、大坂方の城兵たちは打って出、南に点在する小山や寺をあらかじめ占領するなどして徳川方を迎え撃つ形を取ったが、結局戦線を維持し切れないようだった。もちろん巧みな用兵でもって敵方を翻弄している豊臣軍もあるが、大勢としては徳川軍との物量の差に屈し、押し込められつつある。

筆や画帳に手を伸ばすことができなかった。

「お描きになられぬのですか」

筆や紙を差し出す哲に対し、又兵衛はゆるゆると首を振った。

あまりにも目まぐるしく状況が変化してゆく。

ある瞬間を紙に写してもよいが、もっと絵に残してやりたい瞬間を見逃してしまうのが惜しかった。それはまるで、次々に消えてゆく流星の輝きを捉えるのにも似ていた。

ならば何もせずに眺めていればよい――。

又兵衛は、ただただ目の前で繰り広げられる光景を眼底に焼き付けていた。

昼過ぎ、大坂城の天守の窓から煙が上がり始めた。はじめはか細い糸のようだったそれが、やがて大きな炎を纏わせた太い煙となり、天守全体を包んだ。

これを境に、大坂方の抵抗は目に見えて弱くなった。

徳川方は悠々と大坂に向けて進軍してゆく。

大勢を見届けた又兵衛は、その日の午後、哲と共に堺へと向かった。

又兵衛は堺の町の姿を前に、足をすくませた。

「――ひどい」

哲が、又兵衛の思いを代弁した。

あれほど広大であった町のほとんどは、焼け跡と瓦礫ばかりになっていた。町の中に足を踏み入れると、焦げた臭いや異臭の入り混じる粉塵が又兵衛の鼻を容赦なく突いた。くしゃみをして懐紙で拭くと、鼻水が真っ黒に染まっていた。

徳川方が攻めてくる前に、大坂方が堺の町を焼いて回ったらしい。徳川の補給を絶つためだというが、それにしても――。焼け跡がずっと続く光景を前に、血が出るほど強く唇を噛んだ。見るに堪えぬものが足元にたくさん転がっている。又兵衛は右手の海を眺めることで傷跡生々しい町から顔を背け、目的の場所へと進んでいった。

道すがら、かつて又兵衛を匿《かくま》ってくれていた寺の門前に立った。すっかり焼けていた。本堂は柱が倒れて大屋根だけが残っている。講堂に至っては卒塔婆のように立つ焦げた柱の他には瓦礫が地面に散らばっているばかりだった。尋ねて回ったものの、ここの住持がどうなったのか、知る者はなかった。

目的の場所、南宗寺に着いた頃には、辺りは夕焼けに染まっていた。海にほど近い南宗寺もやはり火に巻かれたのか、本堂は下の建物が潰れ、屋根だけになっていた。海風に乗って、焦げ臭い臭いが又兵衛の鼻を掠めてゆく。

瓦礫を避けながら、裏手の墓場へと向かう。どうやらこちらには火は回っていないらしく、卒塔婆や手向けられた花、地面に生える雑草の類は焼けていなかった。

荒木村重の墓も無事だった。

火を浴びた様子もなく、あの日のままの姿で建っている。生者が苦しみもがいているというのに、死者は安穏たる眠りの中にある。その不公平を思いながら、又兵衛は鉄《かね》の観音扉を開いて墓所に入った。

あの日と変わらぬ石灯籠、そして墓。唯一の違いといえば、墓の脇に置かれた手水鉢《ちょうずばち》だった。装飾と言えるほどの装飾のなされていないそれは、水を抜かれて半ば捨て置かれるように鎮座している。

思わず、光吉の顔が浮かんだ。二年ほど前に死んだと聞いている。又兵衛は、装飾のない手水鉢を眺め、光吉の意図を思った。いつかここにお前の絵を彫れ――。そう、最初の師に言われているような気がしてならなかった。

又兵衛たちは堺の町を後にし、また大坂へと戻った。

夕暮れ深い大坂の町は、煌々《こうこう》と明るかった。大坂城天守は大きな炎に巻かれ、黒煙を上げていた。その明かりのもとで、打ち捨てられた裸の死者たちが闇に飲み込まれつつある郊外を虚《うつ》ろな目で見遣っている。

強い風が吹いている。大坂城天守に向かって吹き荒《すさ》ぶその風は、周囲の者たちを業火に引きずり込もうとしているかのようだった。

城下町では徳川方による略奪が始まっていた。子を取られるのに抗う父親が槍で刺し殺され、着ている服を剝がれている女が狂い叫び、身を横たえ胸から血を流す女を抱きしめた男が怨嗟《えんさ》の声を上げる。徳川方の武者たちはそんな庶民たちを足蹴《あしげ》にし、奪い、剝ぎ取り、殺してゆく。

「なんと、むごい。これが人のやることでしょうか」

青い顔をしながら、横の哲は吐き捨てた。

乱暴狼藉の嵐が吹き荒れる大坂の町を眺めていると、ある将の姿が目に入った。

鹿角を模した飾りを擁した兜《かぶと》、金箔押しの札《さね》が煌《きら》びやかな当世具足を纏ったその将は、その場で馬首をめぐらせながら采配を振るっている。これほどの絢爛な姿をした者が下々の者であろうはずはない。それが証に、周囲には多くの武者たちが付き添い、命を聞いている。

その将が振り返ったその時、又兵衛と目が合った。

松平忠直だった。

又兵衛に気づいたのか、忠直はなぜか怖れにも似た目を向けて固まった。

ややあって、目を伏せた忠直は馬首を返した。

大坂城へ向かって馬を進める忠直の背中は、やがてほかの武者たちの背、そして周囲の炎が放つ陽炎によって朧《おぼろ》げとなり、ついに見えなくなった。

結局、この戦の大勢は一日で決した。

この日の夕方、大坂城にいた総大将の秀頼が腹を切った。天守で火の手が上がり、進退窮まったと覚悟したらしい。秀頼が死に本陣が四散することで大坂方の軍としてのまとまりは瓦解し、大坂方武者の死に場所を彩る小競り合いがところどころで開かれるばかりだった。

徳川方による乱暴狼藉、そして散発的な大坂方の抵抗は二日余り続いた。

戦が終わった後の大坂には、何も残ってはいなかった。まるで、蝗《いなご》に食い荒らされた田のように、何もかもが奪われた。

残された人々は立ち尽くし、ある者は地面に突っ伏し、ただただ茫然としていた。

又兵衛はそのすべてを目に留め、京へと戻っていった。

豊臣が滅んだ。その知らせは京の町へと至った。

どんよりとした気配が町全体を包んでいた。

あれほど権勢を誇った豊臣ですらああなのだ、ならば我らなどなお儚《はかな》い存在であろう、己らは所詮時代の流れに浮かぶ木の葉に過ぎない――。戦乱の世であってもしぶとく強《したた》かであった京雀たちの頭にも厭世じみた諦念がもたげるほど、豊臣家の滅亡は京に陰鬱をもたらした。

「困ったものねえ」

子供を抱きつつ、がらんどうになってしまった自宅大広間を見渡したお徳はため息をついた。

大坂の陣以降、仕事が途切れ、弟子たちに仕事を出せずにいる。住み込みの弟子を除いては休みを与えており、大広間は途端に寂しくなった。

又兵衛は唇を結び、己の文机の前で頬杖をついた。

仕事を求め、又兵衛も飛び回っている。だが、どこに行っても景気の良い話は聞かない。豊臣の滅亡が世に淀みを生んでいる。筆の淀んだ処に大きな墨だまりを作ってしまうように、世の中全体が黒く深い沼に嵌《は》まり込もうとしていた。

憂いの種は他にもある。

それは、哲からなされたある申し出だった。

「実は、ご相談したき儀がございまして」

哲個人に仕事の引きがあったのだという。大名の黒田家が新たな屏風を仕立てるに当たり新奇なるものを求めており、まだ独り立ちしていない、腕利きの絵師を探していたらしい。

「この仕事、何としても果たしてみとうございます。もちろん工房に御迷惑はおかけいたしませぬ」

一の弟子が世に認められたことは嬉しい。だが――、己の工房に閑古鳥が鳴いている中、弟子の一人が独自に仕事を請けることがこうも心をささくれ立たせるものとは思ってもみなかった。醜い妬心を何とか飲み込んで結局は認めたものの、なおも己の心に墨が一滴落ちたような濁りが混じっていることに、又兵衛は気づいている。

様々な悩みに悶々としていた又兵衛は、ふとお徳に今日の日付を聞いた。

「八月十八日ですよ」

答えを耳にした又兵衛は暇を言い訳に工房を出て、散歩がてら東へと向かった。

向かったのは、東山の方広寺だった。

かつては多くの参拝客で賑わっていた方広寺に人の姿はなかった。以前足を運んだのは内膳工房にいた時分だから、ずいぶん足が遠のいていたことになる。真新しい伽藍《がらん》、極彩色の鮮やかな南大門、そして威容を誇る大仏殿。寄進主を亡くしてなおも屹立する建物の間を秋風が吹き抜けてゆく。

風流踊りの熱気はもうどこにも残っていない。

八月十八日は太閤秀吉の忌日であり、祭りの日であった。

又兵衛は大事な何かを失ってしまった方広寺を横目に、阿弥陀ヶ峰へと向かう参道を歩いていった。だが、目の前の光景に声を失った。

阿弥陀ヶ峰――豊国神社へと向かう参道の上で、大きな建物の普請が始まっている。参道をぶった切るように大きな石舞台が建造され、その上に礎石が並べられている。見れば、脇には上等な角材が山積みになっていた。参道の上に神社でも建つのだろう。

又兵衛は石舞台を迂回して山へと続く参道に向かった。山への入り口である石段の前には二重に縄が張られ、人の侵入を阻んでいる。だが、構いはしなかった。ひょいと縄を上げてくぐり、夏の頃と比べれば緩んできた陽光を見上げながら参道を進んだ。

かつては多くの人々が往来し丁寧に掃かれていた参道には落ち葉が積もり、石段を隠していた。だが、僅かなりとも行き来はあるのか、人一人が通ることができるほどの小道が石段の上に現れている。又兵衛はそこから足を踏み外さぬよう、慎重に歩を進めた。

石段を登り切ると、開けたところに出た。薄く漂う靄の向こうに、豊国神社が姿を現した。

又兵衛は目をこすった。

極彩色の社殿や玉垣が目にも麗しかったものが、風雪に晒《さら》されて塗料が少しずつ変質し、色合いがぼやけ始めている。あと二十年も経てば見る影もなく色褪せてしまうことだろう。木製の玉垣も、地面に近いところでは早くも塗料が剝げ始め、中には朽ちているところもあった。

様変わりした豊国神社を見回っていると、大鳥居の前に人の姿を見つけた。その人物は、又兵衛の気配に気づいたのか、おもむろに振り返った。

狩野内膳その人だった。

内膳の人相は様変わりしていた。かつては理知に満ち、潑剌《はつらつ》とした顔立ちだったものが、今は目の下に隈《くま》ができ、染みが浮いている。総髪にしている髪に白いものが増えているのも、老いた印象に一役買っているかもしれない。くすんだ色合いの茶羽織、遠目にも分かる粗末な袴《はかま》姿の内膳は、亡霊に出くわしたような顔で又兵衛を見遣っていた。

こんなところで内膳と会えるとは思ってもみなかっただけに、どんな顔をしたらよいのか分からなかった。

だが、内膳はかつての――まだ狩野工房にいた頃の――ような穏やかな表情で又兵衛を迎えた。

「お前も来たのか」

小さく頷いた。すると内膳は、又兵衛から視線を外し、尖った声を発した。

「それにしても、世は現金なものだな。誰もここを訪ねる者がないとは」

何に対する嘲《あざけ》りであろうか、と又兵衛は考えた。世の人たちに対してであろうか。又兵衛に対してであろうか。それとも、世が変わりゆくことを理解しつつ、こうして誰もおらぬ社殿を訪ねてしまう自分自身に対してであろうか。答えは出ない。

「ふむ、ここで会うたのも何かの縁だ。お前に、見せたいものがある」

腕を組んだ内膳は口をつぐんだ。だが、しばしの沈黙の後、泳がせていた目を又兵衛に向けた。その日に又兵衛は怖れの色を読み取った。

「お前に打ち明けねばならぬことがある」

深刻な声音に、思わず又兵衛は肩を震わせた。

内膳の顔色は悪かった。口をへの字に結び、苦しげに又兵衛を見据えていた。

ややあって、内膳が口を開こうとしたその時、又兵衛も登ってきた参道から、一人の男がやってきた。黒い袈裟を纏い、沓《くつ》を履いただけのその男は内膳に気づくと足音高く近づいてきた。

「梵舜《ぼんしゅん》殿、申し訳ござらぬ。ご迷惑を」

「いやいや、亡き太閤殿下もお喜びでございましょう」

梵舜と呼ばれた僧は、又兵衛を見て怪訝《けげん》な顔をした。

「こちらのお方は……?」

「ああ、某《それがし》の弟子でございますれば」

又兵衛は温かいものが胸に満ちていく感覚を覚えた。説明が面倒だっただけかもしれないが、自分のことを弟子と呼んでくれた。その言葉に何の棘《とげ》もなかった。

梵舜は又兵衛に恭《うやうや》しく頭を下げた。

「拙僧は梵舜。豊国神社の神宮寺の別当を務めております。今は、豊国神社の儀式を残そうと色々な手を打っておるところでございますが……」

梵舜は、はたと顔を上げた。

「——どうぞこちらへ」

袈裟を揺らし、身を翻《ひるがえ》した梵舜は、鍍金《ときん》の剝げかかって銀色の地金を晒している錠を外し、境内へと続く門をゆっくりと開いた。

梵舜に誘われるまま、豊国神社の境内、そして社殿へ入った。外の荒廃ぶりから中の様子を想像していたものの、社殿の中は掃き清められており、床には埃《ほこり》一つ落ちていなかった。梵舜が奥の祭壇の前に腰を下ろすと、又兵衛たちもその後ろに続いた。鏡が置かれた祭壇の前で祝詞《のりと》を唱え、真榊を奉納する。太閤秀吉の儀礼とは思えぬほど質素なものだった。

「さて、内膳様、お約束のものをお見せしましょう」

梵舜は、部屋の脇に置かれていた一畳ほどの大きさの桐箱を指した。立ち上がった梵舜がゆっくりとその桐箱を開くと、中には屏風が収められていた。恭しい手つきで取り出すと、普通は二人がかりで開く六曲一双の屏風を又兵衛の眼前で広げた。

覗き込んだ瞬間、色の洪水が又兵衛を飲み込んだ。

描かれている画題は、豊国神社の境内で行なわれている奉納能、方広寺の寺前で開かれている風流踊りだ。狩野内膳の落款《らっかん》がある。間違いない。途中で又兵衛が外された、豊国神社の祭礼図だ。

金雲たなびく阿弥陀ヶ峰、そして京洛の中に立つ豊国神社と方広寺に集う人々を描き出したこの祭礼図は、狩野絵師でも相当の実力者にしか許されない洛中洛外図の亜種だ。それを手掛けた自負があろうというのに、内膳は、冷めた目をして屏風を見遣っていた。

気に食わぬ作品？　いや、筆運びにも力が漲《みなぎ》っているし、居並ぶ人物像はどれをとっても粗略にはしていない。かつて又兵衛が線画を描いた部分もすべて内膳らしい筆遣いで上書きされている。そもそも、奉納に伴い開帳された際には大評判を得た屏風だ。

内膳はふらりと立ち上がると、方広寺と庶民の風流踊りが描かれている左隻の前に立った。

又兵衛は左隻中央に目をやった。そこは、内膳工房から追い出されるきっかけにもなった因縁の箇所だけに、すぐに見つかった。

方広寺前に設置された桟敷席の前に緋毛氈《ひもうせん》を敷いて座る尼。尼は実際の姿よりも皺の深い醜悪な老人として描かれている。

「この屛風は片桐東市正《かたぎりひがしのいちのかみ》殿からのご依頼であったが、実のところ淀《よど》殿のご意向が働いておったらしい」

突如出た二人の名前に、又兵衛は驚愕を隠せずにいた。

片桐東市正——且元《かつもと》は、豊臣家の家宰のような地位にあったお人で、摂関家の家格を持つ大大名である豊臣家を支えるため、東奔西走していた。確か、徳川との取次を務めていたが、大戦の直前、内通が疑われ大坂城を放逐されたと聞いている。そして淀殿といえば、太閤殿下の側室であり、秀頼様の実母として大坂城に君臨していたお人だ。

それほどのお人から仕事を請けておられたのか——。

内膳は驕ることなく、淡々と目の前の絵を眺め、やがて、画面に描かれていた老いた尼を指した。

「この尼は、太閤殿下の正室、北政所《きたのまんどころ》様ぞ。この屛風を描く際、一つだけ指示があった。北政所様を老尼として描き、桟敷席には置かぬように、とな」

北政所を殊更に老人として描き出し、桟敷席から追い出すその意味を考えた。答えは一つだった。

「お亡くなりになられた今、もはや、淀殿のお考えは分からぬ。だが、想像はできような。北政所様は正室のお立場ながら徳川家と懇意になさっておられた。一方、太閤殿下のお子様をお産みになられた淀殿が、北政所様のことを疎ましく思し召されたとしたら……話の平仄《ひょうそく》が合いはせぬか」

徳川にすり寄る正室に絵の上で老醜のかたちを与える。

そこに、淀殿の悪意があったとしたら。

「これはもはや何の証もない話ぞ。真相を知る者の多くはあの世におられるし、そもそもわしの問いなど届かぬ、雲の上の話よ」

内膳は目を細め、老尼の姿を憎々し気に見遣った。

「わしは、己の絵を残したかったのだ。聚楽第に描いた絵のように、破却されたくなかった。だからこそ権勢に尻尾《しっぽ》を振り絵を描いた。神社に奉納される絵ならば、百年の後にも残ると考えてな」

又兵衛は、打ち壊される聚楽第を前に肩を落とす内膳の姿を思い出していた。

だが、解せない。本懐を果たしたはずの今の内膳も懊悩の中に身を沈めている。

内膳は、力なく笑った。

「残ることが患いになろうとは思わなんだのだ。知っておるか、山楽殿のこと」

又兵衛は頷いた。

狩野山楽は永徳の養子だが、絵師となってからも武士として豊臣家に出仕していた。その経歴を徳川家に睨まれて謹慎中で、さる公卿が助命嘆願のために動き回っているらしいが、果たしてどうなるものか予断を許さない。

「わしにも、何らかの障りは出てこよう。残念ながら、わしには山楽殿のような後ろ盾はない。

否、先の大戦で、この天地から消えてしもうた」

気休めは言えなかった。

又兵衛も似た話を耳にしている。

本阿弥光悦《ほんあみこうえつ》という刀の研ぎ師がいる。刀の研ぎや鑑定だけではなく、茶道具や絵、書にも通じた数寄《すき》の長者であるという。だが、この人物も豊臣と縁深かったことを理由に徳川に睨まれ、京の外れの鷹峯《たかがみね》に所領を与えられて移された。体《てい》のいい追放だ。あの光悦殿が――。京雀たちは噂をする度、新たな天下人の圧を頭上に感じ、首をすくめた。

「又兵衛よ、絵は、難しいな。心を込めても伝わらぬ。それどころか、絵師が込めてもおらぬ思いばかりが取り沙汰される」

奥にいた梵舜が戻ってきた。その手には鉈《なた》が握られている。どうするつもりか訝しんでいると、やがてその鉈を内膳に差し出した。

しばし、その刃先を眺めていた内膳だったが、小さく首を振った。

「梵舜殿、申し訳ございませぬ。やはり、心変わりしてしまいました」

「左様ですか」

ならば、この絵は死蔵いたしましょう。そう述べた梵舜の声は、どこか温かな響きがした。

梵舜が奥に消えてから、内膳は己の描いた屏風を見上げた。

「今日ここへ来たのは、この絵を破却するためであった。さすれば、あるいは追及をかわせるかもしれぬとな。だが、実際に目の前にして見ると、どうしても壊すことなどできぬ。この絵は、わしの至った頂ぞ。壊せるわけなど、ありはしなかったのだ」

そう言ったきり、内膳は物言わぬ地蔵のようにむっつりと黙りこくった。

梵舜たちと共に豊国神社を出た又兵衛は、肩を落として歩く内膳に声をかけることができずにいた。梵舜とは方広寺の近くで、内膳とは洛中の曲がり角で別れた。

「また、逢えるとよいな」

まるで重い荷を背負うような姿で歩いてゆく内膳の背中を眺めつつ、ふと内膳が「打ち明けねばならぬことがある」と言っていたことを思い出した。

何のことだったのだろうかと疑問を抱いたものの、すでに内膳はいない。又兵衛は心中に浮かんだ疑問を飲み込んで、二条油小路に向けて踵《きびす》を返した。


それからしばらくして、又兵衛のもとに大仕事が舞い込んだ。

お久しゅうございますな。又兵衛屋敷の客間で頭を下げた僧形《そうぎょう》の男は、愁いを秘めた顔をゆっくりと上げた。結城秀康に仕えていた僧、心願だった。

しばしの世間話の後、心願は声を潜め、顔を又兵衛に近づけた。

「又兵衛殿に、お願いしたい仕事がありまする。されど、この仕事、受けるにしても受けざるにしても、他言無用に願います」

きな臭いものを感じながら頷いた又兵衛の前で、心願はなおも続けた。

「豊国神社の祭礼の様子を六曲一双の屛風に仕立てていただきとうございます」

面食らった。松平忠直は徳川家の人間、それも先の大坂の陣の際には敵将真田《さなだ》信繁《のぶしげ》を討ち取る大功を上げた。豊臣を自らの手で滅ぼしたといっても過言ではない人物が、なぜ豊臣秀吉を祀る神社の祭礼図など所望するのか。

目の前の心願は、又兵衛の内心の反応も織り込み済みなのか、表情一つ変えなかった。

「これが何を意味するのか、又兵衛殿ならばお判りでしょう。されど、曲げて、この仕事をお願いいたしたく……。無論、礼は弾みまする。それに、その屏風はあくまで我が殿が自らの部屋において愛でるもの、絶対に外には出しませぬ」

恐ろしくもあったが、己の腕が求められていることがくすぐったかった。それに――。かつて生写《いきうつし》までしながら、結局最後まで描くことができなかった豊国祭礼図に挑む誘惑に抗うことができず、結局受けることにした。

それから少しして、又兵衛は笹屋に呼ばれ、屋敷に顔を出した。

笹屋は屋敷の裏庭に面した縁側にいた。白い寝間着姿で、顔色も優れず、目の下には隈ができている。見れば、影差す奥の八畳間には夜具が敷かれ、その枕元には湯呑の乗った盆が置いたままになっていた。縁側に碁盤を持ち出し、赤松生い茂る庭を眺めながら時折思い出したように石を打つ笹屋に声をかけると、のろのろと又兵衛に首を向けた。

「おお、又兵衛か。よう来た」

笹屋は碁盤を脇にのけた。自嘲めいた笑みを浮かべた。

碁をやらぬのですか、と水を向けると、笹屋は力なく首を振った。

「負けの見える対局などつまらぬよ」

背を丸め、盤面を見下ろした笹屋は小さくため息をついた。

「お前はもう強いからのう。――いや、わしが弱くなったのかの。こらえ性がのうなってしもうたな。だとすれば――もういかぬ」

笹屋は己の手を見つめていた。初めて会った頃には肉付きのよい、働き盛りの手だった。だが今は節くれ立ち、皮膚の水気が失せ、弱々しい血管が浮いている、老人のそれに変じていた。

「頃合いだの。隠居をしようと思う」

笹屋は白石を拾い上げ片付け始めた。音を立ててあるべきところに納まっていく白石を眺めつつ、笹屋は続けた。

「ずっと前から考えておったのだ。まだできる、まだできるとずるずる未練を引きずっておるうちに今に至ってしもうたが、豊臣様がおられぬようになったのが区切りにも思えてきてな。幸い、子も仕事を覚えてきた。豊臣から徳川に移り変わる天下のうねりも乗り切った。もうわしがおらぬでも困りはすまい」

数えるように石を碁笥に落とす姿に、又兵衛は笹屋の逡巡《しゅんじゅん》を感じ取った。だが、慰めを求めているわけではないことも、長い付き合いゆえに悟っていた。この老人は、自らの心中にわだかまる未練を振り払うために、戦っている。

「のう、又兵衛、忙しいのは分かっておる。が、頼まれてくれぬか。わしのために、絵を描いてくれぬだろうか。洛中洛外図が欲しいのだ」

又兵衛は思わず笹屋の顔を覗き込んでしまった。笹屋はこれまで又兵衛の絵を所望したことは一度としてなかった。なのになぜ。何より、笹屋が弱気になっている姿など、これまで見たことがなかった。

笹屋は碁盤を見遣ったまま、ぽつぽつと口を開いた。

「わしはずっと、京の町を自分なりに作ってきた。粗末な板葺きの小屋を潰し、桟瓦《さんがわら》葺きの大屋敷を建て、辻には見世を造って店子《たなこ》を呼び、小さいながらも人の暮らす家々も作った。それなりの富も積み上げたが、これから、わしの作った町は、徳川の手によって全く違うものへと作り替えられてしまうのだろう。わしの死後、笹屋の名など長くは残るまい。三代保つか、それとも五代保つか。笹屋など、百年の後には風に吹き消えてしまうだろうよ。だからこそ、ほんの少しでもいい。豆粒のようでもいい。京の洛中に笹屋という商家があり、そこでわしが在った証を残したいのだ」

笹屋の手にはもう石は残っていないらしい。笹屋は碁笥を見下ろし、輪郭のはっきりした言葉を口にした。

「洛中洛外図。将軍や大名しか持つことの許されぬ道具を持ってみたい。かつて狩野松栄殿に所望したが断られた。今こそ、天下を見渡す図を我が手にしたいのだ」

笹屋の依頼は急ぎではないという。又兵衛はこの仕事も受けることにした。

次の日から、又兵衛は京の町に出て、生写に努めた。

又兵衛は、町にいる人々にこそ気を払った。そうした人々は自分も含め、民の一語でひとくくりにされ、時と共に忘却の海に沈んでゆく。豪勢な墓を建てたとて、無縁仏となれば墓石は打ち捨てられてしまう、そうした儚い人々の姿をこそ、又兵衛は画帳の上に描き込んだ。重そうな荷物を背負い歩く少女、町で喧嘩に興じる若者たち、菰《こも》で身を隠すようにして道の端を歩く乞食、綺麗な服を纏い颯爽と道を行く女、大小を手挟んで街を闊歩《かっぽ》する武士、そして、ほっかむりをして男の手を引く遊女。そのすべてにこれまでの人生の軌跡があり、今の営みがあるという当たり前のことを思いつつ。町絵師駆け出しの頃、町の人々の似絵を描いていたのも役に立った。色々な人生があると知ることができたのは、あの仕事のおかげだったろう。

ある日、六条三筋町へと足を向けた。秀吉肝入りの遊里二条柳町は二条城造営に伴い移転を余儀なくされ、この地に遊里が形成された。欄干付きの二階建ての建物が続く町並みは、今はもうない二条柳町遊里の姿を思い起こさせる。懐かしさに襲われて、又兵衛は裏路地に入った。

しばらく歩くと、あの日と同じ音曲が又兵衛の耳朶を撫でた。三味線特有の刹那の響き、そして男の嫋々《じょうじょう》たる声だ。

やまなかの　しゆくをハ　なみたとともに　たゝせたまひて
又おくは　奥州さとうかたちへ　つかせたまふか

断りもせずに戸を押して庭の中に足を踏み入れた。

遊女屋の子供なのだろう、粗末なぼろを着た小さな子供たちが、縁側に腰かけて三味線を抱くように持つ若い男の周りに屯《たむろ》している。鼠色の着流しに細帯姿の男は、三味線をかき鳴らしながら、母親を盗賊に殺された息子の怒りを語っていた。

やがて、又兵衛に気づいた男が三味線を弾く手を止めた。

男は眉を顰め、子供たちも怪しいものを見る目で又兵衛を睨んでいる。

怪しい者ではないと口に出そうとしたが、こういう時に限って吃が悪さをする。唾が粘っこくなって喉に張り付くような感触とともに、言いたいことがあるのに喉から出てこない嫌な感触がまた現れる。脂汗を掻いて、何も言えずにその場に立っているばかりの又兵衛の手から、画帳がずり落ちた。

画帳は地面に落ちるとひとりでにめくれ、武士の絵が描いてあるところで止まった。

それを見た子供の一人が、怪訝な表情を改めて画帳に駆け寄った。

「すごい。おじちゃん、絵師なんか」

純真な目に晒され、又兵衛は頷き返すので精いっぱいだった。

子供たちにせがまれるまま、絵を描かされた。ある子供は似顔絵を描いてほしいと言い、またある者は格好のいい傾奇者《かぶきもの》を描いてくれとねだってきた。本来絵師は金を貰って絵を描くべきだが、三味線を持った男の怪訝な視線はなおも又兵衛を刺し貫いている。誤解が解けるなら安いものと考え直し、子供の依頼に応え続けた。

その場にいた子供たちがようやく満足し又兵衛から離れたところで、三味線の男が又兵衛に話しかけてきた。

「ふうん、絵師ってのは嘘じゃないみたいだ。なんでこんなところに来たんだい。遊女屋の裏手に回り込むなんて、いい趣味じゃないな」

軽口に棘を潜ませている。何も答えぬわけにはいかず、震える声を発した。

「や――、ややや、『山中常盤』が聞こえたから」

普段よりも強く吃が出たのは、男の話しぶりがやや伝法だからだろうか。

男は少し態度を改めた。

「浄瑠璃、詳しいのかい」

又兵衛は首を振った。そして、ずっと前に、二条柳町の遊女屋の裏庭で『山中常盤』を耳にしたことがあるのだと説明すると、目の前の男は顰めていた眉をようやく開いた。

「ああ、お蝶姐さんのことか。ってことはあんたは――」

確かそんな名前だった気がする。頷くと、男はからりと答えた。

「お蝶姐さんはずっと前に死んじまったよ。あの人は体が弱かったから。でも、あの人に聞かされた『山中常盤』は今でも耳に残ってる。あの人の三味線は少しずつ体に沁み込んできて、心を鷲摑みにするんだ。あれで丈夫だったら、今頃どこかで三味線を弾いて暮らしていたんじゃないかね。遊女に三味線を教えたりしてさ」

又兵衛は思わず自分の手を見た。あの頃より節くれ立ち、小皺に顔料がこびりついている手が、過ごしてきた日々を何よりも雄弁に語っていた。

もう一度『山中常盤』を弾いてほしいと所望すると、男は悪戯《いたずら》っぽく言った。

「じゃあ、おひねりをもらおうかね」

財布を出そうとして、男に笑われた。

「冗談だよ。あんたには借りがあるから」

借り？　何のことだろうかと訝しむ間にも男は縁側に座り直し、三味線を奏で始めた。

『山中常盤』の物語が又兵衛の眼前に立ち上った。

山中の宿に泊まった常盤とお付きの者が、盗賊たちに襲われ殺される。そしてたまたま同じ宿にやってきた牛若丸が常盤の霊の啓示を受け、盗賊たちを返り討ちにして復讐を果たす。昔耳にしたのとまったく同じ物語が繰り返される。いくら違うなりゆきを願っても、常盤御前は殺され、牛若丸は母の無念のために何度でも血刀を振るう。それはまるで、無限の輪廻を見ているようだった。

明らかに、巧い。記憶の中のお蝶よりも。

だが、技量の違いだけではない。又兵衛は心中に浮かび上がる感興の違いを感じ取っていた。同じ演目の浄瑠璃を前にしているはずなのに。

己の疑問をぶつけると、男はからりと笑った。

「当たり前のことだよ。よく考えな。浄瑠璃の詞章《ししょう》は、演者だって味わうものなんだ。演者によって感じ取るところが違うから、力の入れる場所に違いが出る」

ししょう、という耳慣れない言葉を口の端で弄《もてあそ》んでいると、男は補足した。

「浄瑠璃の語りのことだよ」

又兵衛は絵詞《えことば》という言葉を知っていた。それとどう違うのか聞くと、男は短く笑った。

「絵詞ってのは、絵巻物に付される物語のことだろう。意味が違う」

話の腰が折れちまった。そう言い、男はなおも続けた。

「お蝶姐さんは戦で親が殺されて、遊女屋に流れてきたんだと。だからこそ、あの人の『山中常盤』は、賊どもの惨殺の場が白眉だった。きっと姐さんも、そして姐さんの『山中常盤』を愉しみにしていた子供も、皆、牛若丸になったつもりで聞いていたのさ」

なぜそこまでお蝶のことを――。又兵衛の思いを見越してか、男はこう続けた。

「俺は二条柳町の生まれで、お蝶姐さんの浄瑠璃を子守唄に育ったようなもんなんだ。今は浄瑠璃師の処に養子に出されて、暇ができればこうして廓《くるわ》の子供たちに浄瑠璃を聞かせに来ているんだけどな」

ともかく――。男は三味線を鳴らし、続けた。

「あんたが『山中常盤』を聴いたのもずいぶん昔の話なんだろ。だとすれば、同じものを聴いたって感じ方が変わるのは当たり前じゃないか」

最初に『山中常盤』を耳にした頃、又兵衛は一人で生きていた。今は違う。妻であるお徳があり、子供もできた。そのことが、己の受け取り方にも影響を与えているのだろうか。

「意味するところがどんどん移ろうてゆく。それを楽しむのが浄瑠璃なんだ」

絵は、良くも悪くも実体を浮かび上がらせてしまう。例えば、浄瑠璃においては「美しい」の一語で表現される常盤に、明確な姿かたちを与えることになる。これまで考えもしなかった絵の性質を指摘されたような思いがした。

良い気づきを得た。礼を言って踵を返そうとすると、男に呼び止められた。

「河原の小屋でうちの一座が浄瑠璃を掛けているよ。ちっとでも興味があるなら聴きにきておくれよ。あんたには安く見せてやるよ」

なぜそこまで？　聞くと、男は苦笑いを浮かべた。

「なんだ。覚えてないのか。子供の頃、お蝶さんの『山中常盤』を聴いたあんたに、牛若丸の絵を貰ったんだ、二条柳町で。あんたの絵に引っ張られたせいで、未だに俺の牛若丸は、あんたの絵で動いてる」

そんなこともあったろうか。曖昧に頷いた後、訪問を約して、今度こそ廓を後にした。

次の日、しばし休ませていた外弟子を屋敷の大広間に呼び集め、笹屋のための屏風づくりを始めた。

この仕事で稼ぐつもりはない。又兵衛は哲を通じてそう説明した。これまで世話になった人のために、精いっぱい良いものを作りたい。だから、お前たちもそのつもりで協力してほしい、と。

哲に命じ、弟子をそれぞれの工程に割り振った後、小下図《こしたず》を描いた。画面のおおむねの配置を決めるためだ。

考えがあった。栄えゆく徳川と消えゆく豊臣の共存する、混沌にして今あるがままの京を描き出そうと。そのため、右隻の主題は豊臣の象徴であった方広寺大仏殿に充て、左隻の主題は徳川の牙城たる二条城とし、主題の邪魔をしないよう、京の町並みを配してゆくことにした。

洛中洛外図の難しさは配置にはなく、大下図《おおしたず》の作業量が天井知らずになるところにある。それに、又兵衛は別の意味での困難を感じ取っていた。町を描くということは、町を生きる一人一人から人生という名の物語を拾い上げ、紙に写し取ることだった。描こうとしている人がどう生きてきて、今、どうしてここにいるのか——。膨大な物語に向き合ううちに吐き気を覚えて頭を抱えたのは一度や二度ではなかった。だが、時に厠《かわや》に走り、眩暈《めまい》で身をよじらせながらも、又兵衛は祈るように筆を執った。

長い時をかけ、大下図も完成した。

あとは弟子になぞらせればよいと考えていたが、弟子の筆はとても本画を任せる域に至らなかった。もちろん、すべてを自らの手で描き入れることはできない。結局、主題となる方広寺大仏殿、二条城周りのことや、気になる人物像は又兵衛が描くことにし、残りは哲をはじめとする弟子たちに任せることとした。おかげで屏風は又兵衛風の、豊かな頰に長い顎の人物像で溢れた。

線画を終えた絵を、今度は彩色や金箔押しをする弟子たちに手渡す。ここでも哲を通じて弟子たちに指示を出す。あの顔料を買ってこい、この色を使え、ここはこの色とこの色で濃淡をつけよ……。中には、弟子の線画が気に食わず、彩色の際に直した例もある。

又兵衛の仕事はこの洛中洛外図だけではない。町方の絵屋の下請け仕事や、伝手《つて》をたどって入ってきた仕事もある。大仕事が入ったからといってなおざりにすることはできなかった。

あくせくと筆を動かす日々の中、又兵衛のもとに、ある人物からの遣いがやってきた。

又兵衛が戸を開くと、その人物は八畳ほどの明るい部屋の中、夜着を膝の上に掛けたまま、寝間着姿の薄い体を起こしていた。すっかり頬がこけ、顔から血の気が失せているというのに、なおもこの人は粉本《ふんぽん》を眺め、顎に手をやって思案しているらしかった。ややあって、その男は又兵衛のやってきたのに気づいたのか、こちらに向いた。

「よう来たな、又兵衛」

そう話しかけてきたのは、内膳だった。

遣いは、内膳からのものだった。

やってきた内膳の弟子は、又兵衛に文を投げやるように押し付けた。

文には、話したいことがあるゆえ近々内膳工房へ来てくれぬか、としたためてあった。反発がないと言えば嘘になる。話があるなら向こうからやってくるべきだろうし、そもそも又兵衛は追い出されるように内膳工房を後にしている経緯もある。とはいえ、無視するわけにもいかない。かつて豊国神社で逢った際に口にしていた『打ち明けたいこと』の中身が聞けるのではないか、かすかな期待もあった。

内膳は又兵衛のなりを見るなり、力なく笑った。

「忙しいようだな」

着替える暇すら惜しく、絵を描く際に着ている麻直垂のままだった。墨や顔料の飛沫が飛び、最初は白だった直垂も洗濯を繰り返すうちに灰色に近くなっている。

「絵師の誉れだな」

密やかに口角を上げた内膳は、又兵衛に座るように促した。

又兵衛が座ると、内膳は短く息をついた。

「病んでしもうてな。医者に診《み》せたが、どうも駄目らしい。遠からず、わしは死ぬ。お前に言わねばならぬことがあって、呼んだのだ」

内膳は又兵衛の方を向いた。その顔は凪《なぎ》そのものだった。心のうねりを何一つ感じさせない。まるでのっぺらぼうを見るかのようだった。

だが、意を決したように顔を強張らせ、内膳は口を開いた。

「わしは、お前の正体をすべて知っている」

又兵衛は目を見張った。

「お前が荒木村重様とだし様の間のお子であり、そのことを隠して生きておることは、お前と出会う前から知っておったのだ」

目の前が暗くなった。

何を言われているのか飲み込めずにいた中、無理に考えを巡らす。そんなわけはない。又兵衛とて、自らの出生の秘密を知ったのは信雄の家中から離れる寸前。内膳がそれより早く又兵衛の秘密を知るはずがない。

混乱する又兵衛をよそに、内膳は目を細めた。

「お前は世知に長《た》けぬな。こうは考えぬのか。わしが狩野工房に入ったのは、お前を追ってのことだった、とな」

又兵衛が固唾《かたず》を呑む前で、内膳はゆっくりと、噛み砕くようにして言葉を重ねた。

「わしの本当の名は、池永《いけなが》内膳という。池永家は、荒木村重様配下の武家よ。荒木様の家臣の殆どは有岡城の戦で四散したが、我が池永一族の一部は村重様が有岡城を落ち延びてもなお、従ったのだ。しばらくは荒木家の復権を目指し、毛利と共に織田と戦う構えであった。だが、肝心の織田が傾いてしもうた」

そんな頃だ――。内膳はそう言った。

「村重様とだし様のお子様が乳母に匿われて京にあり、今は狩野工房におるという話が村重様のお耳に入った。村重様はことのほかお喜びになられた。妻子をことごとく織田に殺されておられたからな。そして、そのお子様を守り、いつか手元に引き取ろうとなさった。なぜ？　決まっておろうが。やがて、荒木家を再興せしめるためよ。御自らがお家を再興するにはあまりに年が行き過ぎておられた。どうしても、荒木の名を継がせる器が要ったのだ」

「つつつ、つまり、それが」

「お前であったということだ」

内膳は瞑目した。

しばしの沈黙の後、また、内膳が口を開いた。

「ここまで話せばお前にも分かろう。いつか、お前を荒木家へと引き戻すため、そして、お前が荒木家に戻った際に一の家臣としてお仕えするため、わしは狩野工房へ入り、お前に近づいたのだ」

体の震えが止まらない又兵衛の前で、内膳は痩せた指で夜着の端を強く握っていた。まるで、何かを恐れるような仕草だった。

「だが、お前の乳母が、お前を村重様にお返ししようとしなかった。又兵衛はわたしの子でございます、と言って聞かなかったそうだ。ゆえに、村重様より、わしに命が下った。乳母を殺せとな」

息が止まった。

「あの日、狩野工房の遣いと偽って訪ねた。村重様の遣いとよく喧嘩をしていたと聞いていたから心配だったが、お前がわしの話をしてくれていたようだな。お前の乳母は何も疑うことなくわしを出迎えてくれた。確か、お前が初級の粉本の免状を得たと空言をでっち上げたのだったかな。乳母は喜んでいたよ。そして、お祝いと称して持参した饅頭《まんじゅう》を食べさせた。又兵衛は今頃狩野工房で食べているはず、と促してな。もちろん、その饅頭の中に毒を盛ったのだ」

内膳は己の右手に目を落とした。

「饅頭を食わなんだら甕《かめ》に毒を放り込むつもりだった。理由をつけてお前を工房に足止めしておけば、勝手にあの乳母が死ぬと考えたのだ。ま、口にしてくれたから、その心配は無用であったが、乳母を信用させるために持ってきた免状を持ち帰ることができなかったのは失敗であった。あの乳母、最後まで手放さなかったのだ」

お葉は死の際、偽物の免状を抱いていた。血を吐き意識が薄れていたであろうお葉は、又兵衛の名が付された免状を手に何を思っていただろう。

又兵衛は首を振って、口から血を流し、免状を抱き締める母の姿を脳裏から追いやった。

「だ――、だとしたら、ななな、なぜわしは村重のところに連れてゆかれなかった」

吃りながら、又兵衛は叫んだ。

又兵衛を渡すことを拒んだ乳母はいなくなった。なのに、その後、誰も又兵衛を迎えに来なかった。筋が通らない。

淀みなく、内膳は口を開いた。

「わしが毒を盛って乳母を殺した、丁度その頃ぞ。村重様がお亡くなりになられたのは。結局それで、荒木家の再興は潰《つい》えたのだ。再興しようにも、ずっと野にあった遺児をそのまま旗頭に据えるわけにはいかぬ。村重様の後見が絶対の条件であったのだ。それに、荒木家の再興は、村重様最後の道楽であったゆえ、その死後、わずかに残っていた家臣たちも、再興の遺志を継ぐことなく、散り散りになった。そしてわしは路頭に迷うた親に棄てられ、絵師の道だけが残された」

すらすらと飛び出す言葉は、何よりもその言葉が真実であることを雄弁に示していた。

だがなおも、又兵衛は食い下がった。

「でで、ではどうして、最初からわしに身分を、あああ、明かさなかったのです」

「お前と初めて会った時分では、荒木家の遺児がどのように扱われるか、まだ分からなかったのだ。お葉もお前に素性を話さなかったのだろう？　わしがお前に素性を明かさなかったのは、織田に察知されたくなかったからよ」

「でで、では、わしが常真（信雄）様に仕えることになったのは――」

「偶然ではない。村重様と常真様はかねてより茶の友であられた。村重様がご健在なりし頃、わしも常真様と知己を得ておってな。それで、お前を推挙した。ゆくゆくは、常真様の後ろ盾の許、荒木家を再興すればよいと考えておったのだ」

到底、信じられはしなかった。

だが、矛盾はない。

疑問が次々に氷解していく。

なぜ狩野工房時代、又兵衛に目をかけてくれたのか。なぜ、お葉の死後も変わらず見守ってくれたのか。そしてなぜ、浪人した又兵衛を自らの工房に迎え入れてくれたのか。すべては、旧主の遺児だったからだとしたら。

「ななな、なぜ、殺したのです」

内膳は瞑目した。

「主命ゆえ、そして、我が一族、池永家のためだ」

「そそそ、そんなことのために、かか様は……」

「そんなこと。ああそうだな。だが、あの頃のわしにとっては、池永家、ひいては荒木家の弥栄《いやさか》こそがすべてだったのだ」

「ななな、なぜ、今まで、すべてを黙っておられたのですか」

口を強く結んだ内膳は、諦めたように、ぽつぽつと答えた。

「もし話すことになれば、わしはすべてを告白せねばならなかった。お葉を殺したことも含めて、な。主命で手を染めたこと。何ら悔いることはない。だが——。お前と培った日々を、失いたく、なかったのだ」

全身の血が逆流したかのような熱が走った。

思わず又兵衛は夜着ににじり寄り、内膳の衿を両手で取った。これほどに弱った男一人、いくらでも縊《くく》り殺すことができる。だが、又兵衛の脳裏には次々と内膳との思い出が浮かんでは泡のように弾けた。兄のように慕い、画業を追いかけてきた。城で内膳の絵を見れば、我が事のように誇らしかった。これまでの日々を嘘にしたくなかった。動いた手を知らず知らず押し留めたものは、長い間共にあるうちに形作られた、時の軛《くびき》によるものだった。

内膳は天井を見上げた。

「殺してくれ、又兵衛。お前の手にかかるなら本望ぞ。お前にはそうする資格がある。それに言うたであろう、わしはほどなく死ぬ。徳川から召喚の命令が来ておる。無事では済むまいよ。わしを殺すのは病ではなく徳川やもしれぬ。——だから、いつ死んでも、わしは構わぬのだ。ならば、お前に——、いや、主君筋であるあなた様に手討ちにされるが、もっとも武家らしく死ねるというもの」

又兵衛の手が、衿から離れた。

「出来損ないの家臣に、罰を下してくれぬのか」

今までで一番痛ましい表情を浮かべる内膳に、又兵衛は頷き返した。

「だだだ、だって、わしは、岩佐又兵衛で、ございます」

「荒木の殿様ではない、か。道理だ」

内膳は、何故かほっとしたような表情を浮かべた。

告白から半月余りの後、内膳の死の知らせが方々から飛び込んできた。誰に聞いても死の原因ははっきりしなかった。病んで畳の上で死んだのか、徳川の手にかかり首を刎《は》ねられたのか、それとも心労の挙句に自らを裁いたのか、あるいは他の原因で死んだのか、結局又兵衛には分からずじまいだった。

又兵衛は弔いに行かなかった。その資格はないというもう一人の己の声に打ち克つことができなかった。

葬式の行なわれた日、又兵衛は自宅の縁側から今にも雨が降りそうな空を見上げ、あの時、内膳を縊り殺さなかったのは、内膳にとっては救いだったのだろうか、それとも、と問いを発した。だが、灰色の雲は答えを示すこともなく、空に垂れこめるばかりだった。

又兵衛は弟子数名を引き連れて笹屋を訪ねた。

「おお、待っておった」

弟子たちに屏風を用意させた又兵衛は、寝間着姿で寝具に身を横たえる笹屋に肩を貸そうとした。

だが、笹屋は強い言葉で断った。

「そこまでされるほど、老いてはおらぬ」

枕元にあった杖を床に突き、肩や腕を震わせながら、ようやくの体で立ち上がった笹屋は、萎《な》えた足で廊下を進み、自らの足で部屋へと至った。

部屋には約束通りの六曲一双が既に立ててある。それ以外のことは特に指示もなかった。きっと、絵師の創意工夫に任せたいのだろうと斟酌して、自ら思うままに描いた。

金箔押しの洛中洛外図を見るなり、おお、おお、と笹屋は声を上げ、ふらふらと絵の前に近づいていった。

「京の町じゃ。おお、おお。見慣れた人もおる。あれは長屋の連中か、ああ、あれは二条城に出仕しておるお武家様ではないか」

この屏風の人物の中には、笹屋の顔見知りもたくさん潜ませている。それだけではない。黒木十郎兵衛、お葉、そして己までもいる。この絵はあくまで笹屋とその周囲の人間が楽しむものゆえ、今、京にいる人々を描き込まんと努めた。

浄瑠璃の小屋の姿も描き入れている。もっとも、六条三筋町の遊里で出会ったあの若者には結局会えずじまいだったが、約束通り格安で小屋に入ることができた。そこで披露されていたのは繰り浄瑠璃で、牛若丸の人形の大立ち回りや、敵方人形の首や手足が飛ぶ度、客たちは喝采の声を上げていた。

しばらく二条城近辺を描いた左隻を舐めるように眺めていた笹屋は、あるところで動きを止め、目を細めた。

町人屋敷のある一角、丁度左隻の中央に大きな屋敷が描かれている。表では見世の者たちが何かを商っている様子が見え、毛槍を携えた奴たちが表通りを行き交っている。そんな屋敷の裏手、笹や松の生い茂る庭に面した縁側に白い着物姿の老人が座り、日向ぼっこをしている。

「これはわしかね」

頷いただけで答えに代えた。

「うんうん、わしがおる。ああ、わしがおる」

何度も頷きながら、笹屋は右隻へと向かった。

「面白いな、この絵は。あっちゃこっちゃでことが起こっておる」

又兵衛がこの洛中洛外図でやったのはまさにそれだった。

能舞台が開かれる寺社や、公達《きんだち》を迎える二条城、神輿《みこし》を担ぐ人々でごった返している方広寺の一角とまったく同じく、他の人々の人生も扱った。喧嘩をする傾奇者たち、稚児の手を引く僧侶、暴れ馬に驚き渋滞する辻の人々、洗濯する女たち、塗り物を買う武士、見世の中で商いをする者たち、水浴びをする男たち、道端で風流踊りをする若者たち、橋の上で乱舞する人々の横で升を掲げる物乞い。そのすべてに等しい煌めきがある。そんなつもりで描いた。

「この絵は、皆が生きているな。いや、又兵衛、礼を言う。こんないい絵を描いてもらえるとは思ってもみなかった」

目尻に光るものを指で弾いた笹屋は、そういえば、と口にした。

「なんでも、お前は母と血が繋がっておらなんだらしいな」

思わず笹屋を見た。すると、笹屋は苦々しい笑みを浮かべた。

「ああ、お葉さんがそう言っておったよ。又兵衛は仔細あってお預りしている子供だ、となお葉さんからも武家の匂いがしておったから、何か事情があるのだろうと気づいておったよ。それにお前たちは本願寺の預かり人、厄介な事情持ちなのは当然よ」

笹屋は腕を組んだ。

「お葉さんには子があったらしい。生まれてすぐ、流行り病で死んだそうだ。生きておれば、又兵衛の六歳年上であったという。真偽は分からぬが……。お葉さんはきっと、お前のことを実の子のように想うておったのだろう。実の親子という嘘の中に生きていたかったのだろうな」

「ううう、嘘」

「そう、嘘よ。お葉さんはその嘘の中に身を置こうとしたのだ」

「ななな、なぜ、はは、母はそんなことを」

「それはお前にも分かるだろう。心地のよい嘘であったからだ」

確かに、お葉と過ごした日々は穏やかで健やかな日々だった。温かな家を思い起こす時、いつだって又兵衛が立ち戻るのは、お葉と過ごした貧乏暮らしだった。

「それが悪いとは思わぬ。現《うつつ》よりよほど麗しい嘘もある。そして、現よりも守りたかった嘘もあろうよ」

笹屋は洛中洛外図の中にいる自身の姿に目を向けた。これだけ大きな京の町の中で特別に筆を割かれている己の似姿もまた、嘘の産物であると達観しているかのような顔をしている。

「これからも辛いことはあるだろう。だが、その時には、お葉さんの嘘に浸るがよかろう。わしもまた、憂いの日にはお前の描いてくれた嘘に浸るとするでな」

又兵衛は天井を見上げた。そうしなければ、涙が零《こぼ》れそうだった。


笹屋の大仕事を終え、忠直からの仕事を残すばかりとなった。

そんな時分、心願が又兵衛を訪ねてやってきた。

てっきり絵の催促だと早合点し、廊下を歩きながら、小下図を描き始めたところゆえ、完成まであと数月お時間をいただきたいという口上を又兵衛は何度も頭の中で繰り返していた。だが、客間に座っていた心願は、予想もしなかったことを口にした。

「又兵衛殿。我が殿が、貴殿を越前に招きたいと仰せでございます」

下手に出ているようで、心願の言葉には妙な迫力があった。

話を促した。詳しいことはあまり説明してくれなかった。ただ、

「又兵衛殿なら、越前の危難を救ってくださるやもしれませぬ」

と、苦々しく、要領のつかめぬことを言った。

越前では御用絵師として又兵衛を迎える用意があるらしく、そのために二百石もの禄を用意してくれるともいう。御用絵師は雙六《すごろく》の上がりも同然、提示された条件も破格の待遇だ。

解《げ》せぬものはあったが、大仕事を終えた又兵衛には、断る理由も残されてはいなかった。

京の町は少しずつ太平の微睡《まどろ》みに落ち、天下の軸足も少しずつ上方から離れつつある。このまま京にいるより、どこかに新天地を求めた方が得策かもしれぬ、そんな気もした。

内膳の告白が又兵衛の心を蝕《むしば》んでいた。内膳がお菓を殺した。その事実を知らされた瞬間、どうしたわけかあれほど親しみを持って眺めていた京の町が、息苦しく思えてならなかった。

結局、心願の申し出を受けた。

京に工房を残したまま、お徳や子、弟子を引き連れ、又兵衛は越前の土を踏んだ。

第五章　春告鳥

謁見の間は棘々《とげとげ》しい沈黙に満ちていた。

上、中、下段を備え、障子や襖《ふすま》も開け放たれているというのに、妙に息苦しく暗い。他の城なら大広間の襖を開くと濡れ縁となって庭を望めようが、この屋敷では濡れ縁の代わりに小さな採光窓を備えた廊下となっており、光が入ってこない。

だが、この部屋に漂う陰鬱な気配が圧迫感のある作りによるものばかりではないことにも又兵衛は気づき始めている。

中段の間の脇を占めるようにして、家中の者と思しき絹裃《かみしも》姿の侍たちが座している。家老やそれに準ずる地位の者たちなのだろうが、揃って浮かない顔をしている。謁見の間でのやり取りは儀礼ゆえ緊張感があるのは当たり前かもしれぬと考え直したものの、たかが絵師の目通りである。結局違和感がぶり返した。

やがて、上段の間の隅に座っていた近習《きんじゅう》の一人が主君の到着を告げた。

上段の間の襖が開き、近習に先導されるようにして松平忠直がやってきた。無垢の白羽織に金襴袴《ばかま》の装いがその若さを際立たせ、中段の武士たちを圧倒している。衣擦《きぬず》れの音をさせながら歩くその表情もやや硬い。かつて結城秀康の絵を描けと命じられた時の寛いだ気配はなく、重いものが圧《の》し掛かっているかのごとく肩を落としている。

中段の武士たちは頭を下げた。だが、なんとなくぎこちない。まるで災厄を恐れているふうだった。

又兵衛は深々と平伏した。

しばしそのままでいると、上段から声が届いた。

「よう来た。面を上げよ」

命に従うと、上段の忠直と目が合った。その顔は緩んでいたものの、又兵衛の顔を見て察するものがあったのか、またきりりと口を強く結んだ。

「壮健の様子、何よりである」

無言で平伏した。本来ならば、答礼を行なうべきところだった。中段からは又兵衛の非礼をたしなめる声が聞こえる。だが、上段の主君は落ち着きのある声を発した。

「お前は絵の天地に生きる者。虚礼など無用よ」

中段の武士たちの間から上がっていた声がぴたりと止み、捉えどころのない沈黙が暗い部屋に満ちた。針のような視線の行き交う中、忠直だけは涼しげにそこにある。

「それにしても、又兵衛、よくぞわしの求めに応じ北ノ庄まで来てくれた。礼を言う。越前の地は雪深い。まだ実感はなかろうが、慣れてゆくとよいぞ」

満足げにそう口にした忠直は話を変えた。

「そういえば又兵衛、あれは出来たか」

又兵衛は頷《うなず》き、手を叩いた。すると、下段の間の廊下に待たせていた哲たち高弟が、六曲一双の屏風を運び入れ、又兵衛の後ろで広げた。

「ほう」

立ち上がった忠直は中段の間に降り立ち、家臣たちを一瞥《いちべつ》もせずに又兵衛の前で足を止めると、まるで子供のような声音を発した。

「いつまでも黙っておるでない。わしはそなたの吃《ども》を嗤《わら》わぬ」

今日は、御用絵師となった又兵衛の披露目の日だ。儀礼的なやり取りだけで終わるはずだっただけに、いやな汗が頬を伝うのを感じる。

忠直は扇で掌を叩きながら、よい、と短く言った。

「この絵につき、皆の前で説明せよ」

重ねて言われてしまっては、断れるわけはない。膝行《しっこう》し、六曲一双の脇に移動した又兵衛は、意を決して口を開いた。

「こここ、これは、とととと、豊国神社の祭礼を、ええええ描いたものでございます」

謁見の間に緊張が走る。中段の間に控えている家臣の一人が立膝をつき、険しい顔をしているのが見て取れた。忠直の一瞥を受けて元のように腰を下ろしたものの、強く握っていたせいか、袴の膝の辺りに奇妙な皺が寄っていた。

喉の渇きを唾で潤し、又兵衛は続けた。

「いいい、いつぞやの大祭を描きましてございます」

中段の間がざわついた。だが、御前であるゆえかすぐに止み、元の重々しい沈黙が戻ってきた。

忠直は後ろに手を回し、六曲一双の前をそぞろ歩いた。舐めるように描かれている風景を眺め、時には大きく頷き、時には目を細めた。そして疑問があると、「これは何ぞ」と又兵衛に質した。その度に吃りながらも逐一答えると、忠直はようやく満足したのか小さく笑った。

「なるほど、よい屛風だ。豊国神社祭礼図を持ちたる大名は、最早《もはや》わしくらいのものであろうな。――む？」

忠直はあるところに目を止め、凝視した。

そこには傾奇者《かぶきもの》たちの喧嘩の場面が描かれている。色とりどりの着物を身に纏《まと》う男たちが刀や槍を手に取って、今にも相手方に斬りかからんとしている。そんな男たちの最前には、『生き過ぎたりや廿三　はちまん　ひけはとるまい』と金文字のあしらわれた鞘の大太刀を手に持ち、肩をいからせ凄むように立つ傾奇者の姿がある。

「〝生き過ぎたりや〟は分かる。確か、大鳥一兵衛なる傾奇者の言葉であろう。だが、本来は二十五のはず。それに、〝はちまん　ひけはとるまい〟とは一体」

しばし口をつぐみ、首をかしげていた忠直であったが、やがて手を打って白い歯を見せた。

「なるほど。そういうことか。〝はちまん〟は八幡神のこと、二十三といえば前右大臣殿の享年。その二つに思い至れば――」

豊臣秀吉が死の際に自らを新八幡として祀るよう遺言したこと、そして前右大臣豊臣秀頼の享年を知っていれば、たちどころに鞘に付された言葉の意味が解ける。

　この像が二十三で死んだ秀頼を示していると気づけば、周囲に配されている工夫も浮かび上がる仕組みになっている。

「この喧嘩自体が先の大坂の陣の判じ絵となっておるわけか。周りにも葵の紋やら梅鉢紋やら福島沢瀉《おもだか》やら竹に雀やら結び雁金《かりがね》やらが散らされておるわ」

　葵の紋は言わずと知れた徳川家、梅鉢紋は前田家、福島沢瀉は福島正則、竹に雀は上杉家、結び雁金は大坂方の武将であった真田信繁だ。これらの意匠の一部を喧嘩に馳せ参じようとしている傾奇者たちの衣装の文様や持ち物の中に潜ませてある。これは、『生き過ぎたりや廿三』の仕掛けに気づいた者ならば解ける、ごくごく簡単なものだ。

　とはいえ、一瞬で見破られるとは思ってもみなかった。

　又兵衛がこの趣向を描こうと決めたのは、大坂の陣を直に眺めた経験が大きい。あれほどの戦――、否、人の死を目の当たりにしてしまった。あの時に己の心中で渦巻いた思いを何らかの形で残さねばならぬという焦燥にも似た思いに駆られたものの、徳川の世に飲み込まれた京で描き残すことに差し障りを覚え、傾奇者の喧嘩と大坂の陣を重ね合わせるに留めた。

　大坂の陣を起こしたのは、忠直の祖父に当たる徳川家康だ。これを不遜だとして、手討ちにされたとしても不思議はなかった。

　だが――、この絵を描いているときの又兵衛には、確信があった。忠直は、かつて絵師の稚気を諫《いさ》めながらも許した、結城秀康公のお子だ、と。

しばし扇子《せんす》で己の掌を叩きつつ、傾奇者の喧嘩を眺めていた忠直は、白い歯を見せて笑った。

「面白き趣向よ。豊国神社の祭礼図に、豊臣の忠臣の姿を留めたわけか」

又兵衛には別の含みもあった。

扇を顎に当て、少し離れたところからもう一度六曲一双を眺め直した忠直は、やがて合点するように小さく呟《つぶや》いた。

「違うか。豊臣もあって、徳川もある。そんな、今はもうない天下の様を描いたのか」

又兵衛にとって懐かしき京とは、豊臣と徳川が共存していた姿だった。笹屋に頼まれ描いた洛中洛外図では徳川と豊臣を代表する建物を主題に選んだ。そしてこの屏風では、今はもう風前の灯火となっている豊臣の景物を主題に据えることで、今の徳川一強の世への反撥としている。

忠直は我が意を得たりとばかりに笑みを浮かべ、扇を開いた。

「礼を取らす。楽しみに待っておれ」

忠直は踵《きびす》を返し、親の仇に対するような顔で六曲一双を睨《にら》みつけている家臣たちのいる中段を颯爽と通り抜け、上段の己の席へ戻ると腰を下ろした。

「追って沙汰する。又兵衛、とりあえずは旅の疲れを癒すがよい」

又兵衛は頭を下げたものの——。

床板の木目を凝視しながら、心中では疑問が渦を巻いている。

今更のことながら、なぜ、忠直は豊国祭礼図など描かせたのだろう。そして、中段の間でとぐろを巻いている、家臣たちの怨嗟《えんさ》の出どころは奈辺にあるのだろう。

いずれにしても、型破りな御用絵師就任の目通りは、心中に引っかかりを残したまま、終わりを告げた。

北ノ庄城の北城門を出た又兵衛は、強い日差しに立ちすくみ、手で庇《ひさし》を作った。越前は雪深いと忠直は言っていたが、そんな気配をつゆも感じさせぬほど、降り注ぐ夏の日差しは強かった。行く手を見遣れば、街道沿いに並び立つ城下町や町を囲むように形成された寺町が陽炎に揺れている。ぐいと汗を拭き、又兵衛たち一行は炎天下の町へと足を踏み出した。

越前一の町である北ノ庄は、南から北に広がる扇状地の平野にあり、南西に足羽《あすわ》山、東北東に浄法寺山、鷲岳、白山といった山々を望む水の町である。曲がりくねりながらも大勢としては東西に流れる足羽川と南北を貫く北陸道が交差し、世にも珍しい半木半石の九十九《つくも》橋がかかるこの城下町では、京と比べて傾斜のきつい屋敷や小屋が軒を連ね、人々が暮らしを結んでいる。初めてこの町にやってきたときには、その清冽な風に驚かされた。海風とも山風ともつかぬ晴れやかで強い風が、陰鬱な京に慣らされていた又兵衛の心を休ませた。

新天地の風を浴びながら、なぜ己が京から離れたかったのか、その本当の理由を察した。

内膳が死んだから。それも理由の一つだ。だが、自分の宿業から逃れたかった。

堺の寺にいたのも、お葉が殺されたのも、信雄の許で近習のお役目についたのも、内膳工房に拾われたのも、すべては父、荒木村重の親の七光りだった。いや、もしかしたら、又兵衛が気づかなかっただけで、他にも父の威光の働いた場面があったかもしれない。

荒木村重の子ではなく、ただの岩佐又兵衛として、まっさらに生きてみたかった。越前行きを決めたのは、そんな決心のなせる業《わざ》だった。

眼を細めつつ、そこかしこに水路の流れる新天地を歩いていると、後ろから声がした。

「師匠、お疲れ様でございました」

振り返ると、一の弟子である哲が心配げに又兵衛を覗《のぞ》き込んでいた。又兵衛は首を振って答えに代えた。

哲には嫌な思いをさせてしまった。又兵衛の胸はなおもちくりと痛んだ。

越前にやってくる際、哲には黒田家の仕事を辞退させた。仮にも哲は越前松平家の御用絵師一の弟子となる。その者が他家の仕事に当たっては、主家への不忠を咎《とが》められかねない。又兵衛はそうした道理を説いた。最初は哲もその双眸《そうぼう》に反発を滲《にじ》ませていたものの、やがて眼の奥の炎はしぼみ、最後にはふわりと消えた。

心ならずも、仕事に横槍を入れてしまった。だからこそ、この弟子には良き仕事を任せ、名を上げてほしい。そのためにも越前での御用をしっかり果たさねば——。道すがら、又兵衛の握る手にも力がこもった。

気負いも新たに北陸道を横切り、なおも北に行ったところに寺町、そして興宗寺の大屋根が見えてくる。この寺は北ノ庄の町を守るように鎮座する名刹で、又兵衛一行の寓居兼工房として宛がわれている。南門をくぐって中に入ると、並みの寺が幾つも納まるほどに大きな本堂が又兵衛を迎えた。

工房に使わせてもらっている講堂に弟子たちを先に行かせ、しばし庭先を歩くと、袈裟姿で箒《ほうき》を掃く心願の姿を見つけた。越前でも一、二を争うほどの高僧であるというのに、庭掃除を自ら行ない、いつも気取りなく話しかけてくる。そもそも、そうした人物でなければ、又兵衛たちがこの寺に居を定めることを承知してはくれなかっただろう。

向こうも又兵衛に気づいたらしく、地面を掃く手を止めて近づいてきた。

「いかがでしたかな、首尾は」

又兵衛が目通りの様子を説明すると、心願はほっと息をついた。

「殿はお喜びでしたか。それは何よりでございます」

又兵衛は直截《ちょくせつ》に疑問を発した。あの謁見の間で覚えた違和感、そして、気詰まりな気配は何なのか、と。

心願は、なおも穏やかな笑みを浮かべたままであった。だが、ややあって、心願の口から不穏な言葉が飛び出した。

「はっきり申し上げれば、殿は、家臣団と上手くいっておりませぬ。又兵衛殿は、越前に御家騒動があったことは」

目を伏せることで答えに代えた。

結城秀康が死んで数年後、家臣団が分裂し、当主になったばかりの忠直では手の打ちようもなく、御公儀に助けを求めてようやく事態が収拾されたと聞く。徳川家康の裁断により、家老や有力家臣たちに罰が与えられたらしい。

「元々結城家は名家。自前の家臣団が居りましたところに、養子に入られた秀康様が己の家臣を引き連れてきましたゆえ、家中に火種はあり続けました。秀康様の頃は抑えが利きましたが、忠直様の代になって結城家の譜代家臣の不満が火を噴いたのです。そんな御家騒動が御公儀の介入で解決した直後、大坂の陣が起こりました」

冬の陣の時のこと、ただでさえ士気の上がらぬ中、忠直は家臣たちを束ねるべく、侍から足軽に至るまで寒さ凌ぎの酒を与えた。だが、味方に酔いが回ったところで敵襲に遭い総崩れ、世の笑い者になり、徳川家康にも叱責された。さらに、結城譜代家臣たちも世論に乗る形で、

「殿様は戦を知らぬ」

とこき下ろした。

続く夏の陣で、忠直は鬼になった。同じ轍《てつ》は踏まぬとばかりに家臣を怒鳴りつけ真正面から強敵に当たり、忠直軍は一番の犠牲を出した。真田信繁を討ち取る功績を挙げ、忠直軍は武勲第一と謳われたが、戦後の論功行賞の際、忠直に提示されたのは官位の累進のみ。家臣の働きに報いることはできなかった。

「家臣からすれば、親兄弟や一族郎党を犠牲にしてまで奉公した戦であったにも拘らず、加増はほぼありませせなんだ。皆の死は犬死であったかと嘆く家臣たちが殿への不満を溜めるのは、ある意味で当然のことであったでしょう」

さらに——。これまで、あけすけに家中の秘を語っていた心願が声を潜めた。

「殿は、かれこれ二年余り奥方様の下にお渡りになっておらぬそうで」

家臣団との不和と、忠直が正室に会いにゆかぬことに何の関係があるのかと又兵衛は訝《いぶか》しんだものの、続く心願の言葉で、ようやく得心が行った。

「殿の御正室は、将軍徳川秀忠様の娘御様でございます」

徳川宗家から輿入れした正室をないがしろにしている――。

「殿は豊臣の世を懐かしんでおられるようなことをおっしゃいます。徳川の姫を疎《うと》んじ、豊臣の世を懐かしむ。これがどれだけ危ういことか、又兵衛殿にもご理解いただけましょう」

越前松平家は現将軍の兄の家系とはいえ、傍系にすぎない。安閑とはできぬ立場だ。為政者としての手落ちがあれば減封、あるいはそれ以上の裁断がなされることとてありうる。

「又兵衛殿、貴殿をここ越前に呼んだのは他でもございませぬ。今、殿は僅かな者を除き、人を遠ざけておられます。そんな殿が、貴殿を召し抱えたいと口にされた。あるいは殿は、貴殿に救いを見ているのかもしれませぬ。又兵衛殿、あなたが頼りなのです。何卒、あのお方をお助けいただきたい」

ふと、結城秀康との会話が思い出された。息子を頼むと又兵衛に言い残した姿が――。

死者との約束ほど困ったものはない。取り消そうにも、既にその相手は墓の下にいる。

面倒な荷を背負ってしまった。

又兵衛が越前へとやってきたのは、徳川の世に倦《う》んだことがきっかけだった。だが、逃げた先にも儘ならぬ現《うつつ》が広がっている。

心願と別れた又兵衛は、工房としている講堂に向かった。

がらんと広い板敷の講堂では、留守を任せていた弟子たちが文机《ふづくえ》を並べ、あるいは床に毛氈《もうせん》を敷いて、刷毛《はけ》や筆を振るっていた。又兵衛たちが帰ってきたのに気づくと、顔を上げ、挨拶を口にした。すると、続けて入ってきた哲が野太い声を発した。

「手を止めんでよい」

弟子たちは哲の号令に従い、仕事に戻った。講堂の奥にある文机の前に座った哲は小さく頷いた。ここは任せておいてください、の謂いだろう。

又兵衛は講堂を後にし、そのすぐ近くにある部屋へと向かった。そこは南向きの書院の間で、板敷の講堂とは違い、畳敷きの八畳間となっている。

縁側からその部屋の障子を開くと、中から小さな影が飛び出してきて、又兵衛の足にまとわりついてきた。

「お父《とと》、お帰りなさい」

「かかか、帰ったぞ」

腿くらいまでしか上背がない。頭を撫《な》でてやると、その子は又兵衛を見上げてきた。丸っこい顔にまるでほおずきのように真っ赤な頰、夏の日差しのように輝く目。自分はずっと子供嫌いだと思っていた。だが、いざできてみると、日々の暮らしの光彩が強くなった。首が据わったのに喜んだり、他の子供より這い出すのが遅いのに一憂したり、初めて立った瞬間を見逃して悔しい思いをしたり、初めて発した言葉が『お母《かか》』であることに釈然とせぬ思いに駆られたりしている。

そんな日々を又兵衛に授けてくれたのは、息子の源兵衛《げんべえ》だ。

その源兵衛は又兵衛から少し離れ、何度も意味もなく飛び跳ねた。

「父上、やっとう遊びをやりましょう」

「ままま、待て。お前は――、えええええ、絵は描いたか」

「それは、そのう……」

何か言いたげにもじもじし、奥に置かれた文机をちらちらと見遣っている。隠し事のできぬ息子に微笑《ほほえ》ましいものを感じながらも、あえて厳しい声を発した。

「おおおお、お前はただの子供で――はない。えええええ、越前松平家の、ごごご、御用絵師の子であるぞ。絵が上手くならねば、まままま、まずい」

御用絵師になると決まってから、又兵衛は三歳になったばかりの源兵衛に絵を仕込もうと決めた。己の絵など一代で終わるもの、工房は哲にでも譲ればよいと考えていたが、越前松平家の禄を食《は》むとなれば家督相続に思いを致さぬわけにはいかなかった。絵の禄は絵で継がせるのが本道であると考え、実の子である源兵衛に絵の正統を伝えるべく、毎日のように我が子に模写を課し、さらに筆の遣い方や絵の具の作り方といった技芸を教えている。

頬を膨らませて不満を露わにする源兵衛を文机の前に座らせ、又兵衛の描いた雀図の模写をやらせる。だが、その線はただただ平板で、同じ色をした線が輪郭に合わせて走っているだけだった。源兵衛から筆を取り上げ、又兵衛が筆を白紙に走らせてみると、しっかり滲みや掠《かす》れ、濃淡が出る。墨の吸わせ方に問題はない。息子には既に絵筆の振るい方は教えてある。だとすれば――。

「げげげ、源兵衛。おおお、お前は、絵は好きか」

その質問に、源兵衛はしばし悩んだ後、うん、と頷いた。

「好きでございます」

息子の口にする『好き』が己のそれとはまるで深度が違うことに気づいたのは、いったいいつのことであったろう。

又兵衛は今の源兵衛の年には絵筆と出会い、二六時中握っていた。あの頃、又兵衛には絵以上に熱中できるものがなかった。もしあの頃の己が先の問いかけをぶつけられたら、即座に『好き』と答えていただろう。あるいは『好き嫌いではない』かもしれない。しばし答えに窮し、父親の機嫌を窺うように口にした『好き』では、あまりに足りない。

源兵衛に絵筆を返した又兵衛は、心中の孤独感を抱えたまま、息子の頭を撫でた。

「ががが、頑張れば頑張るだけ、絵は巧くなる。し――っかり取り組むのだ」

「はい」

源兵衛の返事がしぼんでいたことに気づかぬではなかったが、又兵衛はあえて聞かなかったふりをして、おもむろに立ち上がった。開け放たれた障子から外を見遣ると、苛烈な日差しが庭先に降り注いでいる。その片隅で弟子たちの洗濯物を干すお徳の姿が見えた。

「あっ」

小さな悲鳴に又兵衛は振り返った。見れば、文机の上の雀の絵が、不用意な源兵衛の筆の走りで台無しになっていた。

「ややや、やり直しだな」

「――はい」

もとより、もう一度描かせるつもりだったゆえ、好都合だった。だが、目の前の源兵衛は、まるで巣から零《こぼ》れ落ちている雛鳥にそうするように、己の絵を見下ろしていた。

才覚に乏しい息子に絵を教えつつ日々を送るうち、少しずつ又兵衛たちの身辺に秋の気配が忍び込んできた。京とは違い、薄物の次に単衣《ひとえ》を出す暇もなかった。急に冷え込むようになり、お徳に言って麻の袷《あわせ》を用意させた。

「やっぱり越前は寒いんですねえ」

新たな日々を愛おしむように、お徳は笑った。

それから少しして、忠直からお召しがあった。お徳に肩衣《かたぎぬ》を着つけてもらい、又兵衛は一人で登城した。遣いから『弟子の同行は無用』と申し渡されていた。

城の役人たちは胡散臭げな目で又兵衛をじろじろと眺めている。それらの視線に見て見ぬふりを決め込みながら、又兵衛は本丸内堀にかかる御本城橋を渡り、本丸御殿の勝手口へと至った。

やってきた茶坊主が又兵衛を案内した。右へ左へと暗い廊下を抜けてゆくうち、肚《はら》に重いものが溜まっていくような感覚に襲われる。この前又兵衛が忠直に拝謁したのは、二の丸御殿の謁見の間だ。一方、今日登る本丸御殿は主君の生活の場や正室や側室の暮らす奥がある。この前より、遥かに主君の私《わたくし》に近づいていている。

茶坊主はある部屋を指して足を止め、こちらでございます、と薄気味悪い笑みを浮かべると又兵衛を置いて去っていった。一人、作法通りに暗い廊下に座り、名乗ってから襖を開いた。

足を踏み入れようとした。だが、入れなかった。

襖の前には、文机や茶道具、行李《こうり》などといった部屋の調度が胸ほどの高さまで積まれており、部屋に入らんとする者を拒んでいる。戦場で見る土塁のようだった。

そんな土塁越しに八畳の書院の中に目を向ければ、又兵衛の描いた豊国祭礼図屛風を背に床の間に向かう忠直の姿が目に入った。黒い着物に鼠色の袴姿で正座して手を合わせ、目から一筋の涙を流している。

仏壇に向かっているのだろうか、その割には読経の声が聞こえない――。

声を掛けることができずにいると、忠直が又兵衛に気づき、目から流れる涙を手で拭いた。

「縁側から回れ」

言われた通りに庭を横目に濡れ縁を行き、忠直の部屋の前に立った。

かぐわしい香りが鼻先をかすめた。見れば、床の間で獅子を象《かたど》った陶器製の香炉が口から煙を吐き出しており、その煙の向こうには、かつて又兵衛が描いた結城秀康の似絵《にせえ》が威風堂々と又兵衛たちを見下ろしている。

これを拝んでいたか――。

得心したその時、忠直はこちらに向き直った。

「来たか。入れ」

命じられるまま、又兵衛は部屋に入り、豊国祭礼図屛風を背にして座った。

気が気ではなかった。襖に沿って積み上げられている調度品の土塁に、ただならぬ闇を感じる。又兵衛の身のこわばりに気づいたのか、忠直は力なく、気の抜けた声を発した。

「大坂の陣の後であったかな、あの時斬り殺したはずの者たちが迷って出てくるようになってな。ああして塞いでおるのだ。まあ、昼は出まい。安心せえ」

真顔の言葉だけに、空恐ろしい。

死者を部屋に入れぬための障壁に囲まれた部屋の真ん中で、忠直は穏やかな声を発した。

「さて又兵衛、お前に頼みがあるのだ」

忠直と正室の間には何人か子があるのだが、次女の鶴姫《つるひめ》のための道具が欲しい。そのために、何が良いかを考えているのだが――。

「浄瑠璃の物語を絵巻に仕立てたいと考えておる」

絵巻物の題材といえば、これまで王朝文学や物語に限られていた。巷間の芸である浄瑠璃を絵巻物にしようという発想は、少しずつ絵の地平が広がっていくようで胸がすくし、詞章《ししょう》を元に絵を描くということは、絵が浄瑠璃を飲み込んだことになる。かつて、物語を絵巻物とした絵師は、語りを絵の従属物である絵詞《えことば》とした。この絵巻の仕事を果たすことで、詞章もまた、絵を彩る絵詞となる。絵師として、こんなにも心浮き立つ試みはない。

疑問もある。又兵衛は何も口にはしなかったものの、顔には出ていたらしい。忠直は短く笑う。

「なぜ、という顔をしておるな。お前もわしと北の方との不仲は聞いておろうから、お前には話しておいてやろう。――ここのところ、わしは、家族や家臣を前にすると、吐き気がするのだ。

いや、譬《たと》えではない。文字通り、胃の腑の中のものがせり上がってくる。それだけではない、あの者たちを前にすると、身体が震え、怒りがふつふつと湧いて来おる。脳裏では、何度も家臣や妻子を撫で斬りにしておる。それを、何とか理で以て抑えているような塩梅《あんばい》よ」

忠直は嘆息し、豊国祭礼図屏風を見遣った。

「我が父結城秀康が、徳川の世を大事に思いつつ、豊臣の世も等しく大事に思っていたことを知っておるか」

頷いて答えとした。その複雑な立場は、本人が口にしていた。

「父は、徳川に生まれ、一時は豊臣秀吉の養子となった御身ぞ。無論、己が忠を果たすべきは徳川だとは弁《わきま》えておられたろうが、豊臣の行く末も案じておられた。だからこそ、わしに、遺言を残されたのだろう。父上はわしにこう言うたのだ。『徳川だけでなく、豊臣をわしの代わりに守《も》り立ててほしい』とな」

忠直はその場から腰を上げ、又兵衛の描いた豊国祭礼図屏風の前に立つと、沈痛な溜息をついた。そんな忠直の眼前には、又兵衛の描き出した、もうこの世には存在しない豊臣の天下が息づいていた。

「わしは結局、豊臣を守り立てることはできなんだ。父のように伏見城代——西国の押さえを任されないばかりか、御家騒動の余波で己の足元もおぼつかぬわしでは、いかんともし難かったのだ」

ようやく、目の前の主君の懊悩の正体が見えてきた。

忠直もまた、亡き結城秀康の思いに共鳴していた。豊臣を何とか天下に遺したい、そんな願いを抱いていたにも拘らず、忠直は徳川の命に従い、豊臣を攻める仕儀となった。もしも、その落胆がこの若き主君を少しずつ追い詰めているのだとしたら――。

不遜にもほどがあるが、主君の思いが分かるような気がした。何せ、又兵衛自身、豊臣のない世――徳川の天下に倦んでいた。天井が少しずつ落ちてきて、周りの者たちが異音と共に圧し潰されてゆく。そんな仕掛けの部屋を想像しては首を振る。

だが、依然として見えてこない。この話と、浄瑠璃絵巻がどう繋がる？

「大坂の陣から戻ってすぐだ。妻と子を見ると憂鬱になった。斬り殺したくすらなった。こいつを斬らねばならぬ、斬れ、と囁きが聞こえるのだ。今はただ、妻と子を斬らぬよう、遠ざけておる。だが――、妻はもちろん、子を恋しいと思う気持ちだけは備わっておる」

斬り殺したくなる情動と妻と子の可愛さが同居しているという忠直の言葉は、又兵衛の理解の埒外《らちがい》にあった。忠直は庭に目を向けた。その憂いを秘めた目は、庭の向こうにある、奥の御殿を捉えていた。

「下の姫に、物語をくれてやりたいのだ。浄瑠璃の絢爛な物語絵巻ぞ。下の姫の喜ぶ顔は見られぬやもしれぬが、わしの思いを伝えたい。のう又兵衛、できぬものだろうか」

否やを言える立場ではない。もとより、又兵衛は越前に絵を描きに来たのだ。

又兵衛は一も二もなく、頷いた。

だが、心中には冷ややかな風が吹いていた。

世人は絵に言葉以上の力を求める。だが、絵も言葉と同じく誤解、曲解されることがあるのを、又兵衛はこれまでの絵師人生で嫌というほど味わっている。己は絵師として、主君の願いに応えることができるのか。平伏する又兵衛には、答えの持ち合わせがなかった。


又兵衛は寺にいた弟子たちに絵巻物の作成を命じた。

何を描くのですか、という弟子のひとりの問いに、又兵衛は力強く答えた。

「や、山中常盤を描く」

弟子たちは一様に不可解な顔をした。

山中常盤は陰惨な内容を大いに含んでいる。特に常盤御前が盗賊どもに殺される場と、牛若丸がその復仇にと血刀を振るい暴れ回る場を描いてよいのか、そんな戸惑いが透けて見える。

又兵衛に逡巡《しゅんじゅん》がないと言えば嘘になる。

『まずは、山中常盤を描いてほしい』

そう忠直から命じられた。

『これ以上相応《ふさわ》しい絵はあるまい』

又兵衛の困惑の目を振り払うように、忠直はそう口にした。

どういうことであろうかと又兵衛も考えている。だが、この作業を進めるうちに見えてくるものもあろうと割り切り、とりあえずは忠直の命に従うことに決めた。

又兵衛は弟子二人を京に派遣し、最高級の顔料を揃えさせるところから始めた。越前にも顔料は多少流れてくるが、最高級の品となると座していてはやってこない。だからこそ、京に工房を残してある。本当はもっと後で集めてもよかったが、顔料の必要な工程が真冬に差し掛かる恐れがあった。心願に『この地の冬を甘く見られてはなりませぬ』と真顔で言われ、先行することにした。

一方で、よい紙だけは手に入りやすかった。越前は公家の料紙にも使われる紙の生産地として知られていて、市中で出回る紙も京のそれよりはるかに良質だった。これに驚き城下の紙問屋に顔を出して話を聞くと、こちらの目的に合わせ、職人たちが漉《す》いてくれるらしい。とりあえず、又兵衛は絵画に適しているという触れ込みの間似合紙《まにあいがみ》なる厚紙を買い付けた。

秋の終わりまでには道具の差配が済んだ。評定の際、又兵衛は講堂の奥に座り、弟子たちに作業を割り振る哲の様子を眺めていればよかった。

「小下図《こしたず》に関しては、師匠にお描きいただかねばどうしようもございませぬ」

哲に言われ、慌てて頷く。

秋が終わり、吐く息が白くなってきた頃、又兵衛は小下図に向き合った。

だが、はかばかしくない。

物語は語り手と受け手のあわいに成り立つもの。直感として理解できるが、その仲立ちとして絵が何を果たせばよいのかと思いを致らすうち、道のない森に迷い込んでしまったような心地に襲われる。いくら経っても小下図は真っ白のまま、いたずらに時が過ぎてゆく。

「あ、雪」

ある日、お徳のはしゃいだ声に、又兵衛は真っ白な小下図から目を上げた。

縁側の庇の向こうには雪が降りしきり、寺の庭を真白に染め上げ始めていた。

庭先では、裸足の源兵衛が天に手を伸ばして駆け回っている。頰を真っ赤に染めて目を輝かせ、何が楽しいのか雪の積もった石灯籠の脇をすり抜け、瓢簞《ひょうたん》池の橋を渡っている。

縁側に出てお徳の横に立った又兵衛は、思わず声を張り上げていた。

「ななな、何をしておるか」

まるで大きな雷の音に怯えるように、源兵衛はその場に立ち尽くし、首をすくめている。

心中の怒りを吐き出すように、又兵衛はなおも怒鳴った。

「ええええ、絵の稽古はどうした。ふふ、粉本《ふんぽん》の写しは終わったか。せせせせ、線を引く練習もある。早く部屋に戻らぬか」

力なく頷いた源兵衛は、最前まで輝かせていた目を曇らせ、差し出された盥《たらい》で黙々と足を洗い、又兵衛たちが生活の場としている奥の部屋へと行ってしまった。父親の小言など聞きたくない、そう言いたげに。

その小さな後ろ姿を見送りながら、又兵衛はぽつりと呟いていた。

「画才がないやもしれぬな、あれには」

残酷な本音に限って吃が出ないことに、誰よりも又兵衛は狼狽し、傷ついた。

絵を描くにおいて一番大事なことは、迫力ある線が引けることでも、写生が上手いことでも、粉本を巧みに写せることでもない。何もなさぬにはあまりに長く、何かをなすにはあまりに短い人生を絵に捧げることができるかどうか、それに尽きる。これを才と形容していいのか又兵衛には分からないが、少なくとも、これまでの又兵衛はずっと絵を描いてきたし、これからもそうなのだろう。そんな又兵衛の目には、息子には才がない、と映る。

嘆息が漏れ出たのを見て、横のお徳が明るい声を発した。

「別に構わないではないですか」

思わず反論が口をついて出そうになった。だが、お徳は淡く微笑んだ。

「絵を描くだけが人生ではございますまい。お前様は絵を描くことにしか己を見出せなかっただけ。あの子には絵の外側に道があるやもしれませぬ」

他の人間に言われたならば腹も立ったであろうに頷く気になったのは、口にしたのがお徳だったからだ。

母。

部屋に独り戻り、目の前の白紙に筆を遊ばせた又兵衛はお葉を思った。

お葉が、又兵衛に絵筆を執る道筋をつけてくれたわけではない。ひょんなことから絵を知り、人の縁によって絵師の道に至っただけだ。だが、お葉は絵師として立つことを喜んでくれた。親となってはじめて分かる。親が子を叱ったり、道を示したりするのは、子が心配だからだ。お葉は己のことを案じていなかった？　そんなことはあるまい。又兵衛の身を案じつつ、少しずつ自分の居場所を切り開いていく子の成長を喜んでいたはずだ。

なれば――。

俺も子を信じ、待ってみよう。

懊悩から目覚め、目の前の小下図に向いた又兵衛は、目をこすった。

小下図の道筋が眼前に立ち現れていた。絵の神がいたずらに下界に降りてきて、勝手に絵を描きつけていったかのように唐突だった。慌てて外を見遣ると日が傾きかけている。どうやら長い思案の間、勝手に手が動いていていたものと見える。

あれほど悩んでいたのが嘘であるかのように、一月あまり停滞していた小下図は、二日ですべて埋まった。

それからすぐ、弟子たちを講堂に集めた。初雪の日からずっと飽きもせずに雪が降り続いている。しんしんと降り積もり、屋根をも軋《きし》ませる不気味な気配を感じながら、又兵衛は小下図を弟子たちに見せ、己の意図を説明する。

こんなことをしてよいのか。弟子たちの顔にそう書いてある。

疑心暗鬼に陥る弟子たちを取りまとめたのは、哲だった。

「師匠がやるとおっしゃるのだから、我ら弟子は黙って従うべきぞ」

その鶴の一声ですべてが前に進み出した。そして、一月ほどかけて大下図《おおしたず》ができたところで、又兵衛は忠直に目通りを願い出た。

「おお、随分遅かったな又兵衛」

本丸御殿の中奥にある書院の間は、相変わらず文机や調度品が壁を成していた。さながら戦場の出丸のごとく殺伐とした部屋の中に座っていた忠直は、この日も結城秀康の遺影に手を合わせていた。以前目通りした時よりも、顔色が悪く見えるのは、雪深い季節だからだろうか。白磁の火鉢で手を炙《あぶ》った忠直は、目を輝かせて又兵衛に向き直った。

「絵巻物の目途がついたところなのだろう」

「ははは、はい。大下図がでででで、できましてございます」

「おおしたず、とは何ぞ」

「ささささ、最後の下絵でございます」

あれこれと絵について説明する又兵衛は、忠直と話す時は己の吃が気にならないことに気づいた。

忠直の座り姿が亡き結城秀康と重なり、鼻の奥が少し痛くなった。それをごまかすために、持ってきた絵巻物の大下図を一枚ずつ忠直に見せていった。

「ほう、なるほどなるほど。面白いな」

宝物に対するように巻物を手に取って目を輝かせる忠直は、あるところで手を止め、何度も目をすがめた。

「む……、これは」

他の絵巻物とも比べ始めた。その様を眺めながら、又兵衛は内心驚いた。即座に豊国祭礼図屏風に秘めた見立てを見破った時もそうだが、この主君には絵を見定める抜群の才がある。

巻物から顔を上げた忠直は、口角を上げ、又兵衛に目を向けた。まるで、悪戯《いたずら》を仕掛ける子供のするような顔だった。

「うむ、お前は、こうしたいわけか。ならばよかろう。好きにせよ」

忠直の同意を取り付けた。

満足しながら、茶坊主の先導する縁側を歩いていると、奥の間からやってくる行列に出くわした。又兵衛は茶坊主と共に縁側の脇に避ける。

その一団は、揃いの矢羽根柄の着物姿の腰元や、紫の打掛を纏う女などがつき従い、いつまで経っても途切れない。脇に跪《ひざまず》きながら、これは相当の高位の者かと当たりをつけた。

又兵衛がちらりと盗み見たその時、この行列の主と目が合った。

年の頃は息子の源兵衛と同じくらいの少女だった。女の子の方が成長は早いというから、源兵衛より少し年下かもしれない。いずれにしても、極彩色の打掛を纏い、白足袋を穿く、片手で数えるほどの年齢の少女が又兵衛の前をしずしずと歩いている。あでやかな姿なのに、なぜかうすら寒いものを感じた。それは、その少女の目の色があまりに暗く、肌が人形のように白いせいで生気を感じなかったからだろうか。

一瞬、少女は黒目がちの目を大きく見開いて又兵衛のことを見遣ったが、屋根から雪が落ちたのをきっかけに、すべてが雪の白に塗りたくられた庭へとぷいと目をやった。

行列は又兵衛の前から去っていった。

殿様の二の姫、鶴様でございます、と茶坊主が恭《うやうや》しく述べたのを、又兵衛はどこか遠くの出来事のように聞いていた。

忠直が絵巻物を贈りたいと言っていた相手だと意識すると、体が硬くなる。気づけば、手を強く握っていた。

あの日、どこかで見たことがある気がする。どこで――。

少し考えて、すぐに合点がいった。

昔の又兵衛の目に他ならなかった。寺で下働きしていた折、休みの時に池を覗き込み、対峙していた己とまったく同じ、暗く陰鬱な目をしていた。

なぜ、あんな目を?

又兵衛には長く考える時は与えられなかった。茶坊主に促され、また縁側を歩き出す。冷たい風が時折降りしきる雪を運び、又兵衛から熱を奪う。ぶるりと震えながら歩くうち、又兵衛の頭の中は絵のことで満たされ、他の物事が弾かれていった。


長い冬が終わり、ようやく雪解けが始まったのを見計らい、又兵衛は本画の下絵に取り掛かった。冬の内には礬水《どうさ》を引こうとはしなかった。京とは比べ物にならぬほどの寒気や、海の水気を含んで異様に重い雪が、ただでさえ繊細な礬水にどう作用するか知れたものではなかった。

雪が解け切り、山が萌黄《もえぎ》に色づいたのを見計らい、又兵衛は弟子たちに膠《にかわ》を煮立たせ、礬水を混ぜ合わせるよう命じた。

活気づく工房で慌ただしく働く日々の中、城の噂が又兵衛の耳にも届く。

城の、というよりは、忠直の噂といった方がよかった。

忠直は乱心の度を深めている。

気に入らぬ食膳を蹴り倒したり、突如近習を殴りつけたりなどは日常茶飯のこと。本来ならば江戸へ参勤に行かねばならぬのに、参勤交代のお役儀を放棄したらしく、気が乗らぬの一言で越前に引き返してしまった。御公儀の遣いが参勤を催促しても、病の一点張りで退けている。

来るべき時が来た。かつて忠直は己の衝動を何とか抑えていると口にしていた。理性で築き上げた堰《せき》に亀裂が入り、ついには破れてしまったのだろう。

さらに、もっと剣呑なことになってきた。

自ら兵を率い、気に入らぬ家臣の屋敷を焼き討ちにした。私戦を禁ずる御公儀への反抗と取られても仕方のない行ないだった。

そしてついに、忠直が正室に乱暴狼藉を働いたという噂までも流れてきた。

又兵衛には主君忠直の姿が容易に想像できた。

忠直は助けを求めている。あの結城秀康の似絵の飾られた部屋の中で肩を落として座り、洞《うろ》のような双眸を濁らせながら。

又兵衛は絵の完成を急いだ。

だが、間に合わなかった。

元和九年（一六二三）、北ノ庄にやってきた将軍秀忠の名代は、忠直に隠居を命じた。忠直は抵抗の構えを見せたらしいが、家臣一同、さらに生母清涼院《せいりょういん》の説得を受け、ついには隠居を承諾した。

そんな中、又兵衛は登城命令を受けた。

北ノ庄城に登った又兵衛を待っていたのは、存外に穏やかな気配であった。

かつての北ノ庄城は門をくぐった瞬間から張りつめた気配を感じたが、今は、表、中奥に至るまで、ほぼそんな気配は消え失せて、春先の縁側のような穏やかさに包まれていた。だが、本丸中奥一帯だけはかつての緊張感がそのまま残っていた。番方は肩衣姿でこそあるものの手には抜き身の素鎗を持ち、辺りを囲む竹矢来の前でいかめしい顔をして立っていた。見れば、奥との間を隔てる木々の枝が鋭利なもので斬り落とされ、下草も無惨に踏み倒され、人一人が通ることのできる道が生じていた。

以前と同じ、本丸中奥の書院の間。そこに主君、松平忠直の姿があった。

思わず別人かと疑いたくなった。

既に怨霊をせき止めるための調度品の壁は取り去られていた。がらんとした部屋の真ん中、白無垢に紺色の羽織を合わせるだけの略装で座る忠直の眼窩《がんか》は大きく落ちくぼみ、頬はこけていて、ところどころに無精ひげが浮かんでいる。体は悪疾にでもかかったかのように震えていた。

痩せたせいか異様に存在感のある目をぎょろりと動かし、部屋にやってきた者を見遣った忠直は険を眉に秘めていたものの、又兵衛の顔を見るや安堵の表情を浮かべた。

「おお、又兵衛か。よう来た」

又兵衛は忠直の前に座った。部屋を見渡すと、部屋中に刀傷が走っている。違い棚にも、柱にも、梁《はり》にも。床の間に飾られた獅子香炉もひび割れ、身体じゅうから香の煙が漏れていた。そして——、床の間にかかっていた結城秀康の似絵も、無残にも刀の餌食になっていた。秀康像の目の辺りに菱形の穴が開いており、奥の壁に貫通している。水平に構えた刀を突き刺したのであろう。

又兵衛が似絵を眺めていると、忠直は口を開いた。

「わしが、やったのだ」

そうとしか思えなかった。この部屋は忠直の私室だ。

「すまぬ、又兵衛。お前の絵を——父上までも、傷つけてしもうた」

今にも体が崩れ落ち、砂になってしまうのではないか——。そう心配してしまうほど、忠直の声は枯れていた。泣くだけ泣いて、慟哭《どうこく》して、もう一滴も出ないほど涙を絞り出してもなお、溢れ出る何かがある。又兵衛はその何かに心を揺さぶられた。

「ななな、何があったのですか」

思わずそう問うていた。

忠直は首を振った。

「何ということはない。すべてが許せなくなったのだ。家臣たちも、妻も子も。もはや、お前すらもだ。今、お前に殴りかからぬよう、必死で手を抑えているところよ」

忠直は強く握った右手を震える左手で包んでいる。又兵衛を見上げるその目には、狂の闇と理の輝きが同居していた。

「父上のことも許せぬようになった。お前のせいだ——。そう思うたら、刀を突き立てる手を止めることができなんだ。何たる親不孝よ」

又兵衛はあることに気づいた。畳にすら刀傷の走る部屋の中、唯一無傷の調度があった。部屋の多くを占める、六曲一双の屛風。又兵衛の描いた豊国祭礼図屛風だった。

又兵衛の視線に気づいたのか、忠直もとうの昔に失われた祭りの名残を写した屛風を見上げた。

「この絵には、憎い者はおらなんだ。むしろ、わしが――徳川の人間として傷つけた人々が息づいておる。この者たちに罪を重ねる気にはなれなんだ」

忠直は己の掌を見下ろした。

「大事であったはずの妻に手を上げてしもうたが、このような仕儀になって、心底ほっとしておる。これで、妻子に手を挙げることも、斬り殺すこともない。ただ――。又兵衛、お前に頼んでいる絵巻物――、何としても仕上げ、下の姫――鶴にくれてやってくれ。それだけがわしの願いぞ」

悲鳴にも似た言葉に気圧《けお》されて何も言えずにいると、忠直は肩を落とした。

「届けたいのだ、わしの思いを」

忠直との目通りを終え、城から下がろうとしたとき、茶坊主に呼び止められた。家老が又兵衛を呼んでいるという。茶坊主の先導のもと、二の丸へと足を運んだ。

上段と下段を備えた併せて二十畳ほどの詰め部屋。その上段の間には、文机を前に思案し筆を走らせる肩衣の老人の姿があった。白髪交じりの老人の額には晒《さらし》が巻いてあり、赤黒いものが滲んでいる。忠直の乱暴のせいだろうかと推量しながら頭を下げると、老人は文机をどけ、又兵衛に向き合った。

「江戸との文のやり取りが多くてな。江戸の乙名衆《おとな》との評議が大詰めなのよ。少し待たせたな」

老人――家老の目の下には、隈《くま》が色濃く浮いていた。

殿様はいかな御裁きを受けるのでしょうか。又兵衛は震える声でそう尋ねた。何かを問うこと自体不遜のはずだが、家老がそれを咎めることはなかった。もとより、又兵衛に伝えるつもりでいたらしい。

「家督を弟君に譲られた後、配流《はいる》されることとなろう。どこに配流されるかは分からぬ。遠い北国かもしれぬし、あるいは九州かもしれぬ。まだ御公儀から言い渡されておらぬのだ」

切腹や越前松平家の断絶は免れたということになる。又兵衛は心から息をついた。

だが、家老の顔は浮かなかった。

「岩佐又兵衛。今日、お前を呼んだは他でもない。――お前の仕事が問題になった」

家老が苦々しげに言うところでは、又兵衛の工房が不正を働いているという声が上がっている。御用絵師であるというのに御用を碌《ろく》に果たそうとせず町の仕事に血道を上げている、そうして暴利をむさぼる態度は御用絵師にあるまじき振る舞いである、と。

「ささささ、左様なことは」

確かに町の仕事を請けているが、忠直から依頼された仕事の遅延には関係ない。それだけ、忠直の仕事は難しい。それに、町絵の仕事に関してもそこまで高い値で請けていないはずであるし、双方納得の上での仕事だ。横合いからとやかく言われる筋合いはない。

又兵衛の抗弁に家老は小さく頷いたものの、その顔は晴れない。

「分かっておる。工房に落ち度はない」

「でもで、ではなぜ」

「お前は、あまりに殿に近かったのだ」

忠直の隠居、配流。紛う方なき政変だ。となれば、逐《お》われた側に近しかった者たちも連座せねば禊《みそぎ》は済まない。豊臣が滅ぼされたことで、大小さまざまな大名や武士、出入りの者たちが翻弄されたことを今になって思い出した。

此度《こたび》の政変において、己が核心の近くに身を置いていたことにも思い至る。忠直が家中で孤立する中、又兵衛は御用絵師として登用され、度々召し出しがあった。忠直の治世が終わったことを示すため、又兵衛を代替わりの見せしめにしたい者がいるのだろう。

腹の奥が、怒りのあまりに重くなる。

震える又兵衛を前に、家老は忸怩《じくじ》たる表情を浮かべていた。

「お前は何も悪くない。それはこのわしも分かっておる。されど、家中が新たな船出をするために、誰かの犠牲が要る」

家老はついに、床に手をついた。

「この通りだ又兵衛、家中のため、犠牲になってくれい」

又兵衛がどういうことかと促すと、家老は沈鬱な表情を浮かべたまま、顔を上げた。

「召し放ちぞ」

目の前が暗くなった。御用絵師の立場が失われることではなく、忠直との約束を反故《ほご》にしてしまうことを、ただ恐れた。

「こここ、このご家中から離れたくありませぬ。ままま、まだ、なすべきことがございます」

必死で言い募ると、家老はややあって頷いた。

「よかろう。――ならば、しばし、わしに預からせてくれぬか。今日は下がれ」

結局その日はそれで話が終わった。

数日後、又兵衛のもとに、城の遣いがやってきた。家老の寄越した者だった。

客間の上段の間に通し、遣いの言葉を拝受した。

岩佐又兵衛の御用絵師としての働きぶりは不届き至極である。その罪を贖《あがな》うには召し放ちをもってするが適当なところであるが、もしこれから心を入れ替え、精勤を果たすと誓うのならば、出仕も苦しくない。その代わり、自らの罪を認めることが肝要である――。

家老は何とか別の手を模索してくれたようだった。下座に座る又兵衛は誰にも聞こえぬように、小さく息をついた。

だが、文を閉じた後、遣いが口にしたのは、あまりに苛酷な宣告だった。

「さて、ここからは文に書いておらぬ内容である。口頭でお前に伝えよとのお達しゆえ、しかと聞け。此度のそなたの役目の怠慢は、町方の仕事を請けていたことにあり。ゆえ、今後は町方の仕事をすべて断り、城の仕事に専念すること。また家禄半分を一時返上の上、妄《みだ》りに外出することを禁ずる。そして、この遅滞の責を取り、工房を取り仕切る哲なる高弟を追放とすること。それが、越前に残るための条件でござる」

町方の仕事を断ること、家禄半減、又兵衛自身の蟄居《ちっきょ》、ここまでなら甘んじて受ける心づもりだった。だが、哲の追放とは――。眩暈《めまい》がした。又兵衛工房はまだ若く、高弟と呼びうる弟子は哲を除いていない。哲がいなくては工房が立ち行かなくなるのは目に見えている。

又兵衛は抗弁を試みようと身を乗り出したものの、遣いに機先を制された。

「召し放ちか、それともこの条件での蟄居か、どちらかを選ぶようにとのお達しでござる」

遣いは諭すような口ぶりで続けた。

「これはあくまで拙者一人の感想だが――。罰を選ぶことができること自体異例のこと。ご家老様は負い目を感じておられるのだろう。召し放ちを選んだ際には、まとまった金子《きんす》を用立てるとも言明しておられた。それに――」

遣いは寝耳に水の話を切り出してきた。

到底信じられるものではなかった。やがて、怒りで体がほてり、遣いの言葉が遠くなった。

一月以内に回答するよう言い残し、遣いは又兵衛の元を辞した。

その日、又兵衛は評定を持ち、集まった弟子たちに此度の仕儀について話した。

弟子たちは激高した。自分たちは何一つとして後ろ暗いことはしていない。家中の政変に巻き込まれただけだ、しかも、哲殿を追放しろ、それで手打ちにしてやるから感謝しろとはなんたる言いようだ、と北ノ庄城の方向を睨みつけ、口々に武士の仕法を罵《ののし》った。

越前から去るべきだと弟子たちは口から泡を飛ばした。何も失うものはない。また京に戻って絵を描けばよいではないか、と。

だが、弟子たちを哲が咎めた。

「口を慎め。京に戻ったとて、工房が立ち行くか分からぬ」

弟子たちは今の恵まれた状況を理解していない。家禄を受け、さらに絵を仕上げれば礼金が入るからこそ、この規模での工房が維持できている。もし召し放ちを受け入れ、京に戻ったのなら、弟子の相当数に暇をやらねばなるまい。

では、どうしたら――。弟子の一人が萎《しお》れた声を発した。

誰もが深いため息をついて下を向いたその時、奥に座っていた又兵衛が己の言葉を滑り込ませた。

「わわわ、わしは、ここから離れとうない」

工房のことなどどうでもよかった。又兵衛はただ、忠直との約束に拘泥《こうでい》していた。

弟子たちの視線に晒された又兵衛は、その一つ一つと目を合わせた。先行きが見えぬ不安を宿した目、反発を抱いている目、悲しげに又兵衛を見遣る目、色々だった。だが、それでも、又兵衛の心は変わらない。

「ええええ、越前にやり残したことがある。そそそ、それが終わるまで、ここここ、ここを離れることはできぬ」

先に又兵衛に反発めいた目を向けていた弟子が、非道でございます、それはすなわち、と哲を一瞥しながら続けようとした。だが、その弟子の言葉は、他ならぬ哲によって阻まれた。

「よい、よいのだ」

哲は又兵衛を真っすぐに見据えた。その目は澄み切っている。そこには、野心も熱も何も籠っていない。まるで鏡のような瞳が又兵衛の怯えた顔を映している。

「師匠は越前にやり残したことがあるとおっしゃいました。なれば、存分に果たしてくださいますよう。この哲、師匠の御為、甘んじて追放の恥辱を一身に受けましょう」

それだけ聞けば、忠義の弟子の言葉だった。又兵衛はこれで話を切り上げようかとも考えた。だが、この時の又兵衛は、怒りが先に立っていた。目の前の、一の弟子に対する怒りが。

又兵衛は床板を強く叩いた。

「そそそそ、それだけか」

「それだけ、とは」

又兵衛が何か言う前から、哲の声が僅かに上ずっている。やはり本当だったのか――。又兵衛は瞑目したのち、短く、言った。

「くくくく、黒田と切れておらなんだか」

哲の顔から血の気が引いた。弟子たちは又兵衛と哲の顔を見比べている。

城の遣いの言葉が脳裏に蘇る。

『一の弟子である哲が、黒田家から仕事を請けている』

越前に来る際、仕事を清算させたはずだった。

城の遣いに言われるまで全く気づかなかった。それもそのはず、京からやってくる画材のやり取りの窓口になっていたのはこの男だった。他の荷に紛れさせ、己の仕事を越前にまで持ち込んでいたのであろう。

家老の言っていた、暴利で町人の仕事を請けている云々《うんぬん》は言いがかりに近い。だが、哲が他大名家の仕事を請けていたとなれば話は違う。これは、越前松平家と又兵衛の主従に水を差す行ないであった。

「ややや、やはり、止めておらなんだか。ななな、なぜだ。わわわ、わしは言うたぞ。切れ、と」

追い詰めぬよう、穏やかに口にしたつもりだったのに、又兵衛の吃が、この時は怒りの表明のように響いたらしい。弟子たちは息を呑み、口を結んだ。

哲は大きく首を振った後、うつむいた。

「仕方、ありませなんだ」

促すと、哲は顔を上げ、すがるような目で又兵衛を見据えた。

「黒田様の屏風の仕事にのめり込んでしもうたのです。師匠のおっしゃることすら聞けぬほどに。師匠もお判りでしょう。己にしか描けぬ絵があるのなら、何と言われようが描く。それが絵師でございましょう」

絵師としては理解できる。だが、工房を主宰する者として見過すことはできない。

又兵衛は、覚悟を決めた。

「おおお、お前をここに置いておくわけにはゆかぬ。ははは、破門ぞ」

哲の表情が凍った。初めは何を言われたのかも分からぬかのように茫然としていたものの、やがて、虚《うつ》ろに辺りを見渡し、ようやく理解したのか、のろのろと立ち上がると、声もなく部屋を後にしていった。

次の日の朝、旅姿に身を包んだ哲は又兵衛の部屋まで挨拶にやってきた。

「これまで、お世話になりました」

笠を脇に持つ哲に、どこへ行くとは聞けなかった。

いくつもの大仕事を共に果たしてきたこの男は、己がいなくなった後の工房を支える絵師として育ててきた。これほどの腕があるなら、どこにいようとも絵師として生きてゆけるはずだ。

又兵衛は用意していた餞別《せんべつ》と、文を渡した。

哲は不思議そうに文を裏返している。宛書も差出人の名前も書いていない。

喉の奥が張り付く。言いたいことは山ほどある。今までずっと己を支え、年の近い弟のように可愛がった男がいなくなる。なのに、石の詰まった水差しのように、又兵衛の口からは何も出てこない。

吃はなおも己を苛《さいな》むか。膝を手で叩きながら、何とか言葉をひねり出した。

「そそそ、それは、そなたへの文だ。いいい——いつか、よよよ読んでくれ」

懐に文をしまった哲は、返事をせず、頭を下げただけで戸を閉じた。

一人取り残された又兵衛は、腕を組んで天井を見上げた。何を言えばよかった？　どうすればよかった？　疑問や後悔が波のように襲ってくる。だが、分かっている。もう、すべては過ぎ去ってしまったことなのだと。

又兵衛は、哲の部屋へと足を運んだ。

綺麗に掃かれ、塵《ちり》一つ落ちていない部屋の真ん中に文机があり、その上にこれ見よがしに手文庫が置かれていた。

その蓋を開くと、中から膨大な下絵が出てきた。

乱暴狼藉をする武者。

追剝に遭う女。

町に火をつける武士。

父母と別れ、泣き歩く童女。

間違いない。大坂の陣の様子を描いたものだ。

ということは——。黒田家からやってきた仕事とは、大坂の陣に関わる絵だったことになる。

この仕事を手放すことができなかった哲の想いが、ようやく腑に落ちた。

又兵衛も大坂の陣を描きたかった。あれほどの大乱を目の当たりにしていながら描けずにいるのは絵師として恥ずべきことだと考えたからこそ、迂遠《うえん》な形であるとはいえ豊国祭礼図屛風にも豊臣と徳川の〝喧嘩〟を描き入れた。だが、哲は、又兵衛ですら真正面から果たせなかった仕事に取り組み、絵師として戦っていた。

もしも己が同じ立場だったなら、哲と同じことをしていたに違いなかった。

「哲」

師である己を飛び越えたところで筆を振るっていた一番弟子の名を呼んだ。だが、その弟子のために与えた部屋にはもう、誰もいない。

しばらくして、松平忠直が配流先の豊後に旅立ったと知った。僅かな供廻りを従えただけの、寂しい行列であったという。

己と縁づいた者たちとの別離に打ちのめされる又兵衛がいた。

哲を失った又兵衛工房は、火の消えたようになった。

弟子たちの多くは哲の咀嚼をもとに又兵衛の言葉や意図を理解していた。その哲が突然いなくなったことで、様々な齟齬《そご》が現れ始めた。

ある絵について何度も描き直しを命じているのに、まるで思うような絵が仕上がってこない。何度説明しても駄目だった。こうやるのだ、と怒気交じりに自ら筆を執り示してやっても「やり方が分かりませぬ」と返ってくる。やがて、それが弟子の能力のせいではなく、自らの伝え方に問題があったのだと気づいた頃には、弟子との間に深い溝が刻まれていた。

蟄居も同然の又兵衛の元には、仕事の依頼は一つも舞い込んでこない。かといって、町方の仕事を請けるわけにもいかず、半減した家禄を切り崩し、弟子を養うことになった。楽な暮らしではない。画材のために無駄遣いは許されず、又兵衛自身薄い粥《かゆ》で腹を満たす日々だった。弟子たちの不満は止まず、一人、また一人と工房から離れていった。

このまま工房は――己は腐れ落ちてしまうのだろうか。蟬の声を聴きながら、締め切った部屋の中で独り言ちては首を横に振った。そして、ずっと描き続けている山中常盤絵巻の本画の下絵に筆先を下ろした。

哲のいない今、当初の構想は崩れ去った。だが、それはそれでよいか、と思わぬこともなかった。どうせ寺から出ることのできぬ籠の鳥、時はいくらでもある。忠直との約定《やくじょう》があったとて、完成した絵をどうやって二の姫に献上したものか見当もつかない。

筆を止めることはできなかった。手を止めたとき、絵師である己は死ぬ。そんな気がしてならなかった。

鴫《しぎ》の鳴き声が聞こえる。

こちらへ来い、と言わんばかりに、けたたましく鳴いている。

行ってもよいか。ふとそう呟く。

あの、真っ白で何もない、寒々しい画境へと――。

「父上」

現に引き戻されて顔を上げると、縁側の戸を開いて立つ源兵衛の姿が目に入った。

どうした、と呼びかけると、源兵衛は後ろに隠していたものをすっと掲げた。それは、反故紙を丸めて作った紙の刀だった。

「やっとう遊びをいたしましょう」

小さく頷き、又兵衛は縁側に出ると紙の刀を受け取った。

「やあ、やあ」

のろまな剣尖は、又兵衛でも十分に受けることができるものだった。乾いた音が縁側に響く。

ここのところ、又兵衛は源兵衛に厳しく絵を教えようとはしなくなった。その代わり、この息子が何を考え、何を大事にしているのかを注意深く眺めるようになった。だが、いくら目を凝らしても容易に見えてくることはなかった。そもそも、これまで、他人の大事なものを推し量る努力をしてこなかった。己は今まで、己の周囲三尺の中に引きこもり、その中で生きていた。

「一本取ったり」

飛び上がった源兵衛にぽかりと頭を叩かれた。紙の刀では全く痛くはない。

「よよよ、ようやった」

「何を言いますか」源兵衛は頬を膨らませた。「父上がぼうっとなさっておられたのでしょう」

「あ――、か、考え事をしておった」

「何を考えておられたのですか」

物怖じしない性格は母親譲りだろうか、と心中で独り言ちながら、又兵衛は答えた。

「わわわ、わしの馬鹿さ加減にげんなりしておった」

「父上は馬鹿なのですか」

「ばば、――馬鹿であろうな」

一人でもがいている。今も昔もそうだ。これを馬鹿と言わずして何という。

又兵衛の尻から、ぺたり、と音がした。源兵衛が紙の刀を打ち付けていた。

「父上はわしの父上です。馬鹿ではございませぬ」

息子の世話はお徳に任せ切りだし、これまで、息子の性《さが》を顧みることなく、絵師として立たせようと汲々としていた。そんな馬鹿な父親を、この子は許してくれるのか。

又兵衛は源兵衛の頭を撫でた。

「おおお、お前は強いなあ」

思いもよらなかった言葉が口からついて出た。

「わわわ、わしはまだ、おおお、お前のように父のことを許せぬ」

「父上が、父上を？」

こめかみの辺りをさすりながら小首をかしげる源兵衛に、又兵衛は教えた。

「おおお、お前に父があるように、わわわわ、わしにだって父はある。おおお、お前からすれば祖父だな」

「どんな人なのですか。祖父《じじ》上という方は」

荒木村重の姿を思い起こしたその時、まるで日に晒された氷が融けるように、ふとした気づきが降りてきた。

あれもまた、子供との関わり方を知らぬ父親だったのではないか。

荒木村重は武士として生を享け、出世を遂げた。しかし、その生き方に否を突き付けられてしまった。武士の生き方しか知らぬ人だったのだろう。だからこそ、己の息子に武士として立つように望んでいたのではなかったか。

迷惑なこと甚だしい。だが、村重が己に向けていたのは、愛情ではなかったのか。絵描きに向かぬ息子に絵を押し付けていたかつての己のように、狭い了見に生きているがゆえに他人を傷つけてしまう人ではなかったか。

まるで拠って立つところの違う男だった。だが――。又兵衛は村重の真意に気づいた。そしてそれが、己が息子に対して抱く想いと相似のものであるということにも。

浮世はあまりに滑稽だ――。小さく嘆息していると、源兵衛が又兵衛の袖を摑み、引いた。

「父上、父上」

すまぬ、と謝り、又兵衛は源兵衛に請われるがまま、やっとう遊びに付き合った。その最中、又兵衛はずっと考え続けていた。己は許せぬものがあまりに多すぎるのだ、と。

考え事をしているうちに、また、源兵衛にぽかりと頭を叩かれた。「父上はやっとうが弱うございます」と笑われ、そうだな、と又兵衛はつられて口角を上げた。

「わわわ、わしは弱いよ」

哲がいなくなった途端にうまくいかなくなってしまった工房。

ようやく父の本心に気づいて狼狽している己。

情ないほどに弱かった。

思い立ち、又兵衛は心願のもとに行ってみることにした。寺の境内のことだ。すぐに見つかるかと思いきや、心願は忙しいらしい。昼に本堂に顔を出したとき、読経をしているはずの心願はそこにいなかった。普段心願の付き人のようなことをしている若い学僧を捕まえて話を聞けば、ここのところ、北ノ庄の城や重臣の屋敷を飛び回る毎日であるという。本堂の後ろに置かれていた床几《しょうぎ》に腰を掛け、学僧たちのお勤めを眺めながら、又兵衛は心願の帰りを待つことにした。

結局、心願が戻ってきたのは夕刻のことだった。

「お待たせしました。又兵衛殿」

紗《しゃ》の白法衣に袈裟姿の心願は本堂の蔀戸《しとみど》を押し上げ、朗らかに声を発した。又兵衛は、暗くなりゆく本堂で、仏様や金色の調度が闇に吞まれてゆく様をずっと見ていた。闇が金色の法具に忍び寄ってゆく一瞬の光彩はまるで、絵皿の上で再現できたならば死んでもよいとすら思えるような、欠けもなければ余剰もない、穏やかな華やぎの色合いを見せていた。

首を振って応じる。心願の顔は、僅かに疲れの色が見えた。

「さて、今日はいかがなさいましたか」

床几から立ち上がった又兵衛は、ぽつりと言った。

「わわわ、わしは、弱うございます」

心願は穏やかな笑みを浮かべた。疲れの色が吹き消えた表情は、先ほどまで眺めていた仏様のそれと重なるものがあった。

「又兵衛殿だけではございませぬよ。人は、皆弱い」

本堂の中に足を踏み入れた心願は、奥の仏様に手を合わせて一礼したのち、又兵衛の傍に置かれていた床几に腰を下ろした。

「それを申し上げれば、拙僧も弱い」

「し、心願殿も？」

「拙僧は忠直様の魂をお救いせねばならなかった。まこと、己の無力が歯がゆい。拙僧もまた、亡き主君結城秀康様とのお約束を果たせませなんだ。今わの際、息子を助けてやってほしい、と。されど、叶いませなんだ」

心願の穏やかな表情に曇りが混じった。それはまるで、群青の絵の具皿に他の色が垂れたような、複雑な表情だった。

眠りに落ちようとしている本堂の中、痛いほどに心願の言葉が反響する。

「又兵衛殿、なぜ、悔いはこうも、人の胸に巣食い続けるのでしょう」

心願は淡々と言葉を重ねた。まるで、自分に言い聞かせるかのように。

「今、又兵衛殿が何に煩悶しておられるのかは分かりませぬが――、貴殿の方寸に照らし、歩きたい道を歩くしかないのです。後悔はあるでしょう。けれど、己の歩きたい道を歩いた者だけは、どんなに端から見て惨めでも、あるいは後悔に身悶《みもだ》える日があったとしても、それでも胸を張って生きることができるものです」

又兵衛は、座る心願の前に跪いた。

「ここここ、後悔はなくならぬのですか」

「なくなりませぬ。我らは浮世を生きる者。どんなに心を尽くし、魂を燃やして生きたとて、後悔は必ず残るもの。弱き己を許しながら、時には弱き己に憤りながら生きる。それが人でございましょう」

思わず又兵衛は笑ってしまった。

目の前の心願はきょとんとしている。

二十年以上前、又兵衛が耳にした言葉とよく似ていた。片や遊女屋の片隅にいた浄瑠璃唄いの言葉、片や越前一の高僧の説法だった。だが、不思議はないのかもしれない。仏様は、この世の一切衆生を救うのだという。お釈迦様は存外、浮世に生きる者をのべつ幕なしに捕まえては説法しているのかもしれない。

いかがなさいましたか。心願の問いかけに、又兵衛は応じた。

「ななな、長い時がかかってしまったと思いましてな」

お蝶の言葉の意味を理解するのに、二十年以上の時を要してしまった。

この世ではままならぬことがいくらでも起こる。悲しんでもよい。悲憤慷慨《ひふんこうがい》してもよい。だが、打ちのめされてはならない。ふわりふわりと風に乗り、時には己の傷の痛みに知らぬ振りを決め込みながら、己の望むところへ流れてゆけばよいのだ、と。

又兵衛はふと、忠直に引き渡した豊国祭礼図屏風を手直ししたい衝動に駆られた。

風流踊りに加わる人々は、憂き世に舞う蝶なのだ。

己は今まで、憂き世に舞う蝶のごとく、筆を動かしていただろうか。

又兵衛の中で、何かがことりと落ちた。

短い笑い声が本堂の中に満ちた。心願だった。

「何かをお摑みになられたようですね」

「しし、心願殿」

又兵衛はあることを心願に頼み込んだ。すると心願は何も言わずに頷いてくれた。

「できうる限り、力を尽くしましょう。それが拙僧なりの、未練を断つ行ないとなりましょう」

その言葉を聞いた又兵衛は、本堂から飛び出した。

又兵衛は決めた。後悔はしてもよい。だが、その都度その都度、精いっぱい手足を動かそう。そして、無様と人に笑われようが己のしたいことを果たそう、と。

又兵衛の決心を寿《ことほ》ぐように、海の方角に消えゆかんとしているお天道様は、又兵衛に光を投げかけ、やがて塀の裏に消えていった。


次の日、又兵衛は弟子を呼び集めた。

講堂に集まった弟子たちは一様に怪訝《けげん》な顔をしていた。師匠の言うことなど聞けるか、そう言いたげだった。

皆を見渡すなり、又兵衛は頭を下げた。

「おおお、お前たちの力を、借りたい」

又兵衛は全十二巻の山中常盤絵巻を分業で仕上げる旨を皆に説明した。

弟子たちの反応は鈍かった。

又兵衛は歯を食いしばり、続けた。

「おおお、お前たちのことをよう知らぬ。ひひひ、一月は、お前たちと共に暮らしてみようと思う」

又兵衛は言った通りの行動を取った。あえて弟子たちと同じ小屋で寝食を共にし、礬水を引き、墨を磨り、顔料を砕いて膠を溶き、絵を描いた。最初は人間にいじめられて性根のねじけてしまった野良猫のように又兵衛の様子を眺めていた弟子たちも、じりじりと又兵衛との距離を埋め始めた。

「師匠のように礬水引きをするためにはどうしたらよろしいのでしょうか」

ある日、弟子の一人が又兵衛に聞いてきた。以前なら、左様なことは目で盗めと怒ったはずだった。実際、問いを発してきた弟子は、細かく震えて身構えている。

苦笑した又兵衛は墨を磨る手を止めた。

「どど、礬水は、日によって配合が変わる。はは、晴れた日には晴れた日の、雨の日には雨の日の、ははは、配合がある」

礬水用の刷毛を取り、今日は湿気のないからりとした夏の日ゆえ、このくらいの塩梅だと実際にやって見せた。これには、質問した弟子だけでなく、他の弟子たちも己の作業の手を止めて見入っていた。

刷毛を振るいながら、又兵衛は己の変化に気づき始めた。以前は、弟子の成長になど興味がなかった。ただ、己一人、絵の深奥に入ってゆければそれでいい、弟子たちなど唯の道具だ――、もしかしたら、そこまで酷薄に考えていたのかもしれない。だが、今は少し違う。皆、このどうしようもない浮世という船に乗り合わせた仲間なのだ、そう思えた。

この時を境に、弟子たちは又兵衛にあれこれと質問をしてくるようになった。初歩の問いから難問まで多岐に亘ったが、又兵衛はその都度、手を止めて答えた。そんな日々を一月ほど繰り返すうちに、弟子一人一人の個性もある程度見えてくるようになった。磬水引きのうまい者、絵の具の調合に秀でた者、下書きに長じた者、彩色に能力を示す者……。頭の中で弟子たちを仕分けしたのち、又兵衛はこう述べた。

「こ――れから、お前たちの作業の割り振りを伝える」

まずは、線画に当たった。

主に描くのは又兵衛だが、弟子たちにも任せている。弟子たちは茫然と白い紙を見遣っていたが、その度、又兵衛は肩を叩いてさらりと絵を描いて見せた。使っているのは越前の間似合紙、しかも紙問屋に頼み、細かな要望を出して職人に漉いてもらったもので、過不足なく墨を吸う。描き手の思いまで吸い上げてしまいそうなほどに墨の乗りがいい紙を前に、かつて、狩野内膳や狩野山楽の絵を模写しようとして果たせなかった昔を思い出し、こう付け加える。

「わわわ、わしの絵をなぞるでない。おおお、お前の絵を描け。そそそ、それでよい」

この一言が効いたのか、最初は淀みがちだった弟子たちの手が動くにつれ気負いも減り、最後には、又兵衛ですら感嘆を上げるような線もちらほら見受けられるようになってきた。

又兵衛は残った弟子たちに顔料を砕く作業を命じつつ、線画を仕上げていった。

そんな中、『山中常盤』の詞章に目を通していた又兵衛はある箇所に惹きつけられた。母の遺品から、お守りを見つけた牛若丸の述懐であった。

肌の守りは何時《いつ》ぞや　某《それがし》鞍馬の寺へ　上がりし時
母上様の手づから縫うて給はりし
少しきに合はずして　某持たざれば
母上の多年持たせ給ひて候

母が思いを込めて縫ったお守りは、牛若丸に合わなかったという理由で常盤が持っていたものの、母親が斬り殺された後になって牛若丸の元へと渡ったと詞章は語る。

この筋書きを考えた人間の祈りに思いを馳せた。何としても子に己の思いを届けたい、死してもなお——。そんな人の親の願いがこの詞章には籠っている。

又兵衛は絵師としても震えていた。

言葉で表すならば、これでよい。だが、絵は詞章の持つ幅を一つの姿へと収斂《しゅうれん》させていく作業に他ならない。かつて『山中常盤』を聴かせてくれた男が、己の牛若丸は又兵衛の絵で動いている、と言っていた。耳朶にあの若者の声が蘇ったその時、初めて、何かを形にすることの責が両肩に圧し掛かってきた気がした。

普段よりも、筆を重く感じた。だが、なにがしかの物語を絵に落とし込むとは、存在する多くの解釈からたった一つの、もしかしたら間違いかもしれぬ解を選び取る、傲慢な行ないそのものだ。これくらいの重さがなければ嘘だ。又兵衛は毎日、大汗を掻きながらこの仕事に当たった。

本画の線画が終わった後、彩色の作業を始めた。

彩色の難しさは色の配置だけではない。特に繊細な絵となればなるほど、僅かな暈《ぼ》かしや滲みの塩梅ひとつで絵全体の印象が変わる。己一人でやろうかとも考えたが、弟子の手を借りることに決め、彩色のやり方を教えた。とにかくもどかしかった。それでも辛抱強く指導するうちに、業前も随分様になってきた。

気づけば季節は夏を過ぎ、秋になっていた。日々逼塞《ひっそく》するがごとき日々ゆえ、興宗寺の庭先から窺う季節の移ろいが、唯一の外との接点だった。短い夏の蟬の鳴き声も、結局聞き逃してしまった。

膠と顔料の匂いにむせ返っているある日のこと、縁側からお徳がやってきた。

「お前様、文が届きました」

文？　又兵衛は首をかしげた。京の工房とは頻繁な文のやり取りがあるから、大抵は工房の戸近くに置いてある文箱に入れるのが約束になっている。お徳もそうした事情を知っているだろうに、どうして——？

と、お徳は目尻に光るものを払いながら、文を差し出してきた。

「哲さんからの文なんです」

長い旅を経ているのか、ところどころに薄く汚れが走り、四隅が丸まってしまっている文を裏返すと、そこには確かに哲の名前が付されていた。

中身を読んだ。

無沙汰を詫びる文面の後に哲の近況が記されていた。なんでも哲は今、江戸の長谷川工房に身を寄せているらしい。

「まあ、長谷川様の」

横にいたお徳は声を上げた。

等伯の客死を経て江戸に行き着いた長谷川工房の者たちは、師匠の道統を守るべく、等伯の子を守り立てて流派を存続させる道を選んだ。今や江戸では狩野と並び立つ画派として覇を競い合っているという噂は、越前で逼塞している又兵衛の耳にも入っている。

『師匠の語っておられた等伯様があまりに眩しく、長谷川工房の門を叩いた』

と、文には書いてあった。

黒田家の仕事を終わらせた後、江戸に出て長谷川工房で修業し『等哲《とうてつ》』の名乗りが許されたこと、絵師として下積みをしている近況が書かれていた。そして『もし許していただけるのならば、あの頃のようにいつか一緒に仕事がしたい』と結んであった。

目尻を指で弾いたお徳の横で、又兵衛は文に躍る江戸の二文字を手でなぞった。どのような町だろう。海が近いと聞いている。堺の町と似ているのだろうか。それとも、かつての大坂の町のように武張っているのだろうか。噂によると、城や大名屋敷、寺社の建造も進んでいて、全国から絵師が続々と集まっているという。行きたくないといえば嘘になる。だが、今はその時ではない。

「おおお、お徳」

又兵衛は妻の名を呼んだ。

「はい？」

「す――まぬな」

忠直との約束を果たすという拘《こだわ》りさえなければ、今すぐにでも江戸に行けるはずだった。あえて茨の道を選んでしまうことに対する謝罪だった。

しばらく、お徳は小首をかしげていた。ややあって、言葉の真意を悟ったのか、又兵衛に近づいて背を強く叩いてきた。

「お前さんは誤解をなさってますよ」

身体を揺さぶられて、喉から変な声が出た。それを相槌と取ったのか、お徳は眉を吊り上げ、怖い顔をして見せた。だが、長い付き合いで分かる。これは、作った不機嫌顔だ。

「もしかしてお前さんは、このわたしが笹屋さんに言われるがままに祝言を上げたとでも？　笹屋さんはわたしの頼みを聞いてお膳立てをしてくださっただけですよ。お前さんについて行きたいと願ったのも、わたしがこうして今もお前さんの許にいるのも、誰に言われたからじゃない、わたしの決めたことなんですよ」

お徳を己の人生に巻き込んでしまったという負い目がずっとあった。それは違うのだと目の前の女は言う。

お徳という女を見誤っていたことに気づいた。お徳は、強い女だった。又兵衛なんぞよりも、遥かに。

又兵衛が茫然としていると、お徳は険しい表情を緩め、柔らかく微笑んだ。

「お前様が世渡りの下手なことは、誰よりも知ってますよ。でも、そんなお前様の傍にいたいと願うたからこそ、こうして今、ここにおるのです。やりたいようにおやりくださいな」

耳を赤くしたお徳は又兵衛のもとから足早に離れていった。遠くなってゆく足音を聞きながら、又兵衛は喉の辺りを撫でていた。先ほどのお徳への呼びかけ、そして謝罪の言葉は、吃りつつも水が流れるようにするりと口から飛び出した。喉の張り付くような感覚はあまりなかった。己の中で、少しずつ何かが変わろうとしている。

彩色も終わった。

残すは、この絵の核心である血糊の作業だけだった。

山中常盤物語が血みどろの物語である以上、血が影の主役といっても過言ではない。弟子たちには見学させ、その全てを又兵衛が受け持つことにした。

茶道具の風炉で膠を煮つつ、小石の感触がなくなり囲炉裏の灰のようになるまで、朱を薬研《やげん》で磨り潰してゆく。そんな作業の折、洗濯を取り込んだところなのか、衣を抱えたお徳が縁側に通りかかった。

「あれ、懐かしいことをやっているのね」

お徳は衣を放り投げると、又兵衛の横に座り、膠をかき回し始めた。

「絶対に焦がしちゃいけないのよねえ」

又兵衛は遠い昔を思い出した。まだ二人が十に満たなかった頃、狩野工房の埃《ほこり》っぽい膠小屋で弟子たちの使う墨を練り、膠を溶かし、顔料を砕いていた。

かつて、そこにいた内膳は、もういない。

だが、内膳は確かにいる。

背に内膳の息遣いを感じる。

薬研を前後させながら、又兵衛は心中で内膳に問う。

なぜ、母を殺した。

内膳は答えない。

振り返る。当然ながら、内膳の姿はなかった。

息をつき、朱を磨り潰し、煮上がった膠と混ぜた。程よい粘度と発色。膠の量を少し増やしたり、耳かき分ほどの朱を足したりして望む色に近づけてゆく。

出来上がった絵の具を細筆に吸わせ、反故紙に乗せてみる。鮮やかな代わり、均質で平板な赤がそこにある。血の赤は、その下のものが透けるほどに淡いものだ。極彩色の打掛を赤く染めはするが、刺繍や強く染められた糸、そして誂えの様は浮かび上がって見える。又兵衛の欲しい赤は、下地を透けさせつつもすべてを染める、淡くしなやかな色だ。

弟子たちの前で、又兵衛は調合に工夫を加えてゆく。己の試行錯誤を頭と体に刻み込みながら。だが、結局この日は理想の赤に出会うことは叶わなかった。

「ききき、今日は終わりぞ」

弟子たちを下がらせ、又兵衛は目の前の絵の具の膠抜きをすることにした。

練り上げた絵の具は膠の作用で固まってしまう。そのため、膠を分離して顔料だけ取り出す膠抜きの必要がある。湯を何度もかけて、膠を捨てる。

庭先に置いてある炉に薬缶《やかん》をかけた後、手持ち無沙汰になった。火を見ているのも億劫で、大部屋に戻った。すると又兵衛は、そこに一つの影があることに気づいた。

その影は、大部屋の隅で筆を持ち、床に置いている紙に筆先を落としていた。暗がりの中でも分かるほど、その筆運びはぎこちない。今いる弟子で、こんなに筆遣いのなっておらぬ者はいただろうかと小首をかしげているうちに目が慣れ、その姿がはっきりとした輪郭を持ち始めた。

それは、源兵衛だった。

又兵衛がやってきたのに気づいた源兵衛は筆を止め、叱られた時のようにびくりと肩をすくませた。

「てて、手を止めるな」

「も、申し訳ありません」

「あああ、謝らずともよい」

又兵衛は源兵衛の前にある紙を覗き込んだ。蓮華が描かれている。粉本を学ぼうという意欲は見て取れたが、いかんせん、線が固く、絵の理解が観念に堕している。

又兵衛の視線に少し肩をすくませながら、源兵衛は言い訳のように口にした。

「実は、心願様から、蓮華を描いてくれぬかと頼まれました。父上には内緒にしてほしい、と」

「ししし、心願殿が」

心願が息子に絵を？　何か思惑があるのだろうが、あの男がそう簡単に己の尻尾《しっぽ》を出すとも思えず、あえて考えるのを止めることにした。

又兵衛は源兵衛の横に座り、手を伸ばした。

「ふふふ、筆を」

「え」

「わわわ、わしも、描きとうなった」

「父上のお手を煩わせるわけには」

「かかか、構わぬ。わしが、かかかか、描きたいのだ」

源兵衛から細筆を受け取り、半紙を目の前に広げると、筆を走らせた。

手に僅かな淀みを感じる。なぜだろうと記憶をたどるうち、又兵衛は苦い過去を思い出していた。荒木村重追善のための手水鉢《ちょうずばち》に描く絵が、蓮華だった。そう気づくと、右手の違和感は明確な障りとなった。まるで石になってしまったかのように手が重い。いつしか筆先も淀み、脂汗を搔いている。

したたる汗が顎にたまり、集まってゆく。あと少しで落ちる――。

その時だった。柔らかい感触が、又兵衛の顎を掠めた。

思わず絵から顔を上げると、手拭いを手にした源兵衛が、又兵衛を見据えていた。

「お手伝いいたします」

この息子は、手元を果たしてくれるのか。

かつて、狩野永徳の部屋を覗き見たことがある。あの乱れた部屋の中に、手元の入り込む余地はなかった。一人で絵をこしらえ、誰の助けも求めず、生きてゆく上での喜びや後悔をすべてかなぐり捨て、絵を描く化け物となって一人、絵の深奥へと降りていったからこそ、狩野永徳の画業は燦然《さんぜん》と輝いている。だが、又兵衛はこう考えている。今あるすべてを意地でも守り続けた向こうにも、永徳が達したのとは別の絵の深奥があるのではないか、と。

難儀な己を抱えたまま、ふらふら生きる。

心に深く刺さったお蝶の言葉が、今でも鮮血を滲ませる。

いくら描いても、上辺しかなぞれずに終わる絵がある。だが、今の又兵衛が欲しいのは、心の奥底にまで身を沈め、底にある何かを引きずり出した際に出る光彩だった。それは、必死でたゆまずに筆を動かし続けた先にしか見えない。

又兵衛は真っ白な地獄を掻き分けていた。筆という武器、そして源兵衛と共に。

蓮華の花をひたすら描き続ける。既に紙を何度も源兵衛に取りに行かせたし、墨をいくら磨ってもらっても足りない。飛沫《ひまつ》が飛び散るのも気にせず、時に、太筆を使いたい場面で、細筆を置くのが億劫で、口で軸をくわえながらでも筆を走らせた。

ようやく満足のいく蓮華を描き切った時には、行燈《あんどん》の明かりだけが手元を照らしていた。

又兵衛の眼前には、泥中から伸びる大輪の花の姿があった。

「父上……これは」

「わわわ、わしの畢生《ひっせい》の蓮華よ」

もしも、許されるならば、いつか父の手水鉢にこの蓮華を描こう。又兵衛はそう決めた。

弔いの意味もある。だが、泉下の父親に、こう言ってやるつもりだ。

己は、あなたの望むようには生きられなかったのだ。否、生きられないのだ、と。

次の日、ようやく理想の赤が出来た。又兵衛は弟子を集め、血糊の彩色を始めた。

自ら絵皿を持ち、細筆で色を落としてゆく。常盤御前が腹から血を流しながら、己の運命を呪って嘆く場に極彩色が与えられてゆく。

かつて、父への当てつけに地獄絵図を描いたことがあった。あの時には、絵を地獄の炎で台無しにし、留飲を下げていた。だが、この仕事はそうであってはならない。絵の魂を殺すことなく慎重に落とす。

その時ふと、又兵衛の脳裏を二人の女の姿が掠めた。

実の母だしと、育ての母お葉の姿だった。

二人の姿が一つになって像を結び、やがて絵巻の上で悲嘆する常盤へと収斂されてゆく。実の母だしは、己のことを愛してくれていたのだろうか。育ての母のお葉は、又兵衛を重荷に感じた日はなかったろうか。答えの出ようのない疑問が渦を巻き、又兵衛の手に絡みつく。だが、それでも又兵衛は手を止めようとはしなかった。

筆を握れば、誰とでも話ができる。死した者たちとも、遠く隔たった者たちとも。無限の白い極楽の向こうには、境や垣根などどこにもない浮世がある。昔は浮世が嫌で、絵の極楽に逃げ込んでいた。だが今は違う。浮世を生きるために、極楽の中で必死に筆を振るっている。

やがて又兵衛の筆は牛若丸による盗賊たちへの復仇の場に至った。

画面のうちで縦横無尽に駆け回る牛若丸は、復仇の昏く甘い汁に酔っている。まるで、母の仇を探し、ずっと母を殺した父を恨み続けていた又兵衛と鏡写しだった。そして、その姿はどうしたわけか狂気の中を生きる松平忠直とも重なった。血の海の中、血刀を振り回して己の怒りを晴らす牛若丸の姿に寄り添いながらも、又兵衛はどうしてもそれをよしとすることはできなかった。

牛若丸に血しぶきを与えたのち、盗賊たちに目を落とす。

男に殺された女たちの声が聞こえる。

かか様。

母上。

豊かな頰をした母親と、顎の綺麗な母親が二人並んでいる。

又兵衛はようやく気づいた。己のものする豊かな頰で長い顎をした人物像は、二人の母をなぞっていたのだと。

そして——。

胴が分かたれる盗賊の顔に赤い血しぶきを落としたその時、その顔が狩野内膳のそれと重なった。

なぜ、かか様を殺したのですか。

血まみれの盗賊が目で答えてきた。

事情があったのだ、と。

事情とはなんだ？　盗賊に朱の筆先を突き立てる又兵衛が問い質す。お前の事情など知らぬ。わしにとって、かか様との日々がすべてだったのだ。

盗賊は弱々しく答えた。お前にとってかか様との日々がすべてであったように、俺にも守りたいものがあったのだ。

気づけば又兵衛は絵の底にまで至っていた。

ただただ真白な雪の原。吹雪いているのか、それとも辺りが霞んでいるのかさえ分からない。広大無辺で、身を切られるように寒い。

雪を踏みしめ、歩き出した。白い息が視界を遮る。

ふと、背後に気配を感じた。

鳴を連れた内膳が後ろに立っていた。最後に見《まみ》えたときのやつれた姿で、又兵衛の背越しに絵を眺めて目をすがめている。

今更、何の用なのだ。又兵衛が吼えると、鳴が羽をばたつかせた。

黒い法衣のような着物の裾をはためかせる内膳は、口元を動かした。それは白い息となるばかりで又兵衛の耳に届くことはなかった。

だが、しばらくして、心の中で響くような声が、確かに又兵衛に届いた。

わしは――。お前に荒木の名を継がせたかったのだ、お前のことを支えたかったのだ。そして――お前の大事なものを取り上げてしもうたからには、お前を守りたかったのだ。何としても。

又兵衛は首を振った。

『そそそ、そんなものは要らなかったのです』

内膳は笑った。ひどく哀しげに。

鴫が一鳴きしたのをきっかけに内膳の姿が薄れ、やがて消えた。

取り残された又兵衛は、鴫を見下ろした。鴫の鋭い目が、又兵衛を見上げる。

――吹雪の向こうに絵の極みがある。一人、この寒い原を抜けた先に狩野永徳、長谷川等伯、狩野内膳らの至った画境がある。お前もこちらへ来い。

いつの間にか、又兵衛の手には筆が握られていた。

何をするべきか、自然と理解できた。

雪の原に向かい、思うがままに筆を走らせた。春の訪れを喜ぶ木々の姿を。祭りの熱狂を。歯を食いしばって己の人生を貫徹せんとする町の人々の姿を。雪の原は、又兵衛の筆によって塗り替えられる。雪が解け去り、その場は萌黄の草花が広がり、鳥たちが歌い、温かな日差しの降りそそぐ春の原へと変わっていた。

それがお前の答えか。鴫は、置物のように動かない。

又兵衛は、雪原ではなくなりつつある浮世の原に立ち尽くす鴫に向かって筆を一直線に伸ばした。

鴫の真っ白な翼に、真っ黒な筆先が刺さる――。

又兵衛は絵から顔を上げた。

いつの間にか雪の原は消え失せ、元の画室の景色に戻っていた。

絵を見遣ると、山中常盤の牛若丸復讐の場の血糊は乾き始めていた。色といい滲み方といい又兵衛の構想通りだった。

山中常盤絵巻は、かくして完成を見た。


寺の縁側に座る又兵衛は、空から舞い降りる雪を見上げた。海風を孕み膨らんだ雪の塊が、音もなく地面に降り立ち、地面に染みを作ってゆく。体を震わせた又兵衛は、本堂に吸い込まれてゆく貴顕の様子を眺めた。

先導する肩衣姿の武士たち。後ろに続くは色とりどりの打掛を纏う女たち。そしてその後ろ、侍衆や女房達に守られるようにして、赤い大傘をお付きの者に差しかけられた一人の少女が続く。雪よりも白い長着と打掛が、庭を行く少女を否が応でも目立たせる。

又兵衛は平伏し、その少女が本堂に消えるのを見送った。

「あれが、御姫様ですか」

上ずった声を上げる源兵衛の横で、又兵衛は小さく頷いた。

松平忠直と正室の間の次女、鶴姫。以前、まだ忠直が城にいた頃、すれ違ったことがある。あの頃は三歳になるかならないかといったくらいの、小さな少女だった。

昔のことを思い出していると、後ろから声がかかった。

振り返ると、いつもの粗末ななりではなく、絹の法衣に黄袈裟を合わせた心願が立っていた。その顔は、いつもより少し強張っている。

「又兵衛殿、お約束、果たしましたぞ」

又兵衛は感謝を込めて手をついた。

又兵衛は心願に一つの頼みごとをした。鶴姫に目通りする機会を作ってほしい、と。これが難儀な願いであることは、又兵衛自身が一番よく弁えている。又兵衛は罪人扱いであるし、逢いたい相手は越前国における第一の貴顕といって差し支えない。長じればどこかの大名家や公家の奥方に納まるような姫に罪人が目通りしたいというのだ。

心願はその願いを叶えてくれた。結城家十三代当主の年忌という名目を立て、鶴一行を寺に招いた。

「年忌の読経の後、少しばかり、御目通りの時を設けるよう、頼んでおります。もう少し、お待ちくだされ」

一礼して、心願は縁側を歩き出した。だが、数歩離れたところで、思い出したことがあったかのように、袈裟の裾を翻《ひるがえ》した。

「なぜ又兵衛殿は、そこまでなさるのですか」

その声は僅かに震えていた。

又兵衛とて分かっている。蟄居扱いを受けている今、鶴姫の機嫌を損ねるような行ないをすれば文字通り首が飛ぶことだろう。嵐が過ぎ去るまで身をすくめ、許しが出るのを待つのが正しい態度だろう。

又兵衛はしばし言い淀んだ。適切な答えが見つからなかった。いくら心の中で言葉を組み合わせてみても、今の己の思いを形にはできなかった。

やはり己は絵師だと心中で独り言ち、ややあって口を開いた。

「ややや、約束がございます」

又兵衛が口にできるのは、これだけだった。

心願は痛ましげに口角を上げた。

「又兵衛殿は、律儀であられますな」

すべてを察したのか、頭を下げた心願はまた踵を返し、本堂へと向かっていった。

しばらくして、本堂から読経の声が聞こえてきた。その声がうねり始めた頃には、かねてより降っていた雪が強くなり、気づけば地面が白く染まっていた。

又兵衛は雪を眺めつつ縁側にいた。だが、横でくしゃみの声が聞こえてはっとした。向くと、源兵衛が肩を震わせ、洟《はな》をすすっていた。

部屋の中にいてもよい、と声を掛けても、源兵衛は承知しなかった。

「雪が見とうございます、父上と」

そうか、とだけ返事をし、又兵衛は庭を眺めていた。

雪の降りしきる中、無言で座っていると、様々なことに気づく。雪は無音で降るわけではないというのもその一つだろうか。牡丹雪が落ちる度、乾いた紙のこすれるような音が聞こえる。その音にしばし身を揺蕩《たゆた》わせていた。

それはまるで、墨ひとつ落ちていない紙のようだった。

この世は、紙だったのだ。己のために用意された紙であったのだ。

大悟したそんな折、読経の声が止み、鈴の音が庭に響いた。その高音が響き渡った後、辺りに静寂が満ちた。終わったのだろう。

少しして、稚児のような学僧が又兵衛の前に現れた。

又兵衛はその学僧の促すまま立ち上がった。

「父上、何卒」

心配げに見上げてくる源兵衛に小さく頷き返し、又兵衛は学僧と共に縁側を渡った。

又兵衛が向かったのは、庫裏《くり》近くにある客間だった。又兵衛が私室に使わせてもらっているような部屋ではなく、格天井《ごうてんじょう》を備え一段高くなった書院造の上段を擁した、大広間だ。普段は締め切られているこの部屋に入るのは、初めてのことだった。

既に、暗がりの上段には、先に見た白装束の少女が座っており、その横に赤い打掛を纏う老女が、少女を守るように座していた。

伏し目がちに中段に入り、その場に平伏した。

「苦しゅうない。面を上げよ」

又兵衛はいったん深く頭を下げてから、身を正した。

「いいい、岩佐又兵衛でございます」

老女が頷き、横にいる少女に目を向ける。だが、胡粉《ごふん》を塗ったように真っ白な顔をした少女は特段の反応を見せない。濃く磨った墨色のような瞳を又兵衛に向け、端然と座っている。貴顕の人ゆえに動こうとしない、という風でもない。自制で以て不動を心がけていても、人の心はとめどなく転がり、動き回る。子供ともなればそれは顕著だ。だが、目の前の少女は違う。その場に縛り付けられた人形のようにして、ある。

　虚ろな少女の瞳が、又兵衛の姿を鏡写しにしている。

　沈黙を嫌うように、老女が声を上げた。優雅で丸い声は、死した母、お葉の発声とよく似ていた。やはり母は武家に仕える女だったのだ、とこの時、脈絡もなく思った。

「姫様に目通りされたい由、殊勝なことでございます」

「ととと、時を設けていただき、まままま、誠にありがとうございまする」

　老女は薄い笑みを又兵衛に向けた。

「これは非公式の目通りなれば、虚礼は不要でございます。――左様でございますね、姫様」

　老女の問いかけに、鶴姫は虚ろな目のまま、かすかに頷くのみだった。

　ならば――。又兵衛は手を叩いた。すると、縁側から弟子たちが現れ、三方を二つ、部屋の中に運び入れた。その上には巻物が山を成している。

　又兵衛は膝行して掲げ持つと、しずしずと上段と中段の際にその三方を置いた。

　老女がその三方を受け取り、そのうちの一巻の封を解いた。だが、みるみるうちにその顔が曇ってゆく。風向きの悪さを感じ取った又兵衛は慌てて口を開いた。

「こここ、これは、先代様よりご依頼いただいておりました、えええええ、絵巻物でございます」

　少女の暗い瞳がわずかに揺らいだ。だが、その変化がいかな性質のものだったのかを見極めることは叶わなかった。突如老女が金切り声を上げたからだった。

「な！　先代様の話題とは忌々《いまいま》しい。姫様は――」

不躾《ぶしつけ》を承知の上で、又兵衛は割り込んだ。

「ささ、されど、先代様とのお約束でございます。鶴姫様に、と」

「何の約束があったかは知らぬ。だが、なんぞこの絵は。女人が盗賊どもに襲われておるではないか。斯様《かよう》なものを姫様に贈られるとは、やはり先代様は狂を発しておられたのじゃ。汚らわしい、こんなものは焼き捨てよ」

「おおお、お待ちくだされ」

「なんぞ、礼が欲しいのか。ならば、後で人を遣わす。だが、この絵を受け取るわけには参らぬ」

老女の怒り交じりの悲鳴が部屋中に響き渡った。

しかし、先ほどまで物言わぬ人形のようにその場にあった鶴姫が、声を発した。

「待ってくれろ、呉羽《くれは》」

なおも何かを言い募ろうとしていた老女は、顔を真っ赤にしたまま口をつぐんだ。少女のあどけない声は、有無を言わさぬ迫力に満ちていた。

感情のない表情を浮かべて老女を見遣っていた鶴姫は、作り物のような白い顔を又兵衛に向けた。

「父上の頼んだ絵と、そう言うたな。相違ないか」

「たたた、確かに」

「ならば、この絵巻物、すべて目を通そう」

姫様、と老女が紙を裂くような声を上げたが、鶴姫の耳には届かないらしい。虚ろな墨色の瞳が又兵衛のみを捉える。

「されど、これほどの量じゃ。すべて読み切るまで時がかかる。城に持ち帰る。よいな」

答えの代わりに平伏すると、また目の前の少女は物言わぬ人形に戻った。

かくして、又兵衛は忠直との約束を果たした。

要領を得ぬ目通りを終えた又兵衛は、なおも苦しみの中にあった。これまでは、絵を依頼人に引き渡してしまえばそれで仕舞だった。だが、この仕事は違う。忠直の思いを、鶴姫に届けないことには終わらない。

絵に込めた思いが、果たして届くのだろうか。否、己は、忠直の思いをあの十二巻の巻物の中に落とし切ることができただろうか。

信じよう。そう思った。信じるしかない。そうも思った。

これまで又兵衛は己の描いた絵がどのように受け止められるのかなど、興味がなかった。だが、今の又兵衛は違う。己の――そして忠直の思いが届いてほしい。心からそう願った。

かつて長谷川は又兵衛の絵を『俺の声を聞け、と叫んでいるようだ』と評した。己のなしていることはあの男の目には邪道と映ろう。だが――。己は長谷川等伯ではなく岩佐又兵衛なのだ。

そう考え直し、心中に巣食っている巨人、長谷川等伯に背を向けた。

またも始まった冬の季節の中、又兵衛は息を潜めるように寺で過ごしていた。

冬が過ぎ、重い雪がすべて解け去った春の日、又兵衛は久々に肩衣を着込み、北ノ庄城の門をくぐった。

久方ぶりの北ノ庄城は、忠直と別れたあの日のままの姿で又兵衛を迎えた。きっとこの城はここに松平忠直という主君がいた過去に蓋をし、粛々と日々を重ねてゆくのだろう。大門をくぐり、僅かな供廻りと石段を登り切ると、御殿の前に見慣れた男の姿があった。青の衣に紫の切袴、七条袈裟の礼装を纏う心願だった。

「お疲れですね」

黙礼で応じる。石段を上るだけで息が上がってしまった。長きに亘った蟄居の暮らしが足を萎えさせてしまったのだろう、と又兵衛は冷静に受け止めている。

そう正直に述べると、心願は薄く笑った。

「何、これから、また体も元に戻りましょう。蟄居が解けたのですから」

丁度雪解けの頃、城の遣いが又兵衛の蟄居を解除する旨を申し渡してきた。さらに、半ば没収されていた所領もすべて戻された。これまで罰が与えられていたこと自体が間違いであったと言わんばかりの仕儀には、さすがの又兵衛も驚いた。ずっとこのまま飼い殺しに遭うこととて覚悟していただけに、降って湧いたこの仕置には、戸惑いを通り越して恐懼《きょうく》さえ覚えている。

そして矢継ぎ早の登城命令だ。

何があったのか、見届けねばならぬ。その覚悟で又兵衛は今、ここにいる。

又兵衛は心願と共に、本丸御殿に通された。先導する茶坊主が肩にかけている黒羽織の背を追いつつ暗い廊下を進むうち、又兵衛はあることに気づいた。表は通り過ぎた。中奥も素通りしようとしている。ということは——。

又兵衛たち一行はある廊下に達した。人四人が肩をぶつけずに行き交うことのできるような畳敷きの大廊下。そしてその一番奥には、蔵のそれのように堅牢で、極楽のそれのように華やかな装飾のなされた観音開きの戸がある。

奥へと続く関門だろう。

城における奥は、城主家族の私の場だ。本来なら、又兵衛ごとき立場では入れない。

茶坊主が大廊下の中ほどまで歩いたところで、廊下の隅に座っていた一人の女人が立ち上がり、又兵衛たちの許にやってきた。これから奥の案内をする役目の女官らしい。

「ここからは、岩佐殿以外、誰も通すこと罷《まか》りなりませぬ」

心願や弟子たちは門前に控えていた他の女官に促され、廊下近くに設えてある控えの間に消えていった。

観音開きの戸が開かれた後、又兵衛が案内されたのは、大廊下からほど近い謁見の間だった。上中下の三間が設えられたその部屋は、極彩色の鳥や木々の描かれた障壁画で区切られ、仄《ほの》かに香の煙が揺蕩っていた。上段と中段の間には御簾《みす》が下げられていて奥の様子は判然としないものの、誰もいないことくらいは見て取れた。

言われるがまま、下段の間に座り待っていると、渡りを告げる声が部屋の中に響いた。平伏すると、上段に人のやってくる気配がした。衣擦れの音がぴたりと止み、その場に腰を落ち着かせたようだ。中段にも人の気配を感じた。

「面を上げよ」

言われるがまま顔を上げると中段に老女の呉羽、そして取り巻きの腰巻が数名、又兵衛を見下ろすように座り、御簾の向こうには、輪郭のはっきりしない女人の姿がある。

老女呉羽が口を開いた。

「よう来た。岩佐又兵衛、此度の蟄居お許しは、鶴姫様のおかげであるぞ」

鶴姫が母である忠直の正室勝姫《かつひめ》に頼み込み、なったものであるという。

解《げ》せない。

鶴姫はほんの子供に過ぎない。蟄居を解くよう動くことなどできぬはずだ。実際のところ何が起こったのか、又兵衛は掴みかねている。だが、あれこれと事情を説明された後、最後に呉羽から放たれた一言で得心が行った。

「鶴姫様がお前に直接ご下問あそばされたいと申されてな」

鶴姫が又兵衛に直接会いたいと願っても、罪人である又兵衛を公式に城に上げる方法はない。ならば、罪状の方を帳消しにすればよいと考えたのだろう。もとより罪はあってなきがごときもの、取り消すのはさほど難しいことでもなかったということか、そう又兵衛は見た。

だとすると次の疑問が生じる。鶴姫が又兵衛になにを問うつもりか、だ。

御簾の向こうに座る鶴姫は、いつぞや目通りした時と同じく、人形のように座っているのだろうか。確かにそこに人影があることは分かる。だが、細かな輪郭は御簾で隠されている。

「とにかく、姫様のご下問である。隠さず答えよ」

呉羽が居丈高に述べると、御簾の向こうから、か細い、けれどしっかりとした高い声が響いた。

「この御簾を上げよ」

子供のものとは思えぬほど、決然とした口調だった。

これには、中段にいる呉羽が狼狽した。

「何をおっしゃいますか。今日、姫様は……」

「構わぬ。見せた方がこの者にも分かろう」

呉羽はしばしの逡巡の後、御簾を巻き上げていった。

そうして現れた鶴姫の姿に、又兵衛は声を失った。

白い着物に白い打掛。その姿は以前のままだが、かつて対面した時にはなかったはずの大きな刀傷が左頬に走っている。長さは三寸ほどだろうか。既に癒着しているようで、傷に合わせて肉が少し盛り上がり、周囲の肌色より明るくなっている。

何も言えずにいると、鶴姫は顔色を変えず、ぽつりと言った。

「普段は化粧《けわい》で隠しておる。呉羽が言うには、物心つかぬ頃、父に斬られたらしい」

淡々と述べる鶴姫の前で、呉羽は口元を袖で隠しながら、声を震わせた。

「これは秘中の秘ぞ。数年前のこと。乳飲み子であった頃、奥にお渡りになられた先代様が、突然鶴姫様に……。今にして思えば、あの頃から、先代様は狂を発しておいでであられた」

「わらわは、父を知らぬ」鶴姫は会話を引き取った。「思い出がほとんどない。二度と見《まみ》えることもあるまい。斯様な次第であるから、父が絵を頼んでいたこともお前から聞くまで知らなんだ。――今日、お前を呼んだは、あの絵巻についてぞ」

腰元たちが、一巻ずつ絵巻を掲げ持ち、又兵衛の前に広げていった。十二の絵巻の図が露わになる。常盤御前が山の宿に逗留し、奪われ、殺される。そして、牛若丸がその仇を討つ。そんな物語が一望できるようになったところで、鶴姫は左頬の傷を撫でながら、無表情のまま、口を動かした。

「聞く。岩佐又兵衛、この絵、すべてお前が描いたものではあるまい」

「ししし、然り」

「それどころか、ある巻では一切絵を描いておるまい」

思わず又兵衛は顔を上げた。上段の鶴姫は誇らしげに口角を上げている。ようやく、この姫の子供らしい表情を見ることができた、と又兵衛は思った。

「毎日、穴が開くほどに見た。それゆえに分かった」

貴顕に献上する絵巻物を制作する場合、いくら弟子たちの力を借りるとはいえ、主要な登場人物や力のこもった場面については工房の主が当たるのが通例だ。だが、あえて自らの筆を一切入れなかったところがある。年端もゆかぬ子が気づくとはと舌を巻いたものの、子供だからこそ虚心坦懐に絵を眺め、気づいたのかもしれぬと考え直した。いや、あるいは、親子の血のなせる業かもしれない。思えば忠直も、絵に対して人一倍鋭敏な感覚を有していた。

「何故、牛若丸が盗賊に復讐を遂げる巻を弟子に任せた」

山中常盤絵巻における最重要場面の本画を、弟子に全て委ねた。又兵衛が担当したのは血糊だけだ。これも、己の他にできる者がいなかったからに過ぎない。

中段にいる呉羽を始めとした者たちが厳しい目を又兵衛に向けてくる。鶴姫が絵師の怠惰を咎めているのだと思っているのだろう。だが、又兵衛は何も恐ろしいことはなかった。何故かは分からないが、鶴姫の心の片鱗が理解できた気がした。今、鶴姫は怒りを発してはいない。

又兵衛は穏やかな心地で答えた。

「ややや、山中常盤物語で最も注力せねばならぬと思いましたのが、ととと、常盤御前の死ぬ場面でございましたゆえ」

上目遣いに中段から向こうをちらりと見る。なおも呉羽たちは怒りに満ちた目を向けている。だが、上段にいる少女の毅然とした姿が、呉羽たちに発言を許さない。

「続けよ」

鶴姫に促されるまま、又兵衛は続ける。

「こここ、この物語は、子の息災なるを知った母がその子の元に行かんとした旅の途上、こここ、殺されてしまうお話でございます。せせせ、拙者は、その親の思いをこそ、かかか、描きたかったのでございます」

「親の、思いとな」

「ううう、牛若丸の復仇など、描きとうございませなんだ。ううう、恨んだところで、虚しいばかりでございます」

何か問いたげな鶴姫から、又兵衛は目を逸らした。

父、荒木村重との因縁を、この晴れがましい場で話すわけにはゆかなかった。それに、とてつもない長話となる。今にも口をついて出てきてしまいそうな己《おの》が人生の絵詞を胸の奥に押し込み、又兵衛はこう付け加えた。

「そそそ、そしてこれは、先代様もご承知のことでございます」

鶴姫の目の色が変わった。

深い墨色の瞳に少しばかり光が灯った。今にも吹き消えてしまいそうなほどに、か細く、小さい。だが又兵衛は不慣れな言葉で、その炎を起こさんと力を尽くした。

「せせせ、拙者は絵師。えええ、絵師は絵の注文主の思いを形にするがその役目でございます。あ――の、常盤御前は、先代様でもあるのです」

妻子に手を掛けんとしている己を嫌悪していた忠直の姿を、又兵衛は覚えている。忠直が己の子に伝えたかった思いは何なのだろう。そう考えた結果、牛若丸の復仇ではなく、子を思い死んでゆく常盤御前の姿を描こうと思った。

血みどろで、赦《ゆる》し難い生の中でも、最後までお前のことを想うておる――。

あの場の線画を弟子に任せることを、忠直は許した。あの忠直のこと、又兵衛の狙いをすべて見越していただろう。いや、実際のところは分からない。だが、そう勘違いしていたとしても、神仏の罰は当たるまい。

もっとも、当初は哲に任せるつもりだった。哲ならば、あるいは己の筆と寸分の違いもない絵を上げてきたかもしれないが、今となっては、又兵衛の筆と区別できることで、示すことのできるものもあると思っている。

しばし、部屋の中には沈黙が満ちた。ややあって、鶴姫がぽつりと口を開いた。

「――父は、わらわのことを想うておられたか」

その時、鶴姫の大きな両目から、一筋の涙が零れた。左の目から零れた涙は頬の傷を伝い、流れた。それはまるで、傷跡を癒すかのようだった。

「又兵衛。頼みがある」

涙を流したまま、鶴姫は続けた。もうその目には墨色の曇りはない。

「わらわに、絵を教えてくれ」

いつか、父上に贈りたい。そう鶴姫は言った。

「親の情などと言われても、今のわらわには思いが及ばぬ。されど――、いつか、父上の想いを知りたい。何よりも、わらわのために」

又兵衛は己の震える手を眺めた。

節くれ立ち、割れた肌に顔料が沁み込む汚い手は、己の歩いてきた道のりを雄弁に語っている。

又兵衛は瞑目した。

瞼の裏には、心配げな顔をして、お葉とだしが佇んでいる。

「ももも、もう、わしは大丈夫です、母上」

誰にも聞こえぬような小声を発すると、二人の母親の輪郭が薄くなっていき、やがて、消えた。

吃は消えない。きっと、影の如く、一生ついて回るものなのだろう。言葉を使いこなせぬゆえに、強固に人と繋がることはできない。だが、それでもよかった。己には絵がある。筆と墨さえあれば、凍てついた雪原すらも春の景色に変え、弱くか細い糸で人と繋がることができる。

ならばもう、恐れるものは何もなかった。

母の名残をしばし思いながら、又兵衛はゆっくり目を見開いた。そこには、狂おしいほどの悲しみと、胸をとろかす喜びをないまぜにして座る少女の、満足げな笑みがあった。

主な参考文献

「廻國道之記」岩佐又兵衛（「國華」１０７号、１０８号）
『浮世絵をつくった男の謎 岩佐又兵衛』辻惟雄（文藝春秋）
『岩佐又兵衛風絵巻群と古浄瑠璃』深谷大（ぺりかん社）
『豊国祭礼図を読む』黒田日出男（ＫＡＤＯＫＡＷＡ）
『洛中洛外図・舟木本を読む』黒田日出男（ＫＡＤＯＫＡＷＡ）
『岩佐又兵衛と松平忠直　パトロンから迫る又兵衛絵巻の謎』黒田日出男（岩波書店）
『日本美術絵画全集〈第13巻〉岩佐又兵衛』（集英社）
『吃音の世界』菊池良和（光文社）
『吃音　伝えられないもどかしさ』近藤雄生（新潮社）
『日本画　画材と技法の秘伝集　狩野派絵師から現代画家までに学ぶ』小川幸治（日貿出版社）

この他にも数々の書籍、論文等を参考にさせていただきました。
この場を借り、厚く御礼申し上げます。（著者）

本書は書き下ろし作品です。

谷津矢車（やつ・やぐるま）

一九八六年、東京都生まれ。駒沢大学文学部卒業。二〇一二年、「蒲生の記」で歴史群像大賞優秀賞を受賞。一三年、『洛中洛外画狂伝　狩野永徳』で単行本デビュー。つづく第二作の『蔦屋』で注目を集める。一八年、『おもちゃ絵芳藤』で歴史時代作家クラブ賞作品賞を受賞。ほかの著書に『奇説無惨絵条々』『桔梗の旗　明智光秀と光慶』『廉太郎ノオト』など多数。

絵《え》ことば又兵衛《またべえ》

二〇二〇年九月三十日　第一刷発行

著　者　谷津矢車《やつやぐるま》

発行者　大川繁樹

発行所　株式会社 文藝春秋

〒一〇二―八〇〇八
東京都千代田区紀尾井町三―二三
電話　〇三―三二六五―一二一一

印刷所　凸版印刷

製本所　大口製本

組　版　萩原印刷

ISBN978-4-16-391262-2